游记文讲

胡少明 著

湖南师范大学出版社
·长沙·

序

　　我最早读到，且印象颇为深刻的大学同学胡少明先生的散文，是一篇关于永州米粉的文章，现在想来，该当是收入本书附录的《宁远水粉》一文吧？平淡悠远的文字，仿佛把我带入从未曾去过，却是那么鲜活灵动的一条古街，感受到那条古街上淳厚质朴的风土人情。因为这篇文章，我关注起了胡先生的散文。

　　另一篇给我深刻印象的文章是《贝加尔湖纪行》，这是一篇游记作品。实事求是地说，我对"游记"并没有太多关注，我甚至保持了一种警觉：随着人们生活水平的提高，旅游似乎也成了一种时尚，伴随而来的是各种自媒体上"游记"的"丰收"——事实上无外乎"到此一游"的流水账，当然，游记也是一种非常不容易写好的文学体裁。我之所以点开《贝加尔湖纪行》，更多的是因为对胡先生文章先入为主的惯性，没想到这一读便被深深吸引：胡先生不是直接写贝加尔湖的辽阔、明净、悠远，而是引入张岱《湖心亭看雪》的意境，衬托出贝加尔湖"草树际天，千里多色"的悠远与辽阔，接着，写草原中的湖水，并将连接湖水的"乱河"与苏东坡的书法作比，真是下笔有神，充满了奇思妙想。正好我刚开了微信公众平台，便和胡先生商议："可否在我的微信公众平台上开个专栏，名为'胡老师看世界'？"胡先生慨然应允。于是便有了我的微信公众平台上发出的一系列胡先生的游记散文:《哭墙也有哭泣》《阿拉伯女人和骆驼》《飞土逐宾——非洲草原巡游记》《乞力马扎罗山的雪》《到开普敦读海》《美到极致唤作艳》《慕士塔格雪山》《西出阳关有故人》《冰山下的来客》《归元寺游记》等,有一种一发而不可收的感觉。这些文章,不但让我这个"第一读者"深深震撼,也为我的微信公众平台带来颇为可观的阅读量,由此可见胡先生的游记的受欢迎程度。

胡先生的游记,不但量丰,而且质优,这在很大程度上得力于他丰富的旅游经历和对古今中外经典名著的阅读。古人讲究"读万卷书,行万里路",这应该说也是胡先生的追求,或者说,他已经在一定程度上达到了这样的境界。他的足迹,从广袤辽远的俄罗斯到熟悉又陌生的邻邦朝鲜,从神秘的中东到雄性的非洲草原……几乎遍布了七大洲的重要景点和历史文化名胜。这是他创作游记的先决条件,是游记作者必须要走的路,但如果仅此而已,作者只是照相机式地客观记录旅游行踪,所谓"游记"也只是个人的生活记录而已,缺乏艺术感染力。毫无疑问,胡先生的游记超越了照相机式的私人记录。细细品读他的游记,你会发现,古今中外的文化,在他游历的足迹中进行着一次又一次的撞击与融合。他所依托的是中国古典文化,在他对异域的景物与文化的解读中,可以看出中国古典文化的强烈浸润,以至于他的文章中常有跨越时空的令人惊叹的联想,在《美到极致唤作艳》一文中,竟把他在美国游历的不同景点比作中国古代的四大美人,以大提顿国家公园水墨丹青式的景色比西施,羚羊峡谷的色彩比昭君,黄石公园的奢华艳丽比杨玉环,拉斯维加斯比貂蝉,意象迭出,且跳脱灵动,中西文化在他的笔端得到了奇妙的结合。当然,胡先生的文字是具有很强的穿透力与表现力的,非洲草原的雄奇辽阔,动物大迁徙的壮观美妙,贝加尔湖的烟波浩渺,美洲大地的神奇瑰丽,都在他的游记中得以一一展现。可以说,胡先生的游记,展现给读者的是一场又一场视觉盛宴,同时,也是中西方文化在这些盛宴中一次又一次的奇妙组合,其思力的开阔,意境的奇崛,表达力的丰富,不得不令人赞叹。

胡先生的游记,还有一个重要的特色,就是对结构的讲究。如果只读其中的一篇文章,会觉得他的结构很是用心,及至读完每一篇文章,便会明了,他的文章在结构上是绝不重复的。这不由让人想到他资深中学语文教师的身份,我常想,胡先生是不是在创作这些游记的时候也想为他的学生们提供范文呢?读了这篇《游记文讲》，我的疑惑终于有了解答：胡先生不但写作游记，对于游记的理论，也是颇有研究的，他所创作的游记，更像是他对于自己的游记理论的一种实践，读过他对游记理论的探索，对于他的游记，也有了更深的体悟。作为一位中学语文教师，胡先生对于古今中外优秀散文的篇章结构有过深入的研究，这自然会渗透到他个人的写作中。当然，借鉴不是简单的重复与模仿，而是深入洞悉之后的了然于心，浑然天成。这也使得这本《游记文讲》有了另一层价值，就是对于中学生游记写作的指导意义。作为一种验证，我把《游记文讲》的打印稿给正在读初三的侄女看了，她看后很惊讶地说："原来游记是这么写出来的，我明白了！"过了几天，她拿出自己写的一篇游记给我看，那可是她欠了我半年多的去年夏天游杭州的游记。看我读她的文章时面露微笑，她说："我要感谢胡老师呢！就是你的那位同学，写《游记文讲》的胡老师！"

我想，所有读过这本书，又希望写出好游记的读者们，在读完这本书之后，都会对胡先生发出由衷的感谢。

张 鹰

2020 年 4 月 9 日

自序：少时存铜银，老大得纯金

初稿交出之后，编辑反馈，理论阐述有些单薄，需要继续加强。于是把书柜上所有的理论书搬出来，挑最合适的读。爱克曼的《歌德谈话录》就是最好的文艺美学、伦理哲学方面的理论书。德国的社会批评家尼采称赞它是"用德文写出的最重要的散文"。任何艺术创作，内容是最重要的，因为没有好的题材，创作者的所有才能都将被浪费。我是带着淘金者的眼睛，把《歌德谈话录》的精华拣出来，用溪水洗，用簸箕扇，用漏网筛，觉得下面几句是我必须摘记的宝物。

我为我的每一警句至少要花去一袋钱

歌德对爱克曼说这句话，是讲他为了认清自然真相，了解自然规律，不被一些科学家下得太快的结论所蒙蔽而付出的代价。歌德说："我为我的每一警句至少要花去一袋钱。我花了50万私财，才换得了现在我所有的这点知识。"如果花几十万就可以认清自然，了解真相，这是值得的。世上好多事故灾难都是因为不了解自然真相，不尊重自然规律，一味盲干造成的。一旦事故发生，哪一桩的损失不是数以亿万来计算？一个能概括自然规律的警句，如果可以唤醒人们对自然的尊重意识，其价值何止一袋钱？

在文艺领域，歌德说："建筑是石头的史诗。"石头是自然的生活现实，建筑是一个优美的、生气勃勃的整体。这种整体在自然中无法找到，是艺术家依据自己的思想精心建设起来的。石头随处都有，艺术家的思想却不是随时都有的。莫扎特说："稍事涉猎艺术的人通常有两点毛病应当受责备，一是没有自己的思想而抄袭旁人的思想，一是有了自己的思想而不会处理。"艺术家有自己的思想何其宝贵。歌德说："我的全部诗都是应景即兴的诗，也就是说，现实生活必须既提供诗的机缘，又提供诗的材料。"歌德的意思是现实生活是诗词及一切艺术的源泉，艺术家的思想也是从现实生活里诞生出来的。有生活的人，才能有思想。

旅行是一种生活，写游记必须去旅行。虽然旅行的费用越来越高了。我第一次参加旅行团出国，是 1999 年暑假去韩国。一周，好像是四千元，每天不到五百元；后来跟做旅行社的家长聊天，知道他们国内游组团的底线，每人每天两百四十元；现在去欧洲、美洲、澳洲和非洲草原，报价接近每天五千元了。因为每次出行都花了一袋钱，所以必须写点东西，记录下自己的足迹、自己的感受、自己的发现。歌德花去一袋钱，写下了一个警句；我花掉了好几袋钱，不能写出警句，就写几组通顺的句子。一次出行，一字不写，现时还有记忆，觉得无所谓，等过去好多年，甚至老了，回首往事，那一袋钱还真是白费了。写总比不写值得。

青年时代积蓄的许多银币铜币，年岁大了后，变成了纯金

余秋雨在回答记者提问时，说对他写作影响最大的书是小学语文课本，因为"它让我认识了毕生阅读和写作中的绝大多数汉字"；说对他思维影响最大的书是小学数学课本，因为"它让我知道了一系列最基本的逻辑常识，至今我们还常常为这些逻辑常识而奋斗"。他还特意为读过书的小学题词"在这道矮墙里边，有一位教授完成了他的全部早期教育"。少小时候的学习是后来发展的基础，少小时候养成的习惯是后来取得成就的保证。

无独有偶。记者采访海明威，问："你觉得作为一个创作者的基本条件是什么？"海明威说："不愉快的童年。"不愉快的童年，让海明威在贫苦中积蓄了挣扎、永不止息的奋斗品质。

中国古代的司马迁在《报任安书》中写道："古者富贵而名摩灭，不可胜记，唯倜傥非常之人称焉。盖文王拘而演《周易》；仲尼厄而作《春秋》；屈原放逐，

乃赋《离骚》；左丘失明，厥有《国语》；孙子膑脚，兵法修列……"倜傥非常之人多了一番挫折，认识世界的方法就多了一个标准，情感操持就多了一层悲悯，面对选择多了一条底线，行事伦理多了一节傲骨。

20世纪60年代初，我生长在偏僻且贫穷的小镇，衣食都没有保障，但是娱乐并不缺乏。城里人跳房子，我们跳石板线，还省了石灰粉笔；有钱人下军旗跳棋，我们比赛旋粒子；国外的人拼乐高，我们动手制作"马灯"。没有书读，就听读过书的人讲故事；没钱买车票，我们就用半天时间一起走路回家。物质匮乏，快乐不匮乏。像台湾作家林清玄一样："不管吃什么都好吃，穿什么新衣都开心，换一床新棉被可以连续做一个月的好梦——事实上，在最欠缺的时候，一次小小的得，你就有无限的幸福。"

那个时候，一年四季菜蔬充饥，自然个个都是面有菜色，偶尔遇到邻居家炒血鸭，老远闻到香味，我有时是情不自禁地凑过去，启发式地声明："辣椒炒鸭肉我也敢吃。"邻居因此给我取个绰号"报名先生"，用土话表达是带着嘲笑的意味的。后来竟然读了师范大学，真的做了老师，还因为教学富有启发性，做了优秀教师，当了功勋园丁，又被评上"十佳"功勋园丁，莫非冥冥之中，早有注定？

小时候读书，不像林清玄，除了语文其他都不好；我是语文不好，从小学到高中，除了抄袭隔壁班同学的作文，被教语文的龙则灵老师在班上表扬一回，一二十个学期都乏善可陈。凭借数学的高分，进了大学中文系，第一篇作文《校园一瞥》，被教授批评不像是学中文的料，因为字写得差，文章平淡，毫无亮点。我生来就是一颗石岩下的种子，好在有重压，才没有被风吹到云里雾里。

"生于忧患"，我只好在逆境中奋起，在失败里寻找成功的因子，将它慢慢培育、浇灌。我对未知世界保持着本能的好奇心，读正史不放弃野史，读文学不放弃科学，读哲学不放弃宗教，爱摄影不放弃美食。我把自己猎取的知识、认识、感知、感悟写进文章，让我的游记拥有生活的味道，也有书卷的味道，甚至有手工艺术的味道。像林清玄笔下的"野百合"，用花朵绽放的美丽，证明我是百合的生命。

我写过一些关于故乡的文字，我也想象美国的斯坦贝克写《伊甸园东》一样，把少年时代的素材写成皇皇巨著里的形象，像歌德说的"青年时代积蓄的许多银币铜币，年岁大了后，变成了纯金"。李白在《春夜宴从弟桃花园序》开头说："夫天地者，万物之逆旅也；光阴者，百代之过客也。"故乡也就是我少年时光生命旅行的起点和终点，那里有生命里的起承转合，也有时光旅行中的移步换景，我就努力争取把银铜变纯金。

我不过是伸手去收割旁人替我播种的庄稼

游记作品是一场审美的盛宴，桌上摆出来的都是作者在旅行过程中的所见、所闻、所想、所悟。

口之于味，耳之于声，眼之于色是人与生俱来的本能。俭不如丰，旧不如新，平常不如新奇，平坦不如险峻，平静不如刺激，静止不如流动，狭小不如广阔，迩近不如遥远，嫌弃恶丑艳羡香美，嫌弃已有的追求未有的。但是许多人在旅行中偏偏走马观花，不肯细看。阿尔卑斯山谷有一条公路，景物极美，路边立着标语牌"慢慢走，欣赏啊！"行万里路，就是做一万里的旅行观察，留下一万里的感性印象。"况阳春召我以烟景，大块假我以文章。会桃花之芳园，序天伦之乐事。群季俊秀，皆为惠连；吾人咏歌，独惭康乐。幽赏未已，高谈转清。开琼筵以坐花，飞羽觞而醉月。不有佳咏，何伸雅怀？"他们都是诗人，痛饮不足以尽兴，就要作诗。我们都是游客，清聊不足以尽兴，就把它作游记的题材吧。

游记写作者不是照相机，客观地收取外部的风光，不做取舍地做成相册。我们需要依据自己的思想，精心取舍，加以想象，融进感情，制作成优美的生气灌注的整体艺术品。歌德谈自己的创作经验："一般说来，我总是先对描绘我的内心世界感到喜悦，然后才认识到外在世界。"就是强调既然是艺术创作，就必须有充分的艺术想象。游记也是不例外的。

游记写作的素材也离不开听取导游的介绍、团友的交流、自己的阅读。歌德的创作也有朋友的一份贡献，所以他说："我不应该把我的作品全归功于自己的智慧，还应归功于我以外向我提供素材的成千上万的事情和人物。我要做的是，不过是伸手去收割旁人替我播种的庄稼而已。"

席勒和歌德是非常好的朋友，歌德说他俩"多年就在一起，兴趣相同，朝夕晤谈，相互切磋，互相影响，两人如同一人"。"所以我们关于某些个别思想，很难说其中哪些是他的，哪些是我的。有许多诗句是咱俩在一起合作的。有时候意思是我想出的，而诗是他写的；有时情况正相反；还有时他做头一句，我做第二句。这里怎么能有你我之分呢？"

歌德还举例说："由于我早年练习过风景素描，后来又进行了一些自然科学的研究，我逐渐学会熟悉自然，就连一些最细小的细节也熟记在心，所以等到我作为诗人运用自然景物时，它们就随召随到，不易犯违反事实真相的错误。席勒就没有这种观察自然的本领。他在《威廉·退尔》那部剧本里所用的瑞士地方色彩都是我告诉他的。但是席勒的智力是惊人的，听到我的描述之后马上就用上了，还显得很真实。"

"独学而无友，则孤陋而寡闻"，朋友之间互相学习，互相借鉴，是必须要的。叶圣陶在《作文论》中，关于是不是抄袭模仿，他说："有一个尺度在这里，用它一衡量，模仿与否将不辩自明，这个尺度就是：'这文字里的表白与感兴是否是作者自己的？'""表白与感兴"是自己的，引用、化用也算是创作。

谁肯不断奋斗，我们就使他得救

歌德的诗剧《浮士德》末尾有这么几句：

> 精神界这个生灵，
> 已从孽海中超生。
> 谁肯不倦地奋斗，
> 我们就使他得救。
> 上帝的爱也向他照临。
> 翩翩飞翔的仙童，
> 结队对他热烈欢迎。

歌德说："浮士德身上有一种活力，使他日益高尚化和纯洁化，到临死，他就获得了上界永恒之爱的拯救。"上界拯救的是不断奋斗的人，绝不拯救懒惰的人。

音乐才能在很幼小的时候就崭露头角，例如莫扎特五岁，贝多芬八岁，洪默尔九岁，就以音乐演奏和作曲远近闻名了。音乐才能可以显露得最早，因为音乐完全是天生的，表达内心情感的，用不着从外界吸收多少营养，或从生活中汲取多少经验。

写文章则不同，需要积淀和历练。杜甫《戏为六绝句》中的"庾信文章老更成"，意思是，庾信的文章到了老年就更加成熟。方仲永少年天才，由于缺少后天的学习与持续的锻炼，长大后，就泯然众人矣。

歌德在谈话时提到搞创作如同西西弗推巨石，过程很艰苦，但又携带着幸福。悲观者看到其徒劳的始终，乐观者却记下他奋斗而幸福的过程。因为他比所推的石头更坚强，更因为他秉持了每走一步都有成功的希望这个信念。国学大师梁启超说，人间的苦乐，全在主观的心，不在客观的事。俗话说写作的甘苦只有自己知道。苦了有人鼓励，乐了有人分享，固然是好。如果都没有，只要自己心甘情愿，也终会有瓜熟蒂落、水到渠成的时刻。

但是"自然永远是美的，它使艺术家们绝望，因为他们很少有能完全赶上自然的"。自然是游记写作的主要对象，游记是描写自然的艺术，游记作者再努力，都写不尽自然的美。只是通过努力，不断再现自然美的一些方面，或者缩短跟自然美的距离而已。即便如此，我们还得像浮士德那样不断奋斗，做一个日益高尚化和纯洁化的人，不期待上界对灵魂的拯救，唯愿有掌声在耳边响起来。

在作品后注明写作日期，这是不小的事

2018 年暑假开始，我把《宁远水粉》和几篇游记投稿给程少堂老师的"语文味"网站，他除了做风趣幽默的点评之外，特别提醒文章末尾注明日期。我当时不懂，觉得网站、公众号、报纸杂志上面都有发表日期，何劳我多手多脚？不如省下气力，多读一页书。

直到读爱克曼的《歌德谈话录》，发现歌德提醒爱克曼："还有一点，你要在每首诗后面注明写作日期。这样等同于同时写进了你的进度日记。这并不是小事。"《歌德谈话录》是歌德晚年讲谈"有关文艺、美学、哲学、政治、宗教、自然科学以及一般文化的言论"，体现歌德这个伟人的创作、思想的智慧和学理的著作。爱克曼把它保留下来，而且强调一句"这不是小事"，大概是以下几个原因。

第一，是写作的日期，于自己是检讨的线索，于别人是联系的背景，可以做考据的依据。

第二，是自己系列创作的中继，可以做前后贯通，文脉继承的标志，能为以后省下不少的时间。

第三，"每一种艺术在动手实践时都是艰巨的工作，要达到纯熟的掌握都要费

毕生的精力。"留下日期就可以看出艺术路上的进退得失。

第四，这不仅体现出艺术家的责任心，而且体现着自然科学家的严谨态度。

朱光潜说，德国的美学家一般把艺术分为"空间性的"和"时间性的"两大类，建筑、雕刻、绘画属于空间领域，因为对象分布有方位且呈静态，媒介主要是线条和颜色，感官依赖于视觉；而舞蹈、音乐、诗歌及其他文学体裁属于时间领域，因为对象有先后承续且呈动态，依赖的感官、媒介都相对复杂。

我觉得游记这种文学样式是介于两者之间的。拟写的对象有些分布有方位且呈静态；也有些先后承续且呈动态，依赖的感官、媒介都相通相融。打一个不是很恰当的比方，游记就像诗句"郴江幸自绕郴山，为谁流下潇湘去"的意境，"郴山"是空间的，"郴江"是时间的，"流下潇湘去"的是作者的情感情趣。分开了啥都不是，合起来才是完整作品。

"郴江"的流，虽然不停不歇，但是也有回环的低回、跌宕的快乐、集聚的静默、奔泻的豪迈，每一处状态都是"流下潇湘去"情感情趣的一个侧面，都有纪念的价值。所以还是听了劝告，把定稿时间注明了吧。

胡少明

2020 年 2 月 8 日

于深圳梧桐山下

目 录

游记，顾名思义，指记述游览经历的文章。起始于郦道元的《水经注》，定型于柳宗元的《永州八记》，大成于徐弘祖的《徐霞客游记》。

游记的内容以写景叙事为主，如柳宗元的《始得西山宴游记》，姚鼐的《登泰山记》。也有写景叙事后，偏于议论的，如苏轼的《石钟山记》、王安石的《游褒禅山记》；带有理性解说的，如郦道元的《三峡》；还有侧重于主观抒情的，如柳宗元的《小石潭记》、欧阳修的《醉翁亭记》、袁宏道的《满井游记》。

到如今，游记被赋予了历史与人文内涵，如翦伯赞的《内蒙访古》、吴伯箫的《难老泉》、余秋雨的《千年一叹》、三毛的《撒哈拉的故事》。游记作品不管偏向于哪一种类型，都得突出"言之有物、言之有序、言之有文、言之有理"的共同特点。

中央电视台 2019 年主持人大赛（新闻类）决赛第一轮，六个选手，三组题目，分别是就以下题目作阐述："作为主持人，主持节目当言之有物"与"作为主持人，主持节目当言之有理"；"作为主持人，为了工作行万里路"与"作为主持人，为了工作读万卷书"；"作为主持人，讲好中国故事，注意故事的内容"与"作为主持人，讲好中国故事，注意讲故事的方法"。内容与形式、理论和实践、言之有物和言之有理，是所有艺术工作最重要的环节。

相对于游记写作而言，"行万里路"是旅行观察；"读万卷书"是必要的积累；"故事的内容"是旅行的收获，是游记的写作对象；"讲故事的方法"是游记写作的原则，主要体现作者运思的章法；"言之有物"决定游记作品的温度；"言之有理"强调游记作品有必要的高度。

有人把游记戏称为"行走文学"，因为行走观察是写作的根本。清代学者王夫之说："身之所历，目之所见，是铁门限。"这话告诉我们行走千里，观察八方，了解写作对象的普遍性存在，掌握其特殊性的变化形式，这是创作的起点。

一、观察：把握一瞬与一切

学会观察是游记写作的首要条件。旅行中的观察首先明确目的，是为了积累游记写作的素材；其次要全面细致，要找到客观对象的特点、规律和本质；第三要持之以恒，有些对象比较复杂，或者过于庞大，需要多次观察、反复观察。例如黄永玉听说苏州光福司徒庙有棵古柏，清、奇、古、怪，第一天去，勾了一张白描写生，觉得不妥，第二天再勾一张规模较大的白描，从早到天黑，翌日凌晨再继续，直到满意为止。这里的黄永玉第一天只记下大意；第二天才用线条勾画出那棵古柏树的清、奇、古、怪的细节特点及其在不同光照条件下的姿色变化，耐心地用写生记录观察时的发现。

欧阳修写《醉翁亭记》，描述自己对琅琊山的观察结果："若夫日出而林霏开，云归而岩穴暝，晦明变化者，山间之朝暮也。野芳发而幽香，佳木秀而繁阴，风霜高洁，水落而石出者，山间之四时也。朝而往，暮而归，四时之景不同，而乐亦无穷也。"早晨上山，傍晚返回，四季的景色不同，是挑选不同时间作出不同的观察；反复的观察，终于录下琅琊山不同时间里的独特美景。

苏东坡再游赤壁，录下赤壁的崖峭千尺而山高月小，水浅流缓而石出有声的初冬独特夜景。"江流有声，断岸千尺；山高月小，水落石出。曾日月之几何，而江山不可复识矣。予乃摄衣而上，履巉岩，披蒙茸，踞虎豹，登虬龙，攀栖鹘之危巢，俯冯夷之幽宫。盖二客不能从焉。划然长啸，草木震动，山鸣谷应，风起水涌。"地点不同，景观各异，用斐然的文采记下赤壁山水的迷人风采。

文化底蕴、审美修养经常影响观察的选择及其带来的观察效果。朱光潜认为："人投生在这个世界里如入珠宝市，有任意采取的自由，但是货色无穷，担负的力量不过百斤。有人挑去瓦砾，有人挑去钢铁，也有人挑去珠玉，这就看他们的价值意识如何。"因此，接受一定的美学教育，积淀一些欣赏美、鉴别美的理论修养，是掌握观察的方法必要的前期准备。

比如，摄影就是特别强调观察的一门艺术。摄影强调画面的平衡、背景的取舍、主体的呈现、色彩的搭配、动静的效果，这些无外乎都是源自于观察。所以，摄影作品艺术成就的高低首先决定于观察的美学方法、观察的经验技术。例如人物摄影，人物集中在左，人物注意力的方向就该偏右；人物风景摄影，人物集中在右，远景空间就该布置偏左。这是要注意画面的左右平衡原则。摄影和画画的人都喜欢黄金分割的构图比例，认为它是最美的形体，就是因为它能平衡各个元素之间的矛盾关系。

当然，除了观察注意眼前事物之外，还要想方设法挖掘背后的事物。叶圣陶先生在《作文论》里说："不只是零零碎碎地承受种种见闻接触的外物，乃是要把它们认得清楚明画，看出它们的关系。"和摄影一样，我们在旅行中学会观察，不只把握住风光景致的"一瞬"，还要把握好这些风光景致的"一切"。比如到非洲草原上，狮虎奔突追逐，羚羊、角马惊慌逃窜，这是动物世界的常态。但是狮虎也有为选择出击的最佳时机，而爬上高处瞭望；羚羊也有从容吃食，回首搔痒嘴舔肥臀这样的悠闲淡定特殊情态。

一个常年从事剪影的民间艺术家说："要剪出一个人的影像，技术固然重要，更重要的是观察。"同样，要写出好的游记，首先要做好的是旅行中的观察，通过观察把握好风光景物的共性和个性。

观察要挑选对象

观察的对象，笼统地讲如悬崖绝壁、名山大川、城堡角楼、异域风光等自然景色；风土人情、宗教信仰、历史承续等人文积淀。细分的对象常常偏好新奇、险峻、刺激、流动、广阔、遥远。抽象点说，线虽单纯，也可以分为美丑；具体来说，颜色，它也有温度和性格，浅色冷，深色暖；红色使人觉得活跃豪爽、富有同情心，蓝色是和善、平易近人。因人而异，不一一举例说明。

文章家一般都是提倡观察身边的人和事，认为只要是一天生活里感受深刻的细节，就记下其过程；有影响比较强烈的亲旧俗人，就记下他们的言行，文字里渗透进内心的情感，就能写出好文章。连林清玄给小朋友建议的时候也说，要观察"自己身边熟悉的人来写作文"。但是，这条经验用于游记写作是不太合适的，因为一般的人与我都是面对相同的世界，那为什么我能写出受人欢迎的游记文章，而其他人不会呢？就是因为我观察到了新奇、别致、美丽的风光景物，我能理解风光景物背后的历史故事以及人文积淀，就是因为我对平常景观有了不平常的感受，甚至有了独特的发现，认识到了观察对象的文化价值。

挑选观察对象不仅要注重其文化价值和审美价值，还要尊重人对新异险怪等现象的好奇心理。例如林清玄自己小时候在突然发生的新奇事件面前，也是和普通的小朋友一样追逐新鲜，不惧危险的，请看他的散文《夜观流星》里的记载：

> 有一天，玉豹伯为我们讲《西游记》，突然，来了一颗流星。我们就听到轰然一声巨响。流星落在我们庭院前不远处蕉园旁的河床。
> 一群孩子全像约好了似的，完全不顾孙悟空，呼啸着站起来，往河床奔去，等我们跑到的时候却完全不见流星的影子。在河床搜寻了一个晚上也毫无所获，才拖着疲惫的身子回家。

《西游记》是我们感兴趣的，孙悟空是林清玄和小朋友感兴趣的，但流星落在附近，这在林清玄和小朋友的生活里是可遇不可求的稀罕事，是更加让人兴趣陡升起来的，所以林清玄和小朋友对《西游记》、对"孙悟空"的故事不理不顾了。

对于游记写作者而言，我们做观察常常喜欢要挑选这样一些对象：或者趣味新奇的，或者内涵丰富的，或者冲突尖锐的，或者动感十足的。有文化价值，有新闻价值，有使用价值，才值得保存为日后写作用的素材。

如我观察园丁鸟。首先我是无意观察到的，拍下照片，在百度里查到它叫园丁鸟之后，就用心起来了。因为它追求完美和勤奋耐劳的品质，这与被誉为"园丁"的中国教师很相像，中国教师就是"用品德的竹枝为梁柱，叠起了框架；以知识的砖石为草茎，编织好壁墙；以美的价值观为辅料，装饰好外表；以情感的蒲苇为丝线，缠绑住人生的枝条，编织出了一个教书育人的鸟巢"。我被这新奇之事吸引，认真细致地进行观察。留心鸟的动作细节，记下它与众鸟不同的翅羽毛冠；抽出时间，看其织造的全过程。

园丁鸟筑巢

胡少明

2019年暑假，我们入住南非开普敦 LAGOONBEACH 宾馆，在通往房间的过道上，巧遇了园丁鸟筑巢的全过程。

在几枝桠岔的树枝末梢，园丁鸟在略显雏形的框架上织草旋藤。细藤为经，宽草为纬；经纬之余，斜跨兜挂，发散型、收纳型都有，而且左右匀称。编草织墙，从上而下，顺畅流利，设施完善，可以挡住风雨，却不会闭塞排泄。

园丁鸟有橘红的头翎，花灰色的翅翼，整个腹羽是一片纯色的金黄。我不知道园丁鸟的雌雄有什么区别，颜色都是一样的上深下浅，翅膀一展开，就显示出金黄黄的全身；只觉得每只园丁鸟都非常灵巧智慧。鸟喙衔来的草叶或者茎藤都比较长，它们先把一头拴在上头，然后用嘴拉直扯紧，再把长出来的草茎折弯回绕，草茎柔软弯折扣紧而不撕断。一只鸟把衔来的草茎织编结束，另一只刚刚飞来接续。也就是两三天功夫，一个完美的鸟巢大功告成。

　　园丁鸟筑巢的牵挂织绕基本上是站在巢口上进行的，因此以内巢为正面，由内而外，而讲究美观的园丁鸟非常注重鸟巢外表的形象，所以鸟巢的外表也被修饰得齐整整的。

　　园丁鸟是喜欢追求完美的鸟。它不像麻雀那样苟且，墙上一个破洞，放入几根藉草，垫上些许羽毛，就算一个巢；也不像乌鸦那样在高大树顶聚拢一窝芒茅，天当房，草当床，夏秋不蔽烈日，冬春不蔽风雨。更不像肯尼亚草原的鸟巢，里面光爽平整，外面的草长的长，短的短，毛蓬蓬的一点都不修边幅，给人的第一印象特差。它要精心地设计、精美地建造、精致地装饰自己的生活，给自己建造一幢美轮美奂的金屋，为子女营造一个舒舒服服的温室。

　　小时候，我也喜欢做手工，但是手脚远没有园丁鸟这么灵巧。

　　每年三月的光景，收割了小麦，我们小朋友都要用麦秸秆做笼子。大的装蚱蜢，小的装萤火虫，都是仿照鸟笼形状的。用细细的高粱秸做柱子，用新鲜的麦秸编织，有窗棂有门户，美观且实用。

　　也就是这个时候，田野的萤火虫成群结队地飞来飞去了。晚饭后的农村一般都已经天黑，天空低矮，繁星闪烁，我们不认识北斗星，也不认识牛郎织女星，只认识像星星一样闪烁的萤火虫。有时候，萤火虫一组一组地飞，尾巴上的荧光一闪一闪从人前飞过。我就用蚊帐布做兜网，一会儿可以捉住十几只。把它们装进麦秸制成的萤虫屋，萤虫在里面也是一闪一闪。睡觉了，把萤虫屋放在枕头边，一闪一闪的萤光便领着我进入忽喜忽悲的梦境。

　　也许是萤虫屋里面的麦秸不整齐，刺伤了宝贝儿一般的萤火虫；也许还有别的原因，萤火虫活不了几天长，心情总是有些惆怅。

　　长大以后，读了师范大学，毕业后做了几十年的中学老师，经常被人恭维为"园丁"。我就想，我是不是用品德的竹枝为梁柱，叠起了框架；以知识的砖石为草茎，编织好壁墙；以美的价值观为辅料，装饰好外表；以情感的蒲苇为丝线，缠绑住人生的枝条，编织出了一个教书育人的鸟巢，细密完美，经世致用。

　　我是住在了里面，而来此行旅的学生和过客，三年两载一届。他们离开之后，受到经济利益的诱惑，受到思想风雨的侵蚀。在与阳光的价值标准发生的光合作用中，他们自己建造的纸房子、草房子，不知道是不是像我的一样？

或许"青出于蓝而胜于蓝"，他们个个早就远超过我了。

鸟巢的精美是人所共知，但南非的园丁鸟筑出来的鸟巢更加完美精致，里里外外都有顾及，没留下半点粗糙瑕疵，所以我就用它做意象，寄托内心对教师这份职业的敬重和歌颂，敬重教师教书育人、德才并重的品质，歌颂教师勤奋耐劳、忘我投入的精神。我觉得这一番用心要比一般人要良苦，这一分立意比平常人要高远，这种手法比大多数人要新颖。于是，重新仔细观察园丁鸟筑巢的细节，拍摄园丁鸟衔草穿梭，斜跨兜挂劳作的照片，为后来创作《园丁鸟》做准备。

趣味新奇的、内涵丰富的、冲突尖锐的、动感十足的那些精彩瞬间是可遇也是可求的。可遇是因为你有运气，可求需要你有耐心。到马赛马拉国家公园（南区）看角马争渡，这是所有去非洲草原旅游者的共同心愿。2018 年暑假我们一行 20 人，有幸遇上了，看到了"角马越来越多，从树林深处、从浅草荒原、从山顶斜坡、从沟壑壕堑，四面八方，单行纵队，或踽踽而行，或小跑行军，好像同一时间听到了集结号，都向马拉河渡口汇聚"。

看到了"湛蓝的天空上秃鹫老鹰盘旋，深浅的黄草间狮群窥视，逡巡犹豫的角马领袖没有什么理由可以再不行动了，终于第一个跳进水里，一蹦一跳，忽起忽落，或泅或涉，最后奋力爬上石墩土岸。后续的角马挤挤推推，或情愿或不情愿地一蹦一跳，忽起忽落，或泅或涉，然后奋力爬上石墩土岸。渡过了马拉河的角马依次从渡口向四方疏散；没有到达渡口的角马队伍仍然盲目跟从，像扇子的筋骨，四方辐辏，并至而汇。既让我们幸运地遇见了世界第五大奇观，又莫名地后怕场面的不可收拾"。

而我们单位的另外两个年轻人，他们是自由行，比我们早到一天，结果就没有我们幸运。如果他们有耐心，多等一天，就能与我们一样，从容地欣赏完这个"世界第五大奇迹"。

观察要注意层次

包括时间顺序更替的层次、空间方位移动的层次、天气阴晴变化的层次等。

（1）时间顺序更替的层次。摄影爱好者就认为："色彩、空间、角度、参数等，在摄影中都起到很重要的作用。殊不知，'等待'这两个字，在摄影中起到更加至关重要的作用。并且总结出四句口诀：等待时间等色彩，倒影落水云拨开。静态景物等动来，人工光源亮点在。"等机会就是等时间，机会是时间带来的。高明的摄影师都喜欢连拍，一组照片里有你不需要的，也有你需要的；有些人喜欢眨眼，连拍一组，总会有一两张眼睛是睁开的。这是另一种方式的等待，遵循的还是时间顺序更替的原理。

观察风光景物也一样，在不同的季节看，不同的早晚时辰看，会有不同的收获，它们总有一个时间呈现它们最美的一种姿态、一种颜色、一种效果。聪明的游客会多次观察，综合比较，最后期待获得最佳的观察效果。

（2）空间方位移动的层次。从左到右，从远到近，从上到下，因地制宜。毛宁的《梦回繁华》介绍《清明上河图》说："画面开卷处描绘的是汴京近郊的风光。疏林薄雾，农舍田畴，春寒料峭，赶集的乡人驱赶着往城内送炭的毛驴驮队。""画面中段是汴河两岸的繁华情景。汴河是当时南北交通的孔道，也是北宋王朝国家漕运的枢纽。""后段描写汴梁市区的街道。在高大雄伟的城楼两侧，街道纵横，房屋林立，茶坊、酒肆、脚店、肉铺、寺观、公厕等一应俱全。"就是从开卷处到中段再到后段，空间层次非常清晰。

跟着导游走景区，多是强调三分观察、七分想象，但导游总还是把游客带到最佳的观赏方位，至少让你看到大众公认的那一个美的整体形象。台湾作家李乐薇写《我的空中楼阁》，就特别注意从不同的方位展示山中小屋的美的形象。

我写随笔《搬家琐记》，写新屋的朝向之好、花园小却精致，也注意观察了空间方位的移动变换：

卧室南向，每当晨光熹微，暖阳从窗外斜身进来；蒙眬的眼睛受到最轻最轻的唇吻，慢慢睁开，看到窗户边上的散尾葵，碧绿中有一两枝泛着橘黄，像是映着金晖的凤尾竹。不用养鸟，每天都有鸟语盈耳；不用挂画，窗外有幅巨画——名叫自然。

深圳住宅的层高是不够的，来了客人就到房后的小阳台上聊聊天、喝喝茶。阳台之小，是因为占地面积；论"领土"，只有有限的一点。和"领土"相对的是"领空"，论"领空"却又是无限的，每天都有星空流云，深山鹧鸪。苏东坡说："江山风月，本无常主，闲者便是主人。"我们一周留下半日轻闲，是不算苛求的。有了空闲，就来这里占用"领土"，享受"领空"，做江山风月的主人。

一片蓝，那是天；一方白，那是窗。不锈钢材料制成栏杆，隔而未隔，界而未界。左顾有山外青山，右盼有市井人烟。阳台上那个小巧玲珑的花园，东北角植桂树两株，干粗甚过碗口，枝叶扶疏，每至晴初霜旦，桂香飘摇，随风而来。桂之南茶花一樽，叶密千层绿，花开女脸红。未开的蕾，豆蔻青涩；花谢的骨朵是大户人家的嬷嬷，姿色一点也不平庸；而盛放的茶花，大红青绿、鲜亮张扬，简直是盛唐做派，堪比倾国倾城。茶花桂树之间，点缀射干杜鹃，高而舒展的掌型射干，仿如仕女画中做背景的两柄摇扇，红艳艳的杜鹃就是美丽的宫廷仕女了。桂树之东，置一方茶台，大理石雕刻，每每抬杯，鼻尖是最富有的财主。

第一段写朝向好，我通过观察，记下"晨光熹微，暖阳斜进"。如果与归有光那"又北向，不能得日，日过午已昏"的"项脊轩"比，明显要好许多倍。窗边的散尾葵，碧绿泛着橘黄，颜色、形象都颇具美感，不需要我像归有光那样重新"植兰桂竹木于庭"才能使"旧时栏楯，亦遂增胜"。

第二段写阳台之小却不失其美好可爱。"阳台之小，是因为占地面积；论'领土'，只有有限的一点。和'领土'相对的是'领空'，论'领空'却又是无限的，每天都有星空流云，深山鹧鸪。"古人观天察地，常常用俯仰两个角度，我俯察面积是不大，但仰观"领空"，却无限得很，可以看得到无边的星空，变幻的流云，屋外的高山，可以听得到山里的鸟鸣。从上到下，体验做一回江山风月的主人。

第三段写花园布置。花园小巧玲珑，突出井然秩序，"东北角植桂树……桂之南茶花一樽……茶花桂树之间，点缀射干杜鹃……桂树之东，置一方茶台"。以花园东北角的桂树为中心，先写南，再写东，景物描写的空间顺序是由作者观察的顺序决定的。

在这个文段里，我向朋友介绍新屋朝向、阳台花园，就是从不同方位说自己的观察过程。

此外，观察要特别注意"C位"意识，注意突出场景的中心，如宗教画《最后的晚餐》，不管作者是谁，耶稣是一定在画面的中间的。

（3）天气阴晴变化的层次。朝霞暮霭，艳阳烈日，斜风细雨，电闪雷鸣，极端天气下人物都会有不同的反应。老舍的《济南的冬天》，写了响晴的济南与下雪的济南，天气不同，韵味不同。

范仲淹《岳阳楼记》写洞庭湖的景观因天气不同而不同，迁客骚人的情绪心志因天气、景观不同而截然不同。

"若夫淫雨霏霏，连月不开，阴风怒号，浊浪排空；日星隐曜，山岳潜形；商旅不行，樯倾楫摧；薄暮冥冥，虎啸猿啼。"天气恶劣，空间低矮，景色灰暗，心情压抑，感情悲催，于是"登斯楼也，则有去国怀乡，忧谗畏讥，满目萧然，感极而悲者矣"。

"至若春和景明，波澜不惊；上下天光，一碧万顷。沙鸥翔集，锦鳞游泳；岸芷汀兰，郁郁青青。而或长烟一空，皓月千里，浮光跃金，静影沉璧，渔歌互答，此乐何极！"天气晴和，天空澄明，登高可以望远，潜身可以远祸，天地万物，安和乐利，于是"登斯楼也，则有心旷神怡，宠辱偕忘，把酒临风，其喜洋洋者矣"。

文章就是抓住不同天气的情况下，迁客骚人由外而内的常态反应，以此作为铺垫，引出古仁人"不以物喜，不以己悲"由内而外的超然胸襟，衬托自己"忧乐"天下的伟大抱负。

观察要保证完整

观察要注意眼前有看到的和眼前没看到的；眼前虽然没看到，但是应该会看到的。盯住"一瞬"，不放过"一切"，养成完整观察的习惯，可以培养整体性思维，这是观察的关键要素。

所谓"一瞬"，是客观事物在短暂的时间和有限的空间中所呈现的形态。是眼前看得见的，如绘画和摄影就是表现生活中的"一瞬"。所谓"一切"，是客观事物所有内在和外在的总和，或者这个客观事物几个阶段、几个生活方面之间的逻辑联系。文学作品则是把许多"一瞬"有机地连接和组合，从而表现出描写对象的"一切"，即描写对象的本质特征。

马克•吐温说："尽管生活稀奇古怪，写起小说来可还得入情入理。""生活稀奇古怪"的地方是"一瞬"，"入情入理"的"情理"就是"一切"，两者结合起来就是一个完整体。

修辞里的象征是"一瞬"与"一切"的结合体。曹植的《七步诗》："煮豆燃豆萁，豆在釜中泣。本是同根生，相煎何太急？"在生活里，豆粒和豆萁的功用不同是豆的"一切"，曹植寄寓"兄弟相煎"的特殊意境，这是"一瞬"。两者结合起来，就构成《七步诗》这首诗完整的意境，从而具有超级的生命力。

王昌龄的《长信怨》："奉帚平明金殿开，且将团扇共徘徊。玉颜不及寒鸦色，犹带昭阳日影来。"使用"寒鸦""日影"两个意象，是平常使用的旧材料，属于我们所说的"一切"，也就是共性。从来没有人想到班婕妤的"怨"是因为携昭阳日影的寒鸦带来的，王昌龄想到了，他独运匠心，借以抒发饱受冷落的"长信怨"就是我们所说的"一瞬"，也就是个性。歌德说，诗人要处理好共性与个性的关系，要创造出灌注生气的"完整体"。

换个角度再分析，王昌龄在唐代是诗人，诗人是王昌龄的"一切"；他感同身受地想象班婕妤谪居长信殿的幽怨，充当《长信怨》里班婕妤，这是王昌龄的"一瞬"。两者结合起来，才组建《长信怨》这个临时却能影响久远的完整体。

欧阳修到琅琊山看是看过的，但要说分季节去看，天天早去看晚去看，估计不会有。但他却写了早晚和四时的不同，他亲眼看到的是"一瞬"，把眼前看到的和眼前没看到的综合起来就能代表"一切"，没有违背认知需要保持完整性这个原则。

这样做就是会观察。会观察是指善于从"一瞬"中看到"一切"，从"一切"中抓住"一瞬"，两者对立统一，构成认知的完整性。

例如我写《飞土逐宍》，观察非洲草原的食草动物的游记片段：

　　七月二十日下午四点半,我们乘坐特制的面包车出发,驶入草原腹地,去收集现实与想象的神奇交集的发生在动物世界里的故事。

　　广袤的土地无边无际,偶尔起伏的山峦也是一片葱茏。远山黛碧如眉,近处浅黄如土,草原中间时不时点缀一棵合欢树,亭亭如盖。刚刚满月的汤普森·瞪羚,金黄色的茸毛披覆住头颅脊背;淡灰的乳白依下而上,四肢、肚皮,乃至半个臀部都白白的;中间镶嵌两条带点弯曲的黑带,宽厚富丽,仿佛过年穿上新衣的孩童,蹦蹦跳跳。头颅低下,卷食青草;头角昂起,眺望远方。灵动的黑色小尾巴不停地甩,就像是牧童的短笛在春风里呜呜地响。瞪羚的尾巴到底是短了,赶不走叮在屁股上的蚊子,这时瞪羚就会反身回首,脸面贴及后臀,这是摄影的好机会。瞪羚闲了还会角斗,眼睛瞪着眼睛,犄角顶着犄角,半真半假地打斗起来,虽然从没见过它们你死我活的结果,但是对于摄影师而言,这是绝好题材。

汤普森·瞪羚的外貌以及"灵动的黑色小尾巴不停地甩",还有它们"头颅低下,卷食青草;头角昂起,眺望远方"的动作是共同存在的普遍性,属于它们的"一切"。观察中的"一切"不是古典主义"类型",古典主义的"类型"是全类事物的模子,画马就要画得像一切马。写出它们的常态,或者写出非常态之间的联系。"这时瞪羚就会反身回首,脸面贴及后臀……闲了还会角斗,眼睛瞪着眼睛,犄角顶着犄角,半真半假地打斗起来",这是特殊情况下出现的特殊表现,是它们生活中富有情趣的"一瞬"。不写"一瞬",瞪羚的"一切"缺乏灵动之气,人云亦云,缺乏看点;不写"一切",瞪羚的生活缺乏广阔的背景,会显得单薄。可以这样说,有了精彩的"一瞬"才有文章的出彩,有了相应的"一切"才有文章影响深远的格局;两者有机结合,就体现出了认知的完整性。

　　再如我到约旦旅游写的《阿拉伯女人和骆驼》里的片段。

　　中午吃饭前闲聊,说起伊斯兰女性天生丽质却偏偏黑袍罩身,不让人看到她的美丽。另一人立马搭腔,说她们在自己家里,尤其是自己的男人面前,穿得很少,红装素裹,分外妖娆。

清真女性为何要黑袍罩身？伊斯兰教外的所有男人女人都感到好奇。面对全世界的咨询，约旦的教授用两个比喻作出回答。家里有两枚棒棒糖，一枚用糖纸包好的，一枚糖纸打开了的，你会选哪个？两枚糖都插在花园的土壤中，哪一枚容易招惹蚊虫苍蝇？道理说不清楚，就打个比方；顾左右而言他，约旦的教授是聪明的。

说实话，到中东旅游，都很好奇伊斯兰女性的生活状态。个个明眸皓齿，面色红润胜桃花，却是人眼浏览的禁忌对象。导游正色警告，不要多看，更不能照相，否则惹火烧身，轻则遭遇抗议，重则导致纠纷。到了那个时候，面上无光，自找没趣。黑袍罩身的女性是旅游观光的禁区。

团友住进酒店后，我们四个人去坐游船看海底珊瑚。来到海边，树木葱茏，繁花似锦，一反沙漠中的单调与枯燥；海面上百舸争流，半空中群鸥翔飞。生活向我们打开了最美丽的画卷，在这里可以尽情欣赏其中的橘黄橙绿和姹紫嫣红。

清莹的海水倒映着蓝天，男士在教女生游泳。男士赤裸上身，虎背熊腰，肌腱清晰；女生黑袍裹身，鞋袜齐整；男女授受亲昵，搂抱自然。见到我们好奇的眼光，男士挥挥手，善意交流，并未见怪。

飞艇从我们身边一掠而过，两男两女，俨然成双成对。男士须发苍苍，美髯飘飘，迎风招展；女士黑袍罩身，体态轻盈，风韵藏而不隐。飞艇乘风破浪，起浮在水面的高低间，啸笑之声随风飘散。

还有一船载着一家四口，爸爸驾船摩梭，妈妈左搂右抱，天伦之乐形于脸色。见到外国游客，举家挥手示意，互相拿出相机朝着对方微笑，极其友好。

清真女性个个明眸皓齿，面色红润胜桃花，要黑袍罩身，有客观的美却不肯外露，成为旅游人眼睛浏览的禁忌对象。这是伊斯兰世界的共性，保守封闭就是所谓的"一切"。蓝天下的海滩，男士在教女生游泳；飞艇中两男两女，成双成对；一家四口，见到外国游客，举家挥手示意。这是游客眼中看到的三个"一瞬"，分明显示出女性的开放和大度。不写"一瞬"，就看不到"生活向我们打开了最美丽的画卷"，"一切"的伊斯兰女性就缺乏灵动，缺乏看点。不写"一切"，不交代伊斯兰世界女性生活的广阔背景，文章会显得单薄。还是上文讲过的那一句话：有了精彩的"一瞬"，才有文章的出彩；有了相应的"一切"，才有文章影响深远的格局，把两者结合起来，对伊斯兰女性的认识才显得全面。

朱光潜有句话说得好："工夫虽从点睛见出，却从画龙做起。"如果画龙是我们观察的"一切"，点睛则是观察的"一瞬"。单看一点，并不特别，结合起来看全篇才有生气灌注的意境，引发读者强烈的共鸣。

旅行家行走天地，探索苍穹，不是走过即过，常常要把行走的所见所闻，探索的心得体会，细致客观、井然有序地用文字记录下来。如果不写观察日记，走完万里路，就想写游记，那毛驴岂不早就可以成游记作家了？

黄永玉说："我眼前只能用线条去搜集形象……只是通过这种反复的练习把形象在脑子中储存起来。直到用得着的时候能自由地运用它，不需再去写生。"黄永玉的这番话里，有两个概念："用线条去搜集形象"相当于旅行观察；"通过这种反复的练习把形象在脑子中储存起来"，则是下面要讲的积累了。

二、积累：兼顾务实与务虚

张大千的徒弟何海霞最得师父的真传，黄永玉认为最重要的原因是"何海霞背得出一两百种树木岩石……诸般形样"。因为在观察的基础上，丰富的感性形象积累是绘画成功的不二法门。黄永玉说何海霞兢兢业业积累的形象"是何的财富，他挥洒自如，举重若轻，他架山水于股掌之中，指挥若定，顺手拈来。他是山水的主宰，掌中有雷霆，有朝阳和风，有微波浅渚，有茂林修竹，有良田万顷……他见识过，思考过，千百次地描绘过。"在黄永玉看来，张大千交给徒弟心胸见解，更重要的是交给了他们做形象积累这个良好习惯的基本功。

谈积累常常又被人联系起读书，下面我就拿读书作比喻，讲讲积累中的务实与务虚的关系。苏东坡与王郎书曾讲到：

> 欲少年为学者，每一书，皆作数过尽之。书富如入海，百货皆有，人之精力，不能兼收尽取，但得其所欲求者尔。故愿学者每次作一意求之，如欲求古今兴亡治乱圣贤作用，但作此意求之，勿生余念。又别作一次，求事迹故实典章文物之类，亦如之。他皆仿此。此虽迂钝，而他日学成，八面受敌，与涉猎者不可同日而语也。

　　"每次作一意求之"是最务实的读书方法。带着最迫切的生活问题，有最明确的读书目的，读了就用，用了见效，立竿见影。下次遇到新问题，再读此书，再换角度，再寻得新理据，得以解决新问题。每次读到的心得体会于当时便是务实。朱光潜在给青年人《的谈修养》中，也讲一书作几遍看，每一遍只着重某一方面。

　　俗话说"台上一分钟，台下十年功"，演艺行业就特别强调虚实兼具的积累功夫。陆游教育后代"汝果欲学诗，功夫在诗外"，放在积累的范畴里，"功夫在诗外"是强调积累中的务虚成分。教育家叶圣陶讲作文教学时，也是强调"构思、动笔、修改那一连串的工夫之前还有许多工夫，所起的决定作用更大"，"构思、动笔、修改那一连串的工夫之前还有许多工夫"就是平时的积累。旅游写游记也不例外，需要事先的专题积累和广泛的素养准备。

质量积累为主，数量积累为辅

　　北京有个作家苇岸，因为阅读梭罗的自然主义文学经典《瓦尔登湖》，做了上万字的笔记，竟从此开始了散文写作。接连出版《大地上的事情》《太阳升起以后》《上帝之子》等散文集，竟成为了描写自然世界的散文家。

　　出行前的时间，我们常常为了"行能同其乐，停能述以文"，围绕旅游目的地山川风物、人文历史而做一定量的阅读摘记，这可以理解，但这时准备到底是有限的。要尽量用有限的时间做高质量的积累，阅读的针对性更强一些。所以这时泛读名著，不如精读一本；通读一本，不如精通一家。数量大不如项目专，多而肤浅不如少而精深。阅读摘记的针对性越强，所做积累的质量就越高，对游记写作的帮助就越大。

　　例如去中东以色列、约旦旅游，在导游指导下，买几本相关的书籍，了解旅游景点的历史背景、文化渊源，如《人类简史》《世界上下五千年》《最后的神祇，最后的审判》。泛读之后，我就精读房龙的《圣经的故事》，对犹太教、基督教做了比较详细了解，并且做了近万字的笔记。旅游回来，写了《在宗教的河里受洗》《踏实产生美》《瓦地伦沙漠的太阳味道》等八篇共两万字的游记散文。这是带着目的的专题积累，实用性很强，应该是属于高质量的务实的素材积累，而不是泛泛阅读时累积数量的比较虚化的一般积累。

行程中要去马德巴的圣乔治教堂，因为教堂地板上有一幅用马赛克拼成的中东地图，介绍了宗教里的著名人物和相关的历史事件。写《马德巴的马赛克艺术》需要积累些绘画方面的知识，正好飞机上有一本介绍中国敦煌壁画艺术的杂志。我先泛读一遍，挑选关于人物画的片段做摘记，好与马德巴的马赛克拼贴画做比较；再读朱光潜的《谈美》《西方美学史》，季羡林的《在敦煌》，摘记艺术的起源和作用等相关理论，为自己旅游中的发现、感悟找到理论依据。这样才可以写出有实地考察，又有事后发现的游记。结合原文，你可以看到我当时做的素材积累有哪些作用。

马德巴的马赛克艺术

胡少明

在《圣经》旧约中，马德巴是经常被提起的地方，这里是约旦基督教徒重要的聚集地。

马德巴的圣乔治教堂内的地板上有一幅用马赛克拼成的中东地图。这幅地图由230万块彩色石片拼接而成，明确标出的地点不下150处，还用希腊文注释介绍了著名人物和相关的历史事件。

我觉得这幅地图的价值在当时表现为有效地完成了宗教的宣传和普及任务。聚集在这里的基督徒因大多数不识字，教会就把圣经故事制成马赛克图画进行传播，直观形象地让基督教义深入人心。马赛克一词源于古希腊，意为"值得静思需要耐心的艺术工作"。这项艺术工程的实用价值得到了充分体现。

在后来，它的价值表现为宗教考据的线索作用。因为地图清楚记录了六世纪耶路撒冷和亚历山大等古埃及城市以及河流、海洋的位置与地形特征；标注了著名人物和相关的历史事件，被基督教的研究人员用于考古发掘、考证真伪等工作，起到索引作用。所以这幅地图有极高的考古价值。

到现在，这幅地图已经成为艺术品供游客观赏、艺术家品鉴了。地图布局疏密有致，颜色深浅相接相间，物品变化丰富，画面美观和谐。局部的细节形象生动活泼、直观有趣，如地中海的贸易，有渔船装载着黄金色的稻谷、银白色的海盐，象征意义浓郁；又如约旦河里的鱼逆水洄游，不入死海的情景，则又以小见大，见微知著，郑重告诫人们死海不宜生存。意象简洁，寓意深刻，手法朴素。细致观察图中花鸟虫鱼、飞禽走兽、人物动作，形神俱备、栩栩如生，具有极高的艺术价值。

这幅地图嵌在圣乔治教堂的地面上，虽然几经磨难，还有部分毁坏消损，但现存的马赛克依然清晰精美，难能可贵，是一件名副其实的稀世珍宝。

想起佩特拉的卡兹尼神殿，半圆形的圣坛为上层的中心，两侧上下雕塑七尊神物，表示一周七天；坛沿饰以十二个边牙，代表着一年十二个月；坛沿下方规则地镶嵌三十方石块，象征着一月三十天。殿门上三个石龛中，分别雕有天使、圣母以及带有翅膀的战士的石像，惟妙惟肖。严谨规范的设置与形神兼备的表达比翼齐飞，艺术的雕塑记载着当时的历法，神圣的形象陪伴着逝去的先人。真实的学问与逝去的灵魂相依相伴，丰富的思想借助浮雕的物象永生永存。

至于瓦地伦沙漠中崖壁之上的刻画，一匹骆驼，几只小虫，不成体系，实用性大于艺术性。倒是让我想起了中国敦煌沙漠里的壁画，令人不得不心生敬畏。

壁画里的飞天形象丰富，或为礼拜，双手合十，胡跪形态；或为供养，手捧花果或手持璎珞；或为散花，手托花盘，拈花散布；或为歌舞，手持乐器，演奏舞蹈。每一个飞天都是形态丰满、腰缠长裙、肩披长巾、面瘦颈长、额宽颐窄、鼻眼直秀、眉目疏朗。不同的环境里她们有不同的动作，但动作都十分的夸张，凌空回首，彩云托伴，怀抱不鼓自鸣的乐器，体弯"V"字形亮相。季羡林《在敦煌》里说："这当然都是幻想，甚至是欺骗。但是艺术家的态度是认真的，他们的技巧是惊人的。他们仔细地描，小心地画，结果把本是虚无缥缈东西画得像真实的事物一样，生动活泼地、毫不含糊地展现在我们眼前，让我们对于历史得到感性认识，让我们得到奇特美妙的艺术享受。艺术家可能真正相信这些神话的，但是这对我们是无关重要的，重要的是他们的画。这些画画得充满了热情。"此画只应天上有，人间哪得几回见？

虽然艺术源出于生活胚胎，但是完美的艺术必定源于壮实丰满的成人，而且还必定是有灵魂、有智慧、有人性的完人。敦煌壁画是虔诚的信徒呈现给教主的皈依礼物，是闭关十年后重出江湖亮出的惊世绝招，是现实中的人想象凌虚境界的事。敦煌壁画已经进入文人作画的时代。

美是有等级的。柏拉图给美划分过等级，越是物质的就越低级；越是精神的就越高级。实用是美的起点，但是美的方向是给人的精神带来审美的愉悦。

中国敦煌的壁画艺术是脱离了低级趣味的纯净作品，是中国艺术家献给精神上帝的礼物。

高质量的积累方式确实是临上阵而磨枪，为砍柴而磨刀，方向很固定，目标很明确，针对性很强。试想，如果出行前没有对基督教、犹太教做专门了解，到了马德巴，看到那一幅马赛克图画，就不会了解那么多的背景，不会产生那么丰富的联想，不会进行实用的、科学的、美感的思想升华。

梁衡在《手中一管墨，胸中墨一桶》里说："记者看到的、采访到的是现实的东西，但要写成文章，只靠这一点是不够的。读者还想了解这事、这人的背景、历史，及与之有关的其他东西。而这些在采访现场常常没有，要靠书，要读大量的书。采访只能给你直接的、现实的素材，书本能补充间接的、历史的素材。只有这两者的结合，才能成为一篇有血有肉的文章。"同样，没有为游记写作而阅读积累，也难以写出有历史、有情怀、有神采的好作品。他列举范长江的成名作《中国西北角》的写作过程，说明如何引用历史典籍，尤其是林则徐的"天山巉削摩肩立，瀚海苍茫入望迷。谁道崤函千古险？回看只见一丸泥"，将嘉峪关乃至是中国西北，精气神全体现出来了。

不过，平时的广泛阅读，尤其是美学知识方面的涉猎，也为这篇文章的构思做了数量上的积累。

如："我觉得这幅地图的价值在当时表现为有效地完成了宗教的宣传和普及任务";"在后来,它的价值表现为宗教考据的线索作用,有极高的考古价值";"到现在,这幅地图已经成为艺术品供游客观赏、艺术家品鉴了"。对马德巴马赛克图画在历史上的作用作分类解读,是作者平常逻辑思维的体现和写作习惯的呈现。

再如："敦煌壁画是虔诚的信徒呈现给教主的皈依礼物,是闭关十年后重出江湖亮出的惊世绝招,是现实中的人想象凌虚境界的事。敦煌壁画已经进入文人作画的时代。"这里面有金庸武侠小说的养分,也有"语文味"课题研究中关于文人画讨论的影子。

这些数量上的积累,在游记写作的时候,也有过不少的帮助。

间接积累为主,直接积累为辅

叶圣陶在《和教师谈写作》讲到"平时的积累"时强调,"许多功夫都是在平时做的,并不是为写东西作准备的;一到写东西的时候却成了极关重要的基础"。不为写东西做准备的积累,是间接积累;为写东西而做的积累才是直接积累。写作虽然是短时间的事,但写作出的大部分东西都是长时间积累的结果。所以,一般情况下,写作以间接积累为主,直接积累为辅。

积累写作的素材,又直接用于创作,最有名的要算是蒲松龄路边设茶摊求故事的事,那些故事经过他"粉而饰之",也就是加工,写入《聊斋》,成为文学作品。

也有看似与写作无关,但在特定场合,巧妙设喻,它又是最形象最合理的比方,如诺贝尔物理学奖获得者李政道平时喜好中国传统文化,尤其是古典诗词功底深厚,他做演讲,以文艺看物理,以物理看文艺,深入浅出,生动形象,特别受欢迎。就是因为他能把间接的素材积累直接转化成诗化的科学世界。

素材积累中的直接与间接是相对的。席勒和歌德是非常好的朋友,歌德说他俩"多年就在一起,兴趣相同,朝夕晤谈,相互切磋,互相影响,两人如同一人"。"所以我们关于某些个别思想,很难说其中哪些是他的,哪些是我的。有许多诗句是我俩在一起合作的。有时候意思是我想出的,而诗是他写的;有时情况正相反;

有时他作头一句，我作第二句。这里怎么能有你我之分呢？"

　　一般说来，直接观察获得的生活素材给人的影响是深远、重大的，它是游记写作素材的最大来源。但是如果熟悉业务的导游做精彩的讲解，团友之间互相交流，互相借鉴，集思广益，"三个臭皮匠，顶个诸葛亮"，这些间接积累的素材也是非常有意义的补充，有时甚至还会成为游记素材的主要成分。《朝鲜浮游记》就是集思广益的代表。

朝鲜浮游记
胡少明

　　从丹东到朝鲜，过海关时我们经历了"初极狭，才通人"的考验，火车走出新义州，复行一小时，终于有了"豁然开朗"的兴奋喜悦，终于看到了朝鲜的那山、那水、那田园风光。是真正的屋舍俨然，良田竹树，鸡犬相闻。

　　一马平川的田野上绿油油的稻田和黛沉沉的玉米地，一眼望不到尽头的庄稼，连田垄上都种满了黄豆秧，让人感觉四野无闲田。深深浅浅，高高低低，肥肥瘦瘦，播种时间的不整齐，演绎出田园乐曲的旋律节奏变化，应了"残红被径隧，初绿杂浅深"的意境。

　　山上墨绿色的是树，树都不很高，也没有特别出众的，齐崭崭地站立在起伏连绵的矮岭低山。如果有一堆巨大的垒石，或者在连绵的青山间突然中断，出现让人惊艳的断崖千尺，那绝对是风景，是大家相机手机聚焦的对象，可惜太少了，少到几乎没有。

　　叠翠的山坡与平川般的田园之间，点缀有纵有横甚至纵横交错的白练，那是灌溉用的水渠。更少的是池塘水洼；如果有，那水面平展如镜，周围没有风吹，便没有涟漪。水面泛着镜子一样的光，可以照出蓝天白云的影子，却看不到镜面底下的潜藏和沉淀。"空水澄鲜，俯仰流连"，欧阳修携人游颍州一类的事，朝鲜绝对不允许。

　　平壤是朝鲜首都，因为柳树多又称为"柳京"，这是个花园里的城市，远树含烟，绿草如茵；大道如砥，宽阔笔直；两边高楼大厦，鳞次栉比，疏密有致。有名的百层建筑，气象轩昂；居民大楼，美轮美奂。整个城市颜色艳丽，与农村的灰瓦土墙形成鲜明对比。

我们对朝鲜的社会状况肯定感兴趣。在新义州火车站的月台上，我们近距离接触过推车卖小商品的服务员。"南男北女"——南朝鲜小伙子英俊，北朝鲜小姑娘漂亮，名副其实。深青色的短裙，玉白色的上衣，腈纶纱的，薄得有点透，袖口和衣领都镶了深青颜色的沿，领口打个简单的蝴蝶结，大方美观，身材曼妙。脸庞呈倒桃子状，加上口红，分明就是中国北方的水蜜桃，白里透红，鲜妍可爱。

同样漂亮的女导游拒绝我们自己离开团队，警告我们不要私下接触城市居民和乡村百姓。她也很详细地讲解她们国家的制度概况，并很为她们朝鲜特色的社会主义感到骄傲，还很具体地回答我们关心的社会共同财富的分配原则等问题。

朝鲜的村庄，屋宇低矮，不需楼梯，颜色单一，土灰为主，但排列整齐。导游解释说房子都是政府统一筹建，然后分配给农民居住的。全国标准一致，男女成家，可以申请60平方米的房子一间，生了孩子，再申请换大号的，政府保证居有其屋，惹得我们羡慕不已。

我们再问朝鲜的人口与教育，导游颇自豪地说她妈妈有8个姐姐。现在的普遍情况是城市人生两三个，农村人生四五个，不用担心教育成本，全国都一样，普及十二年制义务教育，上大学了有奖学金，基本不用花钱，毕业后可以选择就业，但政府保证兜底，至少是哪里来哪里去。

妇女生下孩子可以选择自己带，两年内政府照发工资（朝鲜叫生活费），也可以送去保育院，直到6岁上学。有个母亲生下四胞胎，平壤妇幼保健院专门派护士去家里照顾，该母亲还被评选为"功勋妈妈"，四胞胎的父亲感动得在孩子的名字中间嵌入"保卫祖国"四个字。

朝鲜上班时间是早上九点到下午六点，一周六天，如果家有未上学的小孩，妇女可以晚一个小时上班，早一个小时下班。国家公职人员退休年龄跟中国一样，男的60岁，女的55岁。退休后都有养老保险，朝鲜人生病看医生是免费的。

在朝鲜最受尊重的人是军人，其次是运动员，再次是科学家、医师和教师。朝鲜党旗中的图案，除了铁锤和镰刀，中间还立着一支毛笔，表示党和政府非常重视知识分子。

了解这些情况后，不禁让人想起儒家理想主义的大同社会："不独亲其亲，不独子其子，使老有所终，壮有所用，幼有所长，鳏、寡、孤独、废疾者皆有所养，男有分，女有归。"如果说"此之谓大同"，朝鲜的农村似乎就是大同社会了。在这里，如果不更深入一步了解的话，似乎可以感受到《桃花源记》中那种乌托邦式的理想社会，环境优美、土地肥沃、社会和平、邻里和睦、没有剥削、没有压迫。但王安石说桃源社会里，没有政府，没有君上，甚至连一个里长都没有。但同样鲜明的是，在朝鲜的农村，公共场合的墙面上总有两位伟大领袖的画像，空旷地方也总是矗立着高而尖的万寿塔，桥梁头隧道口有军人执勤，高速公路上有哨卡检查，似乎也说明，朝鲜生活可能还有我们不够了解的一面。

朝鲜名胜古迹很少，与中国有关的只去过两处：一处是普贤寺，释迦庄严，观音慈祥，有扇"解脱门"，给人印象深刻；另一处是高丽王国的首都，宫廷的正门有两块碑，右边那块是汉字的，写着"高丽成均馆"，左边是朝鲜语的。走到第二进，一个角落里有一块仆碑，上面的汉字是"经理吴端清白善政碑"；到第三进，正殿展出了汉字雕版印刷技术和制陶工艺对高丽的影响过程，用朝鲜文字覆盖了中文的介绍。

朝鲜的农村屋宇和城市居民区都是政府陆续修建的，旧的文化承载物基本上荡然无存了。不论是都市还是乡村，不论是政治文化中心还是边陲瞭望哨卡，所有的知了藏在茂密的树叶之后，攀紧了或疏或密、或健全或残断、或生机勃发或暮气沉沉的树枝，拼了老命叫喊，我认真地谛听，似乎它们都是朝鲜语言的喇叭，播放着朝鲜中央电视台的新闻节目。

在朝鲜旅游，除非旅行车前去的景点，其他地方，导游只准我们远眺。

"朝鲜的那山、那水、那田园风光。是真正的屋舍俨然，良田竹树，鸡犬相闻"是整体印象。细一点也只有第二段"绿油油的稻田和黛沉沉的玉米地……让人感觉四野无闲田"。庄稼长得不整齐，"深深浅浅，高高低低，肥肥瘦瘦"，往好里说，

"播种时间的不整齐，演绎出田园乐曲的旋律节奏变化，应了'残红被径隧，初绿杂浅深'的意境"。

其他如"连绵的青山""断崖千尺""水面泛着镜子一样的光，可以照出蓝天白云的影子的池塘水洼"都是假设，属于想象中的风景，都是平时旅游观景积累的移植。

我们对朝鲜社会状况的所有了解，都源于导游的介绍和团友以前到访朝鲜的经验印象。我的这篇文章，几乎都是蒲松龄似的"偶闻一事，粉而饰之"，相当大的一部分来自于"道听途说"。是地地道道的间接积累为主，直接积累为辅。

由于去朝鲜旅游的人数相对稀少，所以即使是道听途说的一些情节介绍，也相当地受读者喜爱。这篇文章在我的游记作品中阅读量算是较高的，既可以看出大家对神秘国度的好奇心仍然重得很，也说明在游记的写作中，间接积累，也是同样重要的。

间接积累是写作的底气，有底气的写作才是文章成功的基础。直接积累虽然为辅，但它是文章灵气的来源。

2019年11月，我去了南疆，在喀什泽普县，看到了平生最美的胡杨树，当天就以景区广告语"水乡胡杨，浪漫相约"为题，写下游记。在文章中，对胡杨树外形、颜色、倒影的描写，对年轻人拍婚纱照的极美场面的描写，得益于在现场的细心观察，这些都是当时的直接的积累。而对于摄影艺术质量高下的标准、上帝调色盘的比喻、李白精彩于月亮以及丧生于月影的故事，还有古诗文的引用，都是平时积累，长期积淀的结果。

水乡胡杨，浪漫相约

胡少明

十月中旬，泽普胡杨的作品成熟了。

胡杨林的颜色

泽普的胡杨并不是互相约定好的，金秋一到，遍地黄叶，像农庄里同时栽下的庄稼，生长期一满，就全部等待收割。而是时序错杂的，光阴异同的，一树淡黄了，立马吸引了游客；旁边的眼红了，催促着内部的机能。只有出彩才能出色，于是乎你追我赶，争先恐后，淡黄、浑黄、橘黄、金黄，层林尽染。

浑黄就是浑身全黄，不带杂色，纯粹干净。青岛的崂山风景区，山脚是海，海里有一巨石，巨石上刻写了"浑碧"两个字。如果是春夏时节，山上郁郁葱葱，海水的浑碧也就一般。但是到了秋冬季节，花叶落尽，满山土黄，就反衬出海水的碧绿了。浑黄的颜色单一呈现也不咋的，但是混在各种颜色不齐的胡杨中，就显得格外引人注目，招人喜欢。所以浑黄就是辉煌了。

橘黄、金黄，看是好看，树前叶下一站，人的脸色都带上了淡妆，不用再抹脂粉了。怕就怕像李商隐说的"夕阳无限好，只是近黄昏"。这样会引起太多的伤感，不然的话，又会有少女吟唱林黛玉的《葬花吟》了。

但是也有一些我行我素的，懒得理睬周边的竞赛，继续保持慢生活的状态，全树碧绿，像一群金发的妙龄女郎里，掺进几个杂色的，影响了画面的纯粹。

有人看到哪里的花树五彩斑斓，就常用一个比喻，说是上帝打翻了调色盘。其实这个比喻是不对的。你想想，调色盘虽是颜色俱全，但是大紫大红，用来描述自然景观来说，既不准确，也不美观，绝对不会是油画家的杰作。泽普的胡杨才是油画作品的代表，五彩纷呈，但有调和，有过渡。纯有纯的高贵，杂有杂的韵味；即使依然面不改色地绿，也有存在的道理。黄永玉说："木刻就是把需要的留下，把不要的剔掉了。"造物主比黄永玉高明得多，它要留下的，当然是有用的，是备人不时之需的。

胡杨林的倒影

唐朝诗人刘禹锡说："山不在高，有仙则名；水不在深，有龙则灵。"在泽普摄影，我得把诗改一改。"树不在大，胡杨有名；水不在深，倒影则灵。"公园门口大厅，正展出关于胡杨摄影的成果，几乎每个出色的作品，都选材于金黄的胡杨加上它的美丽倒影。胡杨的颜色，已经是勾人心魄了，但是如果有了倒影，勾人心魄的美丽就翻番了。

林逋写梅名句"疏影横斜水清浅，暗香浮动月黄昏"。岸上有梅，水下有影，天上有月，水底有香，月朦胧香朦胧，倒影呈其中，实在是美极了。

知识青年上山下乡的时候唱的歌："天上一个月亮，水里一个月亮。我不知道哪个更圆？哪个更亮？"在水乡胡杨留影，是倒影美丽，还是实景美丽？我不知道，我真的不知道。如果水平低下的，实景拍好已经不容易；如果摄影高手，水中倒影胜于实景才是最高境界。水中倒影吸引着顶级的艺术家和最伟大的诗人。李白用诗赞美天上的明月，最后却用生命追随水里的月影。

胡杨林拍摄艺术可以分为三个等级：最高境界是水中倒影胜于水上的树的人，至少是彼此彼此，互相映衬；中间水平是眼睛盯着实景，顾及了有水下的倒影；最后一种，离开澄澈的水面，蹲到一棵树下，人与树做了一次合影。哪里没有树？哪里没有黄叶？何必跑到泽普的胡杨林来，简直是辜负了舟车劳顿。

胡杨作品的灵气

茅盾写《白杨礼赞》歌颂西北民众团结向上的品质，说："自然是伟大的，人类是伟大的，然而充满了崇高精神的人类的活动，乃是伟大中之尤其伟大者。"这句话用在这里也合适。

我在第一景点双桥映月拍风景，半月形的水面形成了一弯优美的湖，左边是多拱石桥，右边是牵索桥，湖水南出昆仑，北育绿洲，一路奔波，到这里稍作歇息，于是水面平静，澄澈透明，岸上穿红着绿的游客在淡黄浑黄间穿梭。我把镜头对准牵索桥及其倒影，美则美矣，但少了灵气。直到一队红裙少女，手牵手，嘻嘻哈哈地飘过来，碧绿的湖水、橙黄的胡杨、弯弧的桥绳，水上一朵红花，水下一枚红果，整个画面立刻生动起来。

我似有所悟，央请穿红色毛衣的马兰老师绕过石桥，站到对面的观景台，挺拔的身姿、优雅的气质，点缀在浑黄碧绿的童话故事中。我把照片发给朋友，他们都来询问，哪里请来的洋娃娃模特？他们的兴趣都集中到那点红色了。自然是美好的，人更是美丽的。

　　更美的是一对年轻人在澄黄浑黄中拍婚纱照了。新郎白皮肤白西装，像白马王子；新娘小白裙长玉臂，樱桃正红。两个助理轻提着白纱，罩在新人的头上，然后同时向上抛起；金色的阳光朗照着大地，温煦的西风轻抚着秋草，白纱缓缓飘落。我在陶醉中留下令人震撼的瞬间。年轻人的婚礼不仅仅是充满了崇高精神的活动，而且一定是庄严神圣的。

　　最美的当属于民俗文化风情表演了。黄沙大漠作远景，金黄的胡杨把碧绿的湖水环绕成自然的舞台，双峰骆驼一字站开，年长的维吾尔族人敲起手鼓，用冬不拉弹奏出美妙的旋律《我们新疆是个好地方》，一对年轻人，舞步轻盈，用变幻多姿的旋舞舞蹈出心中的幸福和满足。单个人的摄影是不够完美的，群众的生活快乐才是真正最美的艺术精品。在现实的生活舞台前，无论是站在哪个位置，留下的都是最美的照片。

　　每年的十月二十日，是喀什泽普的金胡杨节，这是一个值得记住的日子。

写胡杨林的颜色一段，"泽普的胡杨并不是互相约定好的，金秋一到，遍地黄叶，像农庄里同时栽下的庄稼，生长期一满，就全部等待收割。而是时序错杂的，光阴异同的，一树淡黄了，立马吸引了游客；旁边的眼红了，催促着内部的机能。只有出彩才能出色，于是乎你追我赶，争先恐后，淡黄、浑黄、橘黄、金黄，层林尽染。"整个胡杨林颜色都不一致，几乎是杂乱无章。因为我喜爱，我就细心地寻找其中的联系，发现树色金黄的地方游人聚集，枝叶老绿的树下人迹稀少。置身其中，反推因果，"一树淡黄了，立马吸引了游客；旁边的眼红了，催促着内部的机能。只有出彩才能出色，于是乎你追我赶，争先恐后"，印证了"不是因为美丽而可爱，而是因为可爱而美丽"，胡杨林因为有你追我赶，争先恐后追随时令，迎合人意的可爱，所以才显示出汇聚游人的美丽。这是置身其中，感同身受才有的觉悟和发现。

　　一般情况下，"有人看到哪里的花树五彩斑斓，就常用一个比喻，说是上帝打翻了调色盘"。但是，到实地才可看出泽普的胡杨"五彩纷呈，但有调和，有过渡。纯有纯的高贵，杂有杂的韵味；即使依然面不改色地绿，也有存在的道理"。这又是非亲临其地，非身临其境感受不到、认知不了的境况。

平时的间接积累虽然无意识、无功利目的，但往往就是这些不经意的点滴学习、行事、体会、思维的积累，形成习惯，变成性格，于是又直接影响写作了。

书画界有一种说法叫做"书为心画，字如其人"。源出于西汉文学家扬雄在《扬子法言》中提出的"书，心画也"。意思是说书法是人的心理外现，是以线条来表达和抒发书者情感、心绪变化的。人与字，是相映生辉的。游记写作与其他艺术一样，都讲求写心，由心开始，才有志、意、情等。"心"应该是天赋、精力和体验的积累，只有不断学习、行事、体会、思维，才能形成自己的知识体系、人格力量和独立个性，才能达到"外师造化，中得心源"的艺术境界。

所以，我们更要重视素材积累中那些"有自己的兴趣爱好，且知之甚详，有独到认知，甚至可以当作尺度标准的美学思想、哲学思想、人生价值观等方方面面的素材"。我对摄影有一定的兴趣，收集过一些摄影艺术的资料，对胡杨林的倒影层级界定来自自己的感性认知，后来发给爱好摄影的向凤德副校长看，他就提问有什么依据。今天读朱光潜的《当局者迷，旁观者清》，还真的找到了美学专家提供的依据。"倒影是隔着一个世界的，是幻境的，是与实际人生无直接关联的。我们一看到它，就立刻注意到它的轮廓线纹和颜色，好比看一幅图画一样，这是形象的直觉，所以是美感的经验。总而言之，正身和实际人生没有距离，倒影和实际人生有距离，美的差别即起于此。"距离产生美，没有人有疑义。

运用积累为主，资料积累为辅

《红楼梦》里有一副对联："世事洞明皆学问，人情练达即文章。"对世上的事物知道得越多，能够熟透且运用自如，也就越能写出好文章来。"洞明"即了解明白，对世事了解明白，就有学问。"练达"就是将客观的东西变成主观的东西，将一般的东西变成个别的东西。如果说对客观事物从不知到知，从不明到明，是一个认识上的飞跃；那么，在洞明基础上实现练达，则是另一种飞跃，把理性认知运用到实践中去了。它将积累过程中杂乱的东西变成有条理的东西，将看到的东西变成用过的东西,将死的东西变成活的东西,将别人的东西变成自己的东西。"练达"是在运用的实践中锻炼出来的。

我读了林清玄的哲理散文三本,分别是《岁月静好,不忘初心》《不恋过往,不负流年》《心无外物,随遇而安》,发现他好像比众人更有慧眼,剖析现实比常人更锐利,视野比俗世更广阔,思维也更细密。三本哲理散文集,有两本书的序言与佛教有关,《多情多风波》从女尼说起,《走在月光下》直接探寻佛祖心海的谜底,内容特别精致,语言也特别精彩。看简介才知道"三十二岁时,入山修行三载,出山后写成'身心安顿'系列"。原来他真是用出世入世的理念观照历史与现实、宗教与世俗、新闻与艺术,所以有了更为理性的思考:论心,热烈如火,有英雄般的无畏;试眼,冷漠如灰,比婴儿还没有杂念。对人生世相的洞明,促成了他对主观客观问题处理时的练达。运用积累像是一块悲智双运的磨刀石,把他砥砺得风光无比,也锋利无比。

陆游说:"纸上得来终觉浅,绝知此事要躬行。"在运用中积累起来的经验最有价值。不过积累运用的过程中,注意要有自己的分析、要有自己的取舍,要有自己的标准。不能泛滥,也不能浅薄。

例如我写《美景有名还须有"眼"》一文,不仅表达了自己对风物景观的欣赏赞美,还提出作者对风物景观建设方面的美学建议。文章从诗歌创作要注意诗眼的诗话评论写起,迁移到风物景观的建设也有重视"景眼"的传统,再探讨"景眼"的标准,以及家乡风景区建设得失状况,展现了一定的理性思考。审美运用的思考,较多的是"练达"元素的本色。

美景有名还须有"眼"

胡少明

中国古代的诗话家论诗,是很讲究"眼"的,称为"诗眼"。有"眼"则活,无"眼"则死,因而评论家重视,诗人作家更重视。现在的旅游管理者、旅游经营者,甚至旅游爱好者是不是也注意到了景观需要"眼",也是有"眼"则活,无"眼"则死的道理呢?

　　清代王日照写诗《愚溪怀古》称赞柳宗元："一官匏系几何年，一代文章万古传。山水得名从此始，非公谁与破荒烟。"柳宗元对永州山水的贡献，前无古人，后无来者。正如马积高教授评说："柳宗元堪称是第一个从多方面描写永州的作家，更是永州的自然山水美的第一个发现者和最杰出的表现者。"永州十年的生活和山光水色成就了柳宗元，使之成为举世闻名的"唐宋八大家"之一，而柳宗元的奇文华章成就了永州。可以说，柳宗元就是永州山水的"眼"，使永州闻名遐迩。

　　诗眼之"眼"，是一种借喻，并由借喻而成为论诗的专门用语。诗眼，在诗人，往往是他得意之笔；在读者，则又是最提精神之处。因此，"眼"之所在，最容易被读者记住，且传诵不绝。有诗文篇章佳句做景观的"眼"，景观自此便可以名闻天下。"江南三大名楼"就是这样深入民间，蜚声海外的。

　　滕王阁"襟三江而带五湖，控蛮荆而引瓯越"，地理位置得天独厚，自古有之，却是从王勃题序写下"落霞与孤鹜齐飞，秋水共长天一色"而声名远扬的。洞庭湖"衔远山，吞长江，浩浩汤汤，横无际涯"，李白、杜甫皆有题诗，却影响有限，偏偏要等到庆历四年范仲淹"先天下之忧而忧，后天下之乐而乐"而震古烁今。黄鹤楼晴川历历，芳草萋萋，借崔颢之"黄鹤一去不复返，白云千载空悠悠"独步九州，又加上李白之叹再锦上添花。江南形胜自古有之，非盛世而添加锦绣，非乱岁而失落神仪。物华天宝，龙形早具，等候骚客雅士灵感来临，激发活力，产生腾达。犹如"鹏之徙于南冥也，水击三千里，抟扶摇而上"，诗赋文章，佳词新句就是这些景观的"扶摇"。画龙等着"点睛"，景观等着"景眼"。

　　不但如此，景眼的感染力、影响力有时还决定着景观的知名度。众所周知的"四大名亭"——醉翁亭、陶然亭、爱晚亭、湖心亭，知名度排序简直是诗文作家的知名度顺序的翻版。欧阳修"醉翁之意不在酒，在乎山水之间也"，响当当的知名度，文是"北宋第一文"，亭称"天下第一亭"，自然无人反对。爱晚亭位于岳麓书院后青枫峡的小山上，八柱重檐，顶覆绿色琉璃，攒尖宝顶，天花彩绘藻井，蔚为壮观。原名"红叶亭"，又名"爱枫亭"。后经清代诗人袁枚建议，湖广总督毕沅据唐代诗人杜牧《山行》而改名为爱晚亭，取"停车坐爱枫林晚，霜叶红于二月花"之诗意，于是盛名飞扬。陶然亭命名出自白居易"更待菊黄佳酿熟，与君一醉一陶然"。在民间和文学界，白居易名头大过杜牧，四大名亭排序陶然亭列第二。西湖再美，湖心亭再妙，没有景眼的支撑，只能列末尾。

诗有了眼，就成了上品、精品，就有可能流传下去。慈禧太后平生不写诗，只是在母亲七十大寿时，写了四句："世间爹妈情最真，泪血溶入儿女身。殚竭心力终为子，可怜天下父母心。"因为有一句"可怜天下父母心"做眼而广为流传，直至家喻户晓。相反的，乾隆皇帝一生写诗四万余首，却没有一句被人记住，全是无"眼"的盲诗。同样，如果景观没有著名的文人骚客留下名句警句，知名度、影响力也会受到极大的限制。

临川是古代中国的文化圣地，地灵人杰，出过晏殊、王安石两位宰相，招徕过王羲之、谢灵运、曾巩、文天祥、曾国藩等文武大咖，更有汤显祖这位戏剧大师。然而这里的拟岘台，山道晦明，水观古今，却籍籍无名，凌云高阁空有超大凭借。不知事的只道两位宰相生前风光，逝后凄凉，所以故居纪念馆湫隘破败，劣陋不堪；汤显祖编戏娱志，民意婉致，终于馆宇建筑美轮美奂。世态炎凉冷暖反逆，其实是有原因的。

原来"做了宰相的晏殊，词好，人品却成问题，他看不起浪迹于底层的柳永，对欧阳修以貌取人，科场做王安石的手脚，安插自家人"（刘小川《品中国文人》）。口碑不好，官德更不堪回首，自私到连乡梓后辈都不放过。王安石洁身自好，律己近乎苛刻，生活比苦行僧还苦。但是由于所用非人，他的身后清誉不济。《宋史奸臣传》收录北宋14人，其中的蔡确、邢恕、吕惠卿、章惇、曾布、安惇，乃至后来的蔡京，都与王安石有关。

欧阳修在《书学集成·汉宋卷》说："古之人岂皆能书，独其人之贤者传遂远……使颜公书虽不佳，后世见者未必不宝也。"前代的人哪里个个是书法的行家里手，但只有德才兼备的人的作品才流传百世。即使颜真卿的书法并不好，但是后人由于敬重他的人品，见到他的书迹也必然珍爱有加。永州柳子庙里保存了一块明代严嵩的书法真迹石碑，一般都会被忽略，如果导游特地提起，观赏过后，游客也只会发出一声叹息——"可惜了一手好字"。可能受同样心理的影响，抚州郊野城市以致出现"丞相孤坟无人问，优伶家事天下知"的怪现状，拟岘台籍籍无名也就"良有以也"。

我的家乡宁远九嶷山，有幸留葬舜帝，号称"德盛之乡""湘江之源"，有历代名家作文遗韵。然而，唐柳赋诗，寇相题词，徐霞客记游，司马迁叙事，有篇章而无佳句，"眼"不明媚，吸引力量不够强大。但终因舜帝是我国道德文化的创始人，"道如日月，德播天下"，从夏朝大禹祭祀舜帝陵开始，历朝历代，盛况空前。2009年9月起，三年一届，省长致祭，绵绵不绝。如今"舜帝祭典"已经入选第三批国家级非物质文化遗产名录。

毛泽东的七律《答友人》："九嶷山上白云飞，帝子乘风下翠微。斑竹一枝千滴泪，红霞万朵百重衣。洞庭波涌连天雪，长岛人歌动地诗。我欲因之梦寥廓，芙蓉国里尽朝晖。"用典工巧，诗韵华丽，想象白云飞渡，斑竹敷彩，歌颂古代圣贤，更歌颂时代人民，已经成为九嶷山景观的"眼"，吸引着海内外的游客。

茅盾在《风景谈》里说："自然是伟大的，人类是伟大的，然而充满了崇高精神的人类的活动，乃是伟大中之尤其伟大者。"可以作为人间圭臬。

中央电视台主办中华诗词大会，第六场，命题涉及芙蓉楼、谢朓楼、北固楼的名句"洛阳亲友如相问，一片冰心在玉壶""弃我去者，昨日之日不可留""千古兴亡多少事？悠悠。不尽长江滚滚流"，主持人概括了一句：诗因楼而生，楼因诗而兴。我写这篇文章的用意也是希望现在的旅游管理者、旅游经营者，甚至是旅游爱好者，能够挖掘文化里的风景，重视风景里的文化；利用文化宣传旅游，借助旅游推广文化。我的文章《美景有名还须有"眼"》里的美学标准和所持的观点就属于旅游文化、文化宣传方面的运用积累。

人都有自己兴趣爱好，让他们对爱好的项目知之甚详，就是好的积累；鼓励旅游者把自己成熟的经验，形成文字，互相交流，则是更好的积累。世有百行，行有百业，业有百人，人有百态，态有百相。首尾相连，世相何止万千。初学者只要能择其一种，作为题材，穷形尽相，曲尽其妙，写出灵性，就会出类拔萃。个性、灵性、妙相都是练达的人情，都来自于日常的运用，得益于在客观实践中的锻炼。

　　不过，最好的积累还是阅读。老记者白夜在采访冰心的文章中写道："在从中剪子巷到贝满女中上学的路上，她就读着《西厢记》《三国演义》《红楼梦》《唐诗三百首》。她的父亲参加过甲午海战，当时任海军部次长，家里藏书很多。冰心左图右史，采英撷华。等到她立马文场之际，笔下已有十万雄兵可供驱遣了。"写作者总得有可供驱遣的更多的文字兵马，游记才写得挥洒自如。

　　培根说："知识就是力量。"知识是不断累积起来的，因此可以说："积累就是力量。"积累中的实与虚，相辅相成，二者对立又统一，不可偏废。

三、审美: 把握主观与客观

　　台湾作家林清玄在《心外无物，随遇而安》序言中讲过一个这样的故事:

　　　　有两个美丽的女尼慧春和了然，慧春天生丽质，凡是见过她的人几乎都会爱上她，即便是出家，剃了头发，穿了法衣，依然风姿绰约，惹得众师兄禅定艰难。禅尼了然比慧春更美，凡是见过她的男性，无不为她的美貌而震惊，她要出家，家人不同意;定下协议，生下三个孩子后才能为尼。了然二十五岁时生下第三个小孩，即前往江户，请求铁牛禅师收她为徒。铁牛禅师一见到她就立刻回绝了，理由是她长得太美了。转而去求白翁禅师，也不能成功。直到了然用烧红的熟铁毁自己的脸，才感动白翁禅师。

　　出家人认为:"一切的风波，不是来自'绝美'，而是源于'多情'。"慧春离世前,留下偈子,中间有"月色向人明,松衫风外声"两句,林清玄说:"月的温柔使人心潮荡漾,风的吹动使人情波流动,对于月与风,又有什么挂碍呢? 因为月的美丽而想抓月,由于风的自由而想把风,不正是痴人吗?"林清玄是有佛根的,立场讲话都有出家人味道，把慧春、了然的美貌形容成"美丽的月"和"自由的风"，把美的这个客观体当作"彼岸"。把"想抓月""想把风"归咎于"多情"，把"多情"这个主观体当作"此岸"。佛门故事严格割裂美的客观性、主观性的关系；俗世社会的审美则与此相反，它依赖于客观、主观的互相融合。一次完整的审美经历既需要有美的客观存在，更需要"多情"这个主观动能的产生、延续和促进发生作用。

回到游记写作这个主题，风光景致、风俗人情的绝美，才能撩动多情游客的心境，才能吸引远方游人的兴趣，才能激发游记作者的写作灵感，才能提供美到极致的写作对象。"多情不仅生出风波，也能生起希望、大爱与圆满的追求。"正是因为凤凰卫视的多情，才策划成功"千禧之旅"，让华语观众得以见识远古的四大文明的昨天和今天；正是余秋雨的多情，才克服困难，四个月不停不歇跋涉四万公里，探访古代文明兴亡宿命，含着眼泪写下《千年一叹》；正是毕淑敏的多情，不惜孤身涉险，站在北极点之上，把"四处眺望，所见之处皆为南方"的那份惊喜写成文，著成书，告知全天下的旅游爱好者。

美貌没有错，多情也没有错，行走天地，笔下文章都需要你。

描绘客观之景的物象美

梁衡在文章《什么是美》里说，山水美是青山绿水，红花绿叶，石硬水柔，天高地迥，风动枝摇，花香蝶舞及其与环境的和谐相处。人对外界索求的本能除此之外，还讲究俭不如丰，旧不如新，平常不如新奇，平坦不如险峻，平静不如刺激，静止不如流动，狭小不如广阔，迩近不如遥远，嫌弃恶丑艳羡香美，嫌弃已有的追求未有的。于是，走出乡里，走出县邑，走出国门，欣赏名山大川、异域风光。

"乱石穿空，惊涛拍岸，卷起千堆雪。"这是东坡的赤壁。"山舞银蛇，原驰蜡象，欲与天公试比高。"这是毛泽东眼里的北国风光。"乱石危崖，山涧清泉，潺潺流出；游龙走蛇，老树枯藤，迤逦其中。"这里有南国的山溪之美。"大漠沙如雪，燕山月似钩""大漠孤烟直，长河落日圆"，这里是北方大漠的日月印象。这些都是客观之景的物象之美；借用阿尔卑斯山谷公路边立着的标语牌，来劝劝不解风情的旅行者："慢慢走，欣赏啊！"

行万里路，就要做一万里的旅行观察，留下一万里的感性印象，品味一万里风景的物象美。

也有旅游公司以废墟来吸引游客的。

那些遥远年代创造的宏伟的宫殿、陵寝、庙宇、城墙、古桥、古塔，如耶路撒冷的哭墙、约旦首都安曼市北的杰拉什、佩特拉的卡兹尼神殿等，叶廷芳说它们"都包含着前人非凡的智慧和巨大的辛劳，不管它毁于兵燹还是天灾，都会引起人们的痛惜，抚残体以思整体，产生心灵的震撼和共鸣，而这种震撼和共鸣就是一个审美的过程。""断臂维纳斯"也由此作为残缺美的经典永远定格，与废墟的残缺美一起进入了高雅无比的美学殿堂。美学家朱光潜说："年代的久远常常使一种最寻常的物体也具有一种美。"废墟不仅引起人们思古的幽情，更激发人们对艺术创造的热情。各地残破的古建筑遗址越来越成为游记文学描写和表现的对象，由废墟引发的审美震撼和审美共鸣，逐渐占据游记散文的一隅江山。

不过，"情人眼里出西施"与旅游行程中的废墟作用是不一样的。

"美感起源于形象的直觉"，情人眼里的西施，不是她的外貌客观变美了，而是因为相处久了对对方的性格、对对方的品德、对对方的迎合自己的态度，改持了接纳的心理，是其实用价值占住了审美价值的上风。

旅游地的景观美，虽然包括废墟这类的景观"丑"，但只要不是考古队，不是历史学家团，一般的旅游爱好者还是喜欢优美、壮美、新奇的美、完整的美。

新西兰，好别致的一方天地
胡少明

2018 年 2 月 1 号中午到北岛的奥克兰，这里是新西兰的经济中心和文化中心，我们看到了好别致的一番风景。

塔斯曼海湾的鸟岛

旅行车停在塔斯曼海岸的最高处，眺望远处，湛蓝湛蓝的，虽说是海天一色，其实天与海的接壤还是有痕迹的，所以我们获得了地球是圆的证据。在这里也有机会近距离观赏鸟岛风光。

岛上密密麻麻栖息了许多飞鸟，起初以为是海鸥，白色的腹翼，银灰色的脊背。走近了，发现还有淡黑色的翅羽和微黄色的头冠，导游说这海鸟叫塘鹅，是候鸟，从更南的地方迁徙而来，从它展开的宽长的翅骨羽毛和结实浓缩的腹肌判断，应该是擅长跑长途的。塘鹅站立歇息的多，一边大叫一边高飞的少，想拍一两个精灵展翅的靓照实在是难。但再难也难不倒有水滴穿石般的耐心和强大无比的决心的我。我把手机调成拍摄状态，对准它们起飞、奋飞、滑翔、飘落的方向，以不变应万变，连续按下快门，广种薄收，几十分钟，百千次努力之后，我审计自己的收获，有三张照片非常满意。

一张是两翅舒展，轻盈飘逸的飞翔图。以前看鸟拍鸟都需仰视，鸟在上，我在下，昂起最高的头颅也只能看到它的腹羽和翼下的轮廓。现在鸟儿在我的下方，可以欣赏那银灰色的脊背、淡黑色的翅羽和微黄的头冠；可以拍到舒展的鸟羽下方那下探的断崖、突兀的岩石和树草次第的植被；还有海浪汹汹时卷起千堆雪，文静时平展展一张绿毯，好像一点涟漪都没有。

另一张显示大海之上，蓝天之下，这个白色的精灵在海天之间优雅地扇动翅膀的状态。蓝天如洗，小鸟像一个斜躺在衬布上的美女模特，任由画师凝视、透视，一点都不带羞涩，也一点都不紧张，从容自如，怎么样美就怎么样摆。

最妙的是抢拍到一幅雄鹰入日图，仍然是如清洗干净了的蓝天，圆圆的太阳放射三千六百道金光，我的可爱的"雄鹰"浑身灰黑，直接突破了太阳的光晕，嵌入到发光体的身子当中了，古代神话有"夸父与日逐走，入日"的说法，塘鹅鹰击长空、撞击日晕的创举给了人们英雄的联想。

至于海鸟中的情侣喁喁私语，互漱羽毛，尽说白狐狸的阑语，那是情理之中的事。最真诚的是幼鸟，毛茸茸的，虽然细毛长齐了，但依然很短，不能称之为翅翮，只能等候母亲的喂饲，肚子饿了，张嘴朝天，娇声能拨动母亲的心弦。口腹之欲得到满足，欢愉之态可掬可捧，让母亲觉得付出再多都不会怨怼。

神奇美妙的黑沙滩

塔斯曼海湾的海岸线绵延 38 公里，海水涨涨落落，留下一个弧形的镶满黑色水晶粒的黑沙滩。黑色的沙金应该是火山喷发而留下的宝贝儿。海水退潮，大海让出了一片广阔的舞台。

太阳藏起来了，蓝天白云倒映在沙滩薄薄的一层水里，就好像是在镶满黑金的舞台上铺满一堆堆的银白棉花，很有现代的光电声响的配合。善舞的女队员在富丽华贵的舞台上轻盈地翩翩起舞，她们用自己的长眉、妙目、手指、腰肢，用她手上的海带、脖颈间的丝巾，用她细碎的舞步、繁响的笑声，轻云般慢移，旋风般疾转，舞蹈出时光里的欢乐！

独舞、群舞、静舞、旋舞，各种曼妙的舞姿，精致的身材，配合着海浪海鸟的乐音舞动着、旋转着。我虽然不晓得舞蹈的内容，但是我的情感，却随着她们的动作，起了共鸣！她们只顾使出浑身解数，用她们灵活的四肢，来叙说着新西兰旅行的优美故事。相机拍拍，留下她们赵飞燕艳舞一般的剪影和倒影。

舞者是欢乐的，舞者的倒影也是欢乐的，我相机里的图片立马是欢乐的加倍。怎一个莺歌燕舞了得！

记得林清玄曾经讲到过"你中了浪漫的毒"这个概念。

像我们这种五十岁左右的人，如果说，浪漫是一种毒，我们还宁可中了毒，而且还愿意中得再深一点！"因为浪漫——或者说对人生的真情正摇头摆尾地游到对岸去，连尾巴好都像有点捉不住了。被毒、被电一下有什么要紧？"

四季轮回的湖畔小镇

昨天还是白雪覆盖在山顶，祥云缭绕于山腰，整个瓦卡蒂普湖平和安静，充满了神秘，赋予人们许多的期待。今天已经是另一副模样了，旭日初升，薄云散尽，远山苍翠。湖面上开阔辽远，没有悬泉瀑布，素湍绿潭，也没有回清倒影，百舸争流。

湖岸边是商业布局，几纵几横，屋舍俨然，黛瓦粉墙，但不是很高，就是三四层吧；街道循环，店铺通透，一两圈就有广场绿地，绿地里或许几簇杂花，或许一株古树，不单调也不显得拥挤。

背景是山坡，斜斜地舒展地布置着，山腰以上是绿色的树林，绿得很有层次，嫩绿、翠绿、碧绿、墨绿，变化着、沟通着、过渡着。山腰以下都是公寓酒店，也是三四层，尖顶小屋，形状没有两座相同，稀稀疏疏的，错落有致。道路边有两排绿树环绕，高高低低的；矮树之后有一两棵古松，松果如球，有竹篮大小。如果是空地则一律绿草茵茵，修剪整齐。屋舍墙边，转弯抹角之处，会点缀花丛草树，都是对称的，不会重复的。

这里气候变幻莫测，一天之内四季轮回。晚上冷风吹雨，不时还飞来一场雪；中午烈日炎炎，热得人们恨不能把衣服脱尽，狗狗的舌头都长长宽宽地伸在牙口之外；早上艳阳出云，逆光照照灰白的苇眉，留下草木秋冬之色；下午你可以去果园采摘草莓樱桃，享受春夏香果。

朋友圈里看到有人说自己的家乡是个古镇，风景如画，但总结出一些经验:晴不如雨，雨不如雪。皇后镇一天之内春夏秋冬轮回，春之细雨、夏之清风、秋之香果、冬之白雪，"湖波浩渺无穷绿，寺屋高低不计层"，样样都有。亲爱的，我该怎么说你的好呢！

新西兰资源多，资金少，政府曾经用汽车市场换来日本无偿修建海港大桥，天堑变通途，方便国民往来；又同意美国在新西兰举行世界最大的帆船比赛，让瑞士人买走冠名权利，却赢得了蒸蒸日上的人气。旅游人气成为拉动新西兰经济的三匹健马之一。搭台引戏，招商引资，谁能说吃亏不是福呢?

"以前看鸟拍鸟都需仰视，鸟在上，我在下，昂起最高的头颅也只能看到它的腹羽和翼下的轮廓。现在鸟儿在我的下方，可以欣赏那银灰色的脊背，淡黑色的翅羽和微黄的头冠；可以拍到舒展的鸟羽下方那下探的断崖、突兀的岩石和树草次第的植被；还有海浪汹汹时卷起千堆雪，文静时平展展一张绿毯，好像一点涟漪都没有。"看鸟是从上到下，角度新奇；看到的鸟的方位是脊背、翅羽和头冠，又是难得的；还有鸟飞行时的背景是断崖、岩石、植被和变幻无穷的海浪，这样的视角效果，在平凡人的生活里，是绝无仅有的。塔斯曼海湾的鸟岛，仅凭这一点，就值得去看一回。

"太阳藏起来了，蓝天白云倒映在沙滩薄薄的一层水里，就好像是在镶满黑金的舞台上铺满一堆堆的银白棉花，很有现代的光电声响的配合。善舞的女队员在富丽华贵的舞台上轻盈地翩翩起舞，她们用自己的长眉、妙目、手指、腰肢，用她手上的海带、脖颈间的丝巾，用她细碎的舞步、繁响的笑声，轻云般慢移，旋风般疾转，舞蹈出时光里的欢乐！"中国的大妈是街舞大王，凡有广场处，皆有街舞表演，何况是"镶满黑金的舞台上""有现代的光电声响"的地方，还能让欢乐加倍、幸福翻番呢！她们的欢乐旋舞也是此行中客观之景的物象美。

新西兰塔斯曼海湾的鸟岛就是天生丽质、风姿绰约的"慧春"，塔斯曼海湾的黑沙滩就是让铁牛禅师、白翁禅师都把持不住的"了然"，是僧尼的美貌引起了佛徒的多情，如果没有美貌的慧春、了然，佛门固然没了多情的风波、多情的烦恼，跟着也会少了多情带来的多姿彩、多温暖。也即是说，没有了旅游行程中客观的景观美，游客的心境快乐、惬意释放、灵感产生、写作缘起就失去了客观的物质基础。

新西兰的别致就表现在新西兰的山川景物，引起了中国游客的浪漫情怀。

抒发主观体验的情感美

在《看戏与演戏》这篇文章里，朱光潜认为世上的人只有两种：生来演戏的和生来看戏的。演戏者要置身于生活的舞台中，时刻离不开"自我"；看戏要置身事局之外，任何时候都把"自我"放在旁边，保持一个冷眼旁观的身份。一般说来，演戏的要热要动，看戏的冷思静想。

一个写作者，让自己做演戏的，就积极参与，体物入微，与作品里的人物感同身受，快乐着人物的快乐，伤痛着人物的伤痛，这样的人写出作品来自然是热情四溢，凭借字里行间的真情，打动人、感染人。朱光潜还有一篇文章，谈美与自然的关系。审美是一项主观活动，所以从美学原则来看，"自然美"是自相矛盾的，美就不自然，自然就还没有成为美。我虽不完全赞同这个观点，但赞同其审美需要通过主观体验的看法。英国美学家鲍申葵说："情感表现于形象，于是有美。"我们反过来说，文章表现出美，需要借助形象来抒发情感。

写文章、写游记都需要写出主观体验中感知到的美。冰心观看印度舞，看后心潮澎湃，写下《观舞记》一文，她很谦虚地说："如同一个婴儿，看到了朝阳下一朵耀眼的红莲，深林中一只旋舞的孔雀，他想叫出他心中的惊喜，但是除了咿呀之外，他找不到合适的语言。""心中的惊喜"就是她欣赏舞蹈时的主观体验产生的情感，"咿呀"就是这种情感的语言表达。

我们不是婴儿，我们能找到合适的语言，把自己在生活中的喜怒哀乐艺术地表达出来。

例如我跟大姐感情很深，大姐去世都一年多了，想着欠大姐一篇祭文，又想起自己成长的苦难经历，在2019年农历七月十四日，利用半天闲暇，流着眼泪写了《怀念我的大姐》。作文之人通过生活细节表现心中的感情，读者通过阅读再现生活细节的文字感受作者的主观体验及其带来的审美感受。

怀念我的大姐
胡少明

大姐胡仁珠，未婚时诨号"瑶婆子"，大概是因为长得矮瘦黑小，反正不是褒义的。

父亲为人忠厚，虽然读过书，但为了守住家里仅有的田地，不肯外出工作，始终只是个农夫；加上时运不济，婚后连续养了四个女儿，才得一个儿子。家人把儿子看得很贵气，一般不乱给人抱。大姐该有十二三岁，下地回来，见弟弟醒了，张嘴要哭，母亲又不在，就伸手抱起，边走边哄，边抖边劝，没有注意到门槛绊脚，大的小的一起摔倒。小的头皮跌撞拱起了包。母亲咒骂："死瑶婆子，心这么毒！"摔痛且伤了宝贝，父亲怒火上心，顺手拿起竹竿追着打。大姐赶紧逃出门，跑得远远的。

天色渐晚，隔壁刘家呼喊女儿吃饭，声音撞上广子岭返回，"吃饭"的响声余音袅袅。夜幕渐浓，空腹的大姐不敢回家，等到家家熄灯睡觉了，才悄悄地躲在家里大门后柴薪堆里。静静地听着弟弟的哭声渐渐停歇，父母怨气渐渐平息，又饿又累的大姐在屋檐下睡了一夜。

人民公社修河东水库，征集劳力，大姐第一个报名，因为有公饭吃，不会挨饿；跟年纪相仿的人在一起，不用看长辈脸色。更重要的是听到了村里姑娘早嫁可以过好日子的消息，只隔几张铺子的"辣椒"就嫁去了道县。

"辣椒"回娘家省亲，顺便把没成年的大姐带走了。按照习惯，女子出嫁那天，一定要大声嚎哭，来显示对家人的依依不舍。大姐说她哭的时候想的是："天灾面前穷人命苦，饥馑岁月收成太少。家里人多粮食不够吃，饿着不如早点出嫁另寻依靠。"在家不能好过，远嫁岂能过好？大姐想嫁远不是不孝，只是不想给家人再添烦恼。

六岁那年正月，我随父亲去大姐家拜年，坛子里腌的鲫鱼餐餐有，又咸又辣，应是年前准备好的；家里衣柜桌椅器具样样都有。后来才知道姐夫村里民俗淳朴，经常互帮互助，尤其是相亲看家的时候。那时还小，不知道看也不知道问。在离开前，大姐拿出一块家织布，帮我做了一条开裆裤，一直穿到小学三年级，懂得怕羞了才不肯穿。道县的车只到宁远县城，县城离柏家坪还有三十二公里，没有车就走路，父亲拉着我的手足足走了两天。探亲路上的辛苦，我那时就知道了。

大姐出生先天不足，家里穷困又得不到调养，她的身体时时得不到病魔的饶恕。夏天还怕冷，不敢出门吹风；哮喘咳嗽，常常一夜不停。一年四季，最难过的是农历六月，既要抢收早稻，还得栽下晚苗，当时叫"双抢"。打谷子要两个正式劳力抬方桶，晚稻插秧必须抢在立秋前，不然的话，二季稻的收成会减少。每逢大学暑假我去大姐家帮忙，当时我也体质瘦弱，体重不足百斤，也干不了什么事，但总比几个尚未成年的外甥高大；外甥捉青蛙炒酸豆角，青蛙的腿还没有豆角粗，省下三块五块钱，大姐一定会强迫我拿走。

我结婚后女儿出生，女儿的祖父祖母早就不在了，家里急需带小孩的人。把所有的亲戚过一遍，一家一家去请。到道县问大姐："身体可好？"大姐知道我的意思，对姐夫安顿几句，拿个编织袋装几件衣服，催着我快点走，一去就是一年多。女儿长大后国内国外求学，大姐每次都说梦里的她样样都好。

我为生活南来北往，最后安家在深圳。深圳冬天温暖，最适合像大姐那样怕冷的人，每次写信都不敢忘记一句"南来一聚"。大姐每次回信都会说"一定去"。姐姐想兄弟，姑姑念侄儿，天经地义。2013年中秋前，大姐说："打算卖了耕牛，凑足往返车费，添件秋袄穿得好看点，到深圳不能丢弟弟的脸。"我好愧疚，没有早点把车费寄给大姐。

那一年中秋，天高气爽，四个姐姐还有弟弟都到深圳了。这些年六姊妹各奔西东，几十年都没有一起吃一餐饭。我计划着一起去观澜三姐家过中秋，顺便照一张合影，庆祝兄弟姊妹比中秋月亮还圆满的团聚。可是，三姐孙儿患有先天性疾病，那天感冒送儿童医院住院了。中秋节三姐家的人是在医院过的，团圆饭没吃成，团圆照片也没照成。大姐回永州后，三五年不到，竟然撒手而去。

在永州殡仪馆，兄弟姊妹全到，跟大姐作最后告别。我们哭你，不见你哭；我们笑你，也不见你笑。我们已经阴阳两隔了。你一生操劳帮助己家外家，我们只好祝你两界吉祥处处有福报。

永州离道县还有一百公里，纸灰飞扬，掺杂鞭炮，灵车缓行，我们一起送你回家了。

你家的田土庄稼茂盛，你家的鸡群咯咯鸣叫，你家的摇井水水凉质好。西方世界无病痛，你在那里应该过得好。如今又是好时代，你在那边也应该是小康有余，再也不用担心没有温饱。

写大姐被追打的可怜。用邻居的"吃饭"呼唤来反衬她离家挨饿；用"弟弟哭声渐渐停歇，父母怨气渐渐平息"反衬她有家不能回的愤愤不平；用厚待弟弟的宝贵反衬她活着的卑贱。字里行间也流露兄弟对姐姐的同情，甚至略带点愧疚。

写大姐远嫁的可怜。未成年就出嫁本身不是出于自愿，只是为了"不用看长辈脸色"和理论上的"不会挨饿"；远嫁更意味着更大的不幸，"不给家人再添烦恼"不等于没有烦恼，有了烦恼无处诉说，必须自己独自承担；还用自己一次艰难的探亲，侧面烘托大姐回家之路的遥远和辛苦。

写大姐被疾病缠身的可怜。身体虚弱表现在"夏天还怕冷，不敢出门吹风；哮喘咳嗽，常常一夜不停"；这是因为"出生时先天不足"，后天"又得不到调养"。

一句"她的身体时时得不到病魔的饶恕",写出大姐最委屈最悲催的可怜巴巴的模样：病魔是无比强大，大姐是无比弱小。让人联想到《窦娥冤》里的名句"为善的受贫穷又命短，造恶的享富贵又寿延"，声讨世道不平，苍天无眼。

最后写大姐去世的可怜。成年之后从未团聚过的兄弟姊妹终于聚齐，可是"我们哭你，不见你哭；我们笑你，也不见你笑"，以喜衬悲，欲哭无泪。末尾以"你家的田土庄稼茂盛，你家的鸡群咯咯鸣叫，你家的摇井水水凉质好"，物是人非，寄托哀思。

文章使用长句短句、散句整句，都是因为作者情感表达的需要。末尾部分写送大姐归葬，用书面语言"纸灰飞扬，掺杂鞭炮，灵车缓行"，一字一顿，节奏拉长，便于抒发哀思。

艺术都是主观的，都是作者情感的流露，但是一定要经过几分客观化，才能显得真切，才能显得分明。我写大姐的可怜时，把自己从主位的尝受者退位为客位的观赏者。眼里怜，眼里爱，字里行间坦心怀。心中有情，笔下用情，读者一定会被感动的。

艺术都要有感情，但是只有情感不一定就有艺术。因为艺术所用的情感不是生造的，而要经过艺术思维的反省。人世间绝大多数人虽然有丰富的人生阅历、深刻的情感经验，但是他们都止步于艺术思维的反省，结果只能站在艺术的门外。如果想进文艺的大门，并且要登堂入室，这些经验与情感必须借助联想、想象进行艺术加工，用具体而鲜活的意象观照抽象的情感。

法国著名雕塑家奥古斯特·罗丹说："世上不缺少美，缺少的是发现美的眼睛。"就是批评世上人缺少艺术的联想、想象能力。

朱光潜的《记得绿罗裙，处处怜芳草》讲清楚了联想在审美活动中的作用。

人对颜色的偏好，其实都是因为联想习惯。火的颜色红，所以看到红色可以使人联想到温暖；田园草木的颜色青，所以看到青可以使人想到乡村的底色。

读过书，听过戏，知道一些历史故事，这些人看画挑画，就是以有没有熟知的故事为依据。农村流行把孟姜女、薛仁贵、桃园三结义贴作门神，并不是因为那些图好看，而是因为它们能让自己讲出有趣的故事。

中外的知识分子看艺术作品，都一样偏重于道德教训。一位老修道妇，站在一幅耶稣临刑图面前合掌仰视，悠然神往。旁边人问她那幅画何如，她回答说："美极了，你看上帝是多么仁慈，让自己的儿子去牺牲，来赎人类的罪孽！"这位修道妇也是从自己切身经历、宗教认知，甚至从身边事例出发做联想解释的。

不懂音乐的人，从音乐作品中也能获得美感。因为他们所欣赏的不是音乐本身，而是音乐引起的联想。《列子·汤问》里记载，先秦的琴师伯牙一次在荒山野地弹琴，樵夫钟子期竟能领会这是描绘"峨峨兮若泰山"和"洋洋兮若江河"。白居易听琵琶女的弹奏，觉得"大珠小珠落玉盘""铁骑突出刀枪鸣"。歌德听巴赫的作品之后，觉得是富丽堂皇的演出，有一队衣冠楚楚的豪贵人士大步走下宫殿的台阶。联想帮助人完成审美过程。

美如何是心的产品？叔本华认为美的产生是因为美的客观事物引发了主观的美的联想。我到美国去旅游，看到大提顿国家公园、羚羊峡谷、黄石公园、拉斯维加斯，使我联想到了中国古代的"四大美女"。这个联想帮助我形成了一次美感定格，把我在美国旅游中欣赏到的山水美，确定为四种感受，譬喻为中国古代的"四大美女"，她们同中有异、异中有同。这便是《美到极致唤作艳》的构思起点。

美到极致唤做艳

胡少明

古代中国人写山水之美，美到极致便以美女为喻，如王观的《送鲍浩然之浙东》："水是眼波横，山是眉峰聚。欲问行人去那边？眉眼盈盈处。"把浙东的山水比作眉眼盈盈的美女，写出其清秀婉丽。苏东坡"欲把西湖比西子，淡妆浓抹总相宜"，表达自己对西湖的无条件喜爱。一个网友在《这岁月，美到极致》里写道："看吧，这岁月，美到极致，像一位从远古走来的女子，温情脉脉，眉眼弯弯……"我跳不出窠臼，也只能把我在美国看到的极致的美比作中国古代的"四大美女"了。

一

大提顿国家公园位于美国怀俄明州西北部壮观的冰川山区，1929 年建立，占地 1256 平方千米。公园内最高的山峰是大提顿峰，海拔 4198 米，有存留至今的冰川。分布在该地的冰湖以珍尼湖最为著名。高耸入云的山巅，覆盖着千年的冰雪，山连山，峰连峰，宛如进入人间仙境。山脚下，春风一起，冰雪消融，春水初涨，春草初绿，春林初成，珍尼湖水"晶晶然如镜之新开而冷光之乍出于匣"；大提顿峰"为晴雪所洗，娟然如拭，鲜妍明媚，如倩女之靧面而髻鬟之始掠"。远处灰白的雪山，岸边深黛色的丛林，归航驻泊的白色灰色的游船和它们顶上呈祥的白云一起倒映在如镜的湖面上。公园内有成群的美洲野牛、麋鹿和羚羊，还有其他许多种哺乳动物，一片安宁平静。初春的大提顿如溪边浣洗的西施，温情脉脉，眉眼弯弯，纯粹清秀，让人抬头一看，就已心醉神迷。如若再把这大提顿公园看成是一幅高雅的水墨丹青，那落入我们眸子中的深红浅绿，磋磋高山，必是画者恰到好处的一笔，不轻不重，不雅不俗。

二

我在贝加尔湖看过蓝冰，在冰岛看过火山、冰川同框的照片，我佩服大自然的伟力，更佩服人间艺术的神奇，暗暗牢记江山美如画，画是山水美的极致。到了羚羊峡谷，亲自见证峡谷内变幻无穷的光、影、线、面以及缤纷色彩组成的视觉盛宴之后，才懂得最美的自然是画不出来的。人是渺小的，人的艺术可以表现自然，绝对无法凌驾于自然之上。

羚羊峡谷没有任何的人工照明！所见光线都是峡谷顶部"天窗"的光线，经过岩石纹理的反复折射进入谷底以后，中途产生了梦幻般不规则的色彩变化，线条清晰、形态各异的岩石也伴随着这些变化的光线而变幻无穷。若非亲临其境，真的很难确信，这些变幻的光线竟然是源于单一的自然光源。光线时刻在变化，一年四季，甚至每天不同的时间不同的角度看到的色彩都不同。夏天偏橘红，冬天偏蓝紫。红沙岩石梦幻般的色彩、优美的线条、精细的纹理，让人惊叹大自然的美妙！"给一滴水就灿烂,给一点色就开染坊"是贬义的。但上帝给羚羊峡谷一米阳光，羚羊峡谷就偏偏给世界一个赤橙黄绿青蓝紫的梦幻般的童话舞台，是真实的！

高迪曾说色彩是生命的动人之处。专家评价"圣家堂"的着色时说：

"'受难立面'一侧的窗户则是橙色和红色，它们代表着耶稣基督的血，因为基督是为拯救人类而牺牲生命的。"羚羊峡谷的迷人是以重重自然灾害换来的。羚羊峡谷以红色为主，带有几分的凄美元素，不禁让人想起出塞和亲的王昭君——荒漠的雪原，红色的氅袍。"千载琵琶作胡语，分明怨恨曲中论。"在诗人的眼中，昭君永远是悲情的。

三

黄石公园地处世界最大的活火山上，长期以来受地下巨大能量的驱动，地表千疮百孔，处处喷沸水，遍野是温泉。黄石公园被誉为"上帝的调色板"，每年接待超过 300 万的游客。

黄石公园内有许多绚丽多彩的小丘。火山热能作用下的水，在巨大的压力下，透过沉积的石灰岩渗出，分解的矿物质，到达地面之后，随着水流流过石灰岩堆积起来，橙色彩丘逐渐变大。年复一年，从而形成了无与伦比的奇观。

黄石公园内的大棱镜温泉被誉为"地球最美丽的表面"，是美国最大的温泉。春季，湖面从绿色变为灿烂的橙红色；夏季，叶绿素含量相对较低，显现橙色、红色，或黄色；但到了秋冬季，由于缺乏光照，这些微生物就会产生更多的叶绿素来抑制类胡萝卜素的颜色，水体又呈现深绿色。

黄石公园最大的间歇泉叫老忠实喷泉，不必说它的规模最大，占地一两百个足球场面积；也不必说美得像一幅画卷，水面看似无澜，水底却在汹涌；单单以它名副其实，始终如一，准时喷发就可以吸引慕名而来的游客了。一般间隔 75 分钟，每次喷发约 4 分钟。当热气升腾，地下的沸水喷薄，犹如火箭升空，蔚然壮观。

王安石的《游褒禅山记》里说："夫夷以近，则游者众；险以远，则至者少。而世之奇伟、瑰怪、非常之观，常在于险远，而人之所罕至焉。"老忠实间歇泉不算啥，最神奇的要数"孤星间歇泉"了。

孤星间歇泉远离道路，在树林与河道深处三四公里，寻找不易。它的锥体高大约 3.7 米，远处看上去像几个冲天张口的蟾蜍拼在一起。我们在这里等了一个多小时，先查看这里的日志本，了解喷发时间规律，再仔细翻翻旅游爱好者写下的关于喷发景象的文字，对间歇泉喷发原因做出种种猜测，最后将心比心品味耐心等待的最后收获。跟我们一样有耐心的人不多，七八个吧。吃了干粮、喝了冷水，找个稍微远一点的地方静静地等待。

蟾蜍群的嘴里一直是小小溢口水，隔几分钟开始吹泡泡，好像是喝得太多，肚子里的液体向天上呕吐，汨汨滔滔。接着轰隆轰隆几声响，呕吐停了，只有响声，没有泉水。十秒二十秒，爆发了！蟾蜍群众口一致，泉舌猛出，乳白水柱长过椎体自身。第二波又起，泉射如注，高度二三十米有多。水柱冲天后散落下来，风吹着细小的水珠四处乱飞；用手触触，不冰不烫；用脸接接，润滑如膏；用鼻嗅嗅，满满的硫黄味。一波未平，一波又起，最高的一注，足足有二十层楼高，仿佛抵达半山腰。高潮过后，一浪不如一浪。我们观赏的兴致也渐渐阑珊，没等它平复如初，我们终于弃它而去了。

黄石公园的艳丽奢华、磅礴气象，如果不用盛唐的杨玉环，是谁也比不上的！白居易说："回眸一笑百媚生，六宫粉黛无颜色。"在美国，它有倾国倾城之貌。李白写诗："名花倾国两相欢，常得君王带笑看。"世界的游客都是带着愉悦离开黄石公园的。

四

貂蝉，是民间传说古代"四大美女"之一的"闭月"。在古代"四大美人"中，最迷人的当属貂蝉了，因为她让英雄竞折腰，"高贵典雅应为貂，歌声婉约当属蝉。貂蝉之貌使月闭，不知王公情何堪？"也最让后人感叹，红颜祸水，谁沾惹她，谁没有好下场。但尽管如此，男人仍对美人趋之若鹜，就如饮鸩止渴一般。在美国旅游，外貌如貂蝉一样妖艳迷人，磁场像貂蝉一样勾人心魄的一个景点就是赌城——拉斯维加斯。

"Las Vegas"源自西班牙，意思为"肥沃的青草地"，因为拉斯维加斯是周围荒凉的沙漠和半沙漠地带唯一有泉水的绿洲。1931年在美国大萧条时期，为了渡过难关，内华达州议会通过了赌博合法的议案，拉斯维加斯成为一个赌城，有250家赌场和6万多台"老虎机"，各个赌场的建筑设计以金碧辉煌、形状奇异来吸引游客。

基督教称人类为"迷途的羔羊"，而基督则是救赎世人的牧羊人，在拉斯维加斯这片肥沃的牧草地上，放牧着的是人们无穷无尽的欲望，来看顾这些羔羊的却又是谁呢？

这里最热闹的是拉斯维加斯大道（Las Vegas Strip），世界上十家最大的度假旅馆就有九家是在这里，其中米高梅大酒店拥有5034个客房，当属最大的了。大道两边充斥着自由女神像、埃菲尔铁塔、沙漠绿洲、摩天大楼、众神雕塑等雄伟模型，模型后矗立着美丽豪华的赌场酒店，每一个建筑物都精雕细刻，彰显拉斯维加斯非同一般的繁华。

拉斯维加斯从一百年前的小村庄变成一个巨型旅游城市。每年来拉斯维加斯旅游的3890万旅客中，来购物和享受美食的占了大多数，专程来赌博的只占少数。内华达州这个曾经被人讽刺为"罪恶之城"的赌城，已经逐步成熟，成为一个真正的城市了。

唐人有诗云："冶艳出神仙，歌声胜管弦。"在美国旅游分明有人间仙境的感觉。

大提顿国家公园"远处灰白的雪山，岸边深黛色的丛林，归航驻泊的白色灰色的游船和它们顶上呈祥的白云一起倒映在如镜的湖面上"安宁祥和，让人想起温情脉脉、眉眼弯弯、纯粹清秀的西施，溪边浣洗，楚楚可怜。字里行间流露出对清纯秀美的怜爱。

羚羊峡谷"光线时刻在变化，一年四季，甚至每天不同的时间不同的角度看到的色彩都不同。夏天偏橘红，冬天偏蓝紫。红沙岩石梦幻般的色彩、优美的线条、精细的纹理，让人惊叹大自然的美妙！"然而它的形成经历却凄惨得有些不忍回顾。"得到上帝的一米阳光，就还给世界一个童话舞台"，凄美形象酷似了出塞的王昭君。在文中，作者的感情有钟爱，也有同情。

在美国，黄石公园艳丽奢华、磅礴气象。其姿态万千，富有变化，举国独有；其雄浑壮阔，神奇瑰丽，在全美国乃至全世界，只有这一处。有倾国倾城之貌，受到倾国倾城赞誉的，在中国古代只有杨玉环。大唐诗人无数，没有一个对她的豪贵气质不是驻足仰视的。

在三国纷争的时代，让英雄竞折腰的是貂蝉，在世界享尽繁华的是赌城，让人又爱又恨的地方。貂蝉让英雄竞折腰，也让男人感叹，红颜祸水，谁沾惹她，谁没有好下场。貂蝉就是一个人既让人爱，又让人恨的对象。

美国的人文风景和自然风景给人的感觉是复杂的，不能用简单的一个美或者丑作出概括，情感表现于形象才能产生美，所以我把它比作中国古代的"四大美女"，虽然都有外表美的共同点，但可爱程度又各有不同。游记散文表现主观情感的方式有两种：一种是直抒胸臆，不做隐瞒；一种是渗透到字里行间，好像是盐溶于水，饮者知咸，却又辨不清何者为盐，何者为水。

追求主客一体的超越美

朱光潜认为："美不完全在外物，也不完全在人心，它是心物婚媾后所产生的婴儿。"这句话是不是可以理解成"美不完全在外物，但首先是在外物；美也不完全在人心，但也离不开人的认可"？这话讲出了美来自于主体和客体，但又必然超越主体、客体，就像"青出于蓝而胜于蓝"一样，主体客体结合而衍生出来的美，一定是更新而且更美的，简言之就是一种"超越的美"。

朱光潜先生在另一篇文章里说道："美感经验既是人的情趣和物的姿态的往复回流，我们可以从这个前提中抽出两个结论来：一为物的形象是人的情趣的返照；二为人不但移情于物，还要吸收物的姿态于自我，还要不知不觉地模仿物的形象。"也就是我们常说的移情作用。这种移情作用产生于主体，融入客体，最后孕育出一个生机勃勃的完整体，也就是我们常说的意境。诗意产生于意境，游记的生命力也是产生于意境。

"移情作用"是把自己的情感移到外物身上去，仿佛觉得外物也有同样的情感。庄子文章："鯈鱼出游从容，是鱼之乐也。"好多的分析家认为是庄子把他自己的"乐"的心境外射到鱼的身上了。惜别时蜡烛垂泪，兴到时青山点头；柳絮"轻狂"，晚峰"清苦"都是这种审美心地。

写作者把自己的情感融入写作的对象身上，要有自己的感受，要有自己的分析，要有自己的取舍，要有自己的标准。试看李煜《虞美人》："春花秋月何时了，往事知多少？小楼昨夜又东风，故国不堪回首月明中。雕栏玉砌应犹在，只是朱颜改。问君能有几多愁，恰似一江春水向东流。"

李煜被俘，虽是囚禁，环境还算优越。"春花秋月何时了"，时间虽然容易打发，然而还是忍不住要怀旧，要回忆。怀念旧时熟悉的堆山沼水，新亭旧廊，回忆自己小楼夜会，温馨幽会。过去主宰江山却更爱美人；如今思念美人，却只有笔底风情。他不能只有热情，没有冷静，"雕栏玉砌应犹在，只是朱颜改"，皇宫仍然繁华，然而主人换了，这是事实。心里不能言说的情感不是"不堪回首"，就是"君有多愁"。仍是帝王的标准，却是囚徒的身份，《虞美人·春花秋月何时了》这首词的意象来源于皇宫这个客体和帝王情怀这个主体，却超越成物是人非、不堪回首这个新的艺术生命，成为脍炙人口的永恒艺术经典。

黄伟宗在《文艺辩证学》第二章引用文学巨匠的例子做了解释：大仲马说："我不是制造小说，是小说在我身内制造着它们自己。"罗曼·罗兰写完《贝多芬传》之后说："我终于从我的生活和信仰中重新建立了他的性格和灵魂。现在我有我的贝多芬了。"郭沫若写完《蔡文姬》之后说："我就是蔡文姬，蔡文姬就是我。"作者就是作者，主人公就是主人公，为什么大仲马、罗曼·罗兰、郭沫若偏偏都将自己等同于他们笔下的主人公呢？这就是移情作用，作者已经与人物感同身受，物我一体，作品的艺术典型超越了生活原型，也超越了作者自身，为现实社会培育出一个崭新的艺术生命体。中外优秀的作品，都体现了这种高度统一，不断超越的创新状态，游记写作也不例外。

相反的，文章写作全是无我之文，只是客观地把某个景点的介绍资料下载下来，按照下载的先后做简单排序，没有自己的标准，没有自己的取舍，没有自己的感受，没有自己的主题，自己的文字都没有几个，这哪是游记，简直就是旅行社杂乱的资料剪辑。还有一种情况，虽然有主题，有材料，有取舍，有详略，也只是冷冰冰的说明文案，充其量能算是旅行社提供的劣质文宣。

观景写作，作者既要让自己置身旅游景观当中去，又要能站在旅游景观之外来。用俗话说，就是既能入戏，又能出戏。不要演了一回红楼梦，一辈子把自己当成林妹妹。

在那东山之下

胡少明

我读过书又教过书的那所学校，东面有一座山，南边怪石峥嵘，碗碗昂昂，堆磊而上，峭拔如削，不可攀爬；北面斜坡逶迤，薄土厚壤不均等，草色浅深有差异。记忆中叫皇马砠，今天查百度，看宁远山川地名志，方知叫黄马砠。"心有戚戚焉"。皇马有什么不好，西班牙足球俱乐部都取名皇马，沾边就带霸气；宁远的山石有什么理由不挂靠皇家气派的，想当年舜帝溯沅湘而上，下了舟船，就得骑马，皇家马队皇皇乔乔，食必茂草，饮必石泉，舜陵镇周围符合皇马牧场这个条件的非那皇马砠不可！何况它是学校背靠着身依着的远古即在，恒久不变的山岩石峦。

然而，当地政府授予的称谓就是黄马砠。《诗经·周南》曰："陟彼高冈，我马玄黄……陟彼砠矣，我马瘏矣。"用白话理解就是：遥遥欲登土石山，马儿腿软已迷茫。艰难攀登乱石冈，马儿累坏倒一旁。原先的气宇轩昂变成了崎岖艰难，原先的毛羽金黄变成了瘦弱枯乱，原先的郊游佳处变成了想想都烦。把家里的凤凰硬说成鸡，天底下哪有这样的官人！皇马不可盼，黄马又不愿，因为在校园之东，你就允许我把你唤做东山吧。

一

1978年我就在那里读了高一。那时学校叫宁远二中分校，只有两个班，学生一百零八人，与水浒的梁山好汉遥遥相应。校园宽阔，又无围墙。早上起来，石树分明，颜色青黪，岩崖森森，黄底绿染，油茶纷纷。三五之夜，月出东山之上，徘徊斗牛之间；月华如练，光胜萤萤，可诵明月之诗，能识窈窕之章。

尤其记得中秋之前，归心似箭，平时闻铃声而起卧的生物钟被回家的念头紊乱到彻底。本来约好天亮出行，不知道是谁，半夜醒来，看见月亮如昼，高兴一句天亮了，一人呼大伙应，呼啦啦都起床了，也没什么行李，迈开脚就走上回家的路。挑小路穿过五里庵，在华石盘转到正规的马路上。其间有乱坟冈，却没发现磷火绿幽闪亮。马路边都种着油桐树，这个季节叶大于掌，厚绿浅蓝，扶风作响。田园庄稼，已经暗黄，暗黄的庄稼里隐约着庄稼人的乐观。我们几个男孩，无心赏景，有意吓人，"呼呼""嘿嘿"，不知不觉看到了拾粪儿童的灯火，又看到了农家牧放的耕牛，天真的亮了。二三十公里的路程被我们用快乐的小脚一步一步量了个干干净净。

在二中分校，我分在一班，班主任何老师，教我们化学，他会拉二胡，教我们唱《马儿啊，你慢些走》。歌词里有："我要把这壮丽的景色看个够 / 社会主义建设改换了天地 / 劳动歌声响遍了田野 / 响彻了山头 / 没见过一队队汽车云中走 / 没见过千里平川跑铁牛 / 没见过渠水滚滚山上绕 / 没见过天旱水涝保丰收 / 没见过深山密林修工厂 / 没见过公路通到深山沟……"我们每逢周末只要不回家，都要到县城去逛逛，来回十多里，全都是走在乡间的小路上。来回都唱《马儿啊，你慢些走》，歌词里的内容是六十年代初的云南版纳的风景，我们真的没见过。

学校背靠东山，校门向西。牌桌上这个方位不吉利，有"坐东朝西，越打越输"的戏言。宁远二中分校之前办了一年零陵师范分校，宁远二中分校办了一年，我们被遣散，这里改办成宁远师范学校。

二

1985 年，大学毕业，我乘坐宁远师范学校的北京吉普湘 M80012，从省城长沙回到东山之下。

原来的泉井有了围墙，封闭了泉之上的峥嵘石岩，有了名字叫石谷清泉。师范学校的领导不乏嗜酒前辈，可惜没有建一座翼然临于泉上的醉翁亭；师范学校的教师不乏雅士喜欢黄昏，又可惜没人做一亭抒发爱晚诗情。变化最大的莫过于东西走向的溪流，一片桃林，"夹岸数百步，中无杂树"。元宵过后，斜雨微风，春水初涨，芳草鲜美，落英缤纷。春桃满树粉红，夏果白里透红。其中的过程是花褪残红青桃小，燕子来时，绿水东西绕；青绿的桃子像是杨志的脸，总是严肃得很；长大一些了才渐渐带点羞涩，像广东的荔枝妃子笑一样，青底漾红，完全熟透得等到端午节。学生拿一本语文书，徜徉桃树下，"河水清且涟漪"，平平仄仄的朗诵声传出桃林外。端午节到了，师生设百桃宴，分享桃花源头的甜脆韵味。

师范学校占地百余亩，屋舍俨然，阡陌交通，与城里不同的是这里菜畦整齐，师生耕读相传，艺菜蔬，植山药，夏天呈献碧绿，秋冬挖出硕果，碧绿浸凉炎热，硕果制作佳酿。建制七八个班，师徒四五百人，秋熟酒香之时，家家杀鸡做食，我们也很高兴做客而被一一延至其家，尽享古朴风情。我们都喜欢篮球运动，曾经四打五，押注二十元，输家出资，赢家出力，共饮快乐地瓜酒。离开师范快三十年了，现在做梦还经常回去。

因为学校离家近，周末回家是学子本分。但是，只要播放金庸先生的武侠录像带，学生就愿意"背井离乡"留在学校。"让青春吹动了你的长发，让它牵引你的梦。"《雪山飞狐》主题曲《追梦人》一响，东山下一片寂静，山鸟都在归巢，放弃了在树上树下的嬉闹；球场回归空旷，掩藏了球起落地面的回响；天空艳舞的流云因为失去了看客而收敛了斑斓的兴致；桃林下清溪的拥挤水流因为没有怂恿的男女而放弃了争先恐后的波涛。所有的人都坐在了电视机前，注视荧屏，感同身受萧峰的英雄之路与正义冤屈。故事情节的起伏变化演绎着侠客情侣的悲欢离合。接着是《神雕侠侣》《霍元甲》，惹得家长不断来学校探看，以为出了什么状况。

周末的快乐还有就是带学生登东山之顶。男孩子虽然身瘦如猴，却也不敢从陡峭处攀爬。十几个男女，扛一竿红旗，从北面沿坡而上，男士奋勇，女生逞强，争先恐后，把红旗插上东山之巅，颇有战士的英雄气概。翻出老照片，他们手中的猎猎红旗已经褪成了苍白，原来的青涩少年长成绝代风华然后又渐渐老去。但是诗酒趁年华，快乐趁年轻。孔子登泰山而小天下，我们登东山而小宁远的十里平川、风景田园。满眼禾田美如画，画中短笛随风走。万绿丛中掩古村，逍遥岩下露新楼。

相对于东山，逍遥岩只是一堆垒石，高不过百米，四周如壁，长满矮草荆棘，只要寻路，攀爬不会太难，可以逍遥而游。所以叫逍遥岩。西晋潘岳曾道："逍遥乎山水之阿，放旷乎人间之世。"《白雪遗音·八角鼓·游学》中说："游学访道，快乐逍遥。"宁远师范远离瀍尘，实在是枯读守静的佳处，可惜那时我们都年轻，理解不了人生处世的第一境界。庄子的逍遥目标"至人无己，神人无功，圣人无名"，太过高远。

学校有蜜枣加工厂。最初学校自己办，盈利不多，销售颇费周折，后来有广西灌阳的集体单位来联营，他们出资金，包销售，学校只负责组织员工，提供场地和设施。那个时候缺的就是钱，学校缺钱搞基建、老师缺钱置家电，学生及其家长更缺钱。校办工厂不缺劳力，老师学生在暑假里都愿意有事干。第一道工序是让女学生把鲜枣清洗切缝，女生细心，漂洗干净，切划匀称，工资计件发；第二道工序是煮糖，二十四小时三班倒，夜班往往由老师负担；第三道工序是捏枣塑形，经过了少男少女的嫩手，蜜枣的滋味附加了情色；第四道工序是曝晒、包装。胆小的偷偷地吃，胆大的用书包小袋小袋地装。全校师生都生活得甜蜜蜜，连放出来的气体都有糖的味道。

在物质严重缺乏的时代，不管吃什么都好吃，穿什么新衣都开心，换一床新棉被可以连续做一个月的好梦——事实上，在最欠缺的时候，一次小小的得到，你就有无限的幸福；什么都不缺的时候，却是幸福薄似纱翼了！

其实那时候校纪很严，大家都是从农村出来的，跳出农门不容易，都珍惜自己的现状和将来。登上东山之巅高歌低吟《在那东山顶上》："在那东山顶上，升起白白的月亮。年轻姑娘的面容，浮现在我心上……"这首歌那时没有传开，即使传开了，我们也得仿佛是高僧大德，摒弃一切爱情，甚至扼杀一切私欲情念。那时防男女甚过防寇雠，道德伦理比《牡丹亭》里杜丽娘她爸还岸然。课本里有《诗经》，都是《伐檀》《硕鼠》；声乐课吊嗓子，都是"百灵鸟，从蓝天飞过"。

殊不知古人情爱偏偏就是从鸟声和乐开始的。如今教初二的语文就要求学生背诵"关关雎鸠，在河之洲"，教材编者生怕学生领悟不了爱情是人类社会的永恒主题的道理，于是附加一首《青青子衿》作为家庭作业。这简直就是催情了。"衿"是衣领，表面上写年轻女子思念男友的衣领，其实是想触摸衣领之上的英俊面容。钱锺书说男女恋爱都是从借书还书开始的，有女孩子向我借书，但我们却没有开始心中的恋爱。

三

师范学校从 1984 年开始招收优秀的初中毕业生。尤其是成绩优异，家境清寒的孩子，经过笔试和面试，政审合格才能被录取。论禀赋，他们高过同辈；论形貌，他们胜于师长；论前途，他们只能服务于乡村教育。2017 年冯小刚电影《芳华》公映，引起社会热议，讨论哪些人是牺牲的一代。师范生无疑在其中。十八、十九班学生毕业三十年了，他们的聚会我无缘参加，仿《江南好》填词感叹："叹大家，青春拟浮槎。溪边桃色正堪夸。花褪残红青杏小，泪眼看《芳华》。"学生曾新林来短信安慰我，我该用什么话语，从哪个角度去安慰他们？

在师范学校教书时，照样是喜欢进县城，交通工具是自行车，很少唱"请慢些走喂慢些走"。明年是二十二至二十四班的学生们庆祝中师毕业三十年了。按习惯，都要回到以前的学校去看看。

宁远师范学校于 1991 年 8 月 31 日寿终正寝，师生全部转场。东山之下的学校辗转变化，由民族中学变为实验学校。校名改了，校门方向也改了。东山不再是靠山，只是东边的屏障。皇马还是黄马都无所谓了。现在专注办初中，低调反倒精致起来，渐渐成为宁远名校了。进出的道路全面硬化，消失了往日的尘土。女中音歌唱家降央卓玛的演唱旋律《马儿啊，你慢些走》又有了新词："马儿啊，你慢些走喂，慢些走哎。这一条林荫小道多么清幽哦，别让马铃敲碎林中的寂静。你看那姑娘，正啊在楼前刺绣哦，路旁的小溪拨动了琴弦，好像是为姑娘歌声伴奏。晚风扬起了温柔的翅膀，永远随着我的马儿走。"

宛转悠扬，如兰香如桂馥。不是炊烟升起，母唤儿归的那种味道，却仿佛有一种神明般的声音占据着我饥渴的心房，仿佛总有一声呼唤保留着我最初感动的感觉。

文章中关于东山的命名，是皇马砠，还是黄马砠？我倾注真情，称赞它的皇家气派，用"皇皇乔乔，食必茂草，饮必石泉"，表达自己的仰慕；用白话翻译《诗经·周南》，"腿软已迷茫，累坏倒一旁"，再拿先后对比，"原先的气宇轩昂变成了崎岖艰难，原先的毛羽金黄变成了瘦弱枯乱，原先的郊游佳处变成了想想都烦。

把家里的凤凰硬说成鸡，天底下哪有这样的官人！"表达心中的不满。移情于山，则情满于山，悲喜形于色，一点不隐瞒主观态度，更期待着自己的态度感染读者，让读者心里生发更美的联想，形成一个磅礴大气、雍容贵气的皇家山水的印象。这个美的印象来自于原来的客体和主体，然后又超出了原型限制的新生命。

再如校内一片桃林，"春桃满树粉红，夏果白里透红……青绿的桃子像是杨志的脸，总是严肃得很；长大一些了才渐渐带点羞涩，像广东的荔枝妃子笑一样，青底漾红，完全熟透得等到端午节。学生拿一本语文书，徜徉桃树下，'河水清且涟漪'，平平仄仄的朗诵声传出桃林外。"以人写树，其状可喜可爱，以树写人，引起温暖回忆。夹岸的桃林，是客观美的物象，拟人比喻、借形象写抽象都是作者超越客观、主观，营造境界的移情手法。

还如周末师生看录像的场面描写："乐曲一响，东山下一片寂静，山鸟都在归巢，放弃了在树上树下的嬉闹；球场回归空旷，掩藏了球起落地面的回响；天空艳舞的流云因为失去了看客而收敛了斑斓的兴致；桃林下清溪的拥挤水流因为没有怂恿的男女而放弃了争先恐后的波涛。"山鸟知情，球场知性，流云流水，都有了人情人性。这里的唯美描述，也是使用主体客体融合统一，营造诗意氛围，让人仿佛身临其境。曾经的师生读此文字，会重温当时文娱活动的整体意境之美；现在的读者，也会超越当时的主体客体，分享文字之中的诗意情绪。

梁启超在《敬业与乐业》里说："苦乐全在主观的心，不在客观的事。"这话有一点点偏颇；应用在审美心理上，审美的起点是客观的物，过程和结果却全靠主观的心，审美都是主客体高度融合、互相促进、共同完成的心理活动。法国画家德拉库瓦说得明白些："自然只是一部字典，而不是一本书。"人人都有字典，却只有诗人文学家从字典里挑出字词写出诗文作品，因为他们拥有自己独到的情趣和才学。游记作者也是从字典里挑出字词通过融合主客体，借助新意象，酝酿新作品，写出旅行发现，抒发行程中的欢乐、满足的感情，努力做到景不生造，情不生硬。

四、构思：体现章法与变法

　　《永州八记》是柳宗元游记散文的代表作品，内容上对于人生世相有深广的观照与彻底的了解，形式上完美和谐，无可挑剔。自他开始，游记散文变得成熟，成了一种新的文学体式。韩愈在《柳子厚墓志铭》里说："衡湘后学者，经子厚口讲指画，文章法度皆有可观。"柳宗元在永州十年，在永州人看来，成功处之一就是把前人玄虚为"只可意会不可言传"的行文规矩，变成可以言讲、可以习练、可以掌握的思维思路等写作经验，而且渐渐地固定下来，变成后人模仿学习的章法。

　　谈及文学创作的经验，朱光潜说："古今大艺术家，据我所知，没有不经过一个模仿阶段的。第一步模仿，可得规模法度，第二步才能集合诸家的长处，加以变化，造成自家所特有的风格。"文人创作走的也都是从学习固定的章法，到改变固有的章法，创出新的文法模式的路子。

　　梁衡在《背书是写作的基本功》里也说："强调背和记，绝不是限制创造，文学是继承性很强的，只有记住了前人的东西，才可能进一步创新。古代诗文中有许多名句都是'青出于蓝而胜于蓝'之作。宋词人秦观的'斜阳外，寒鸦万点，流水绕孤村'，就是从那个暴君隋炀帝杨广'寒鸦千万点，流水绕孤村'的诗中化来的。王勃的'落霞与孤鹜齐飞，秋水共长天一色'，则脱

于庚信的 '落花与芝盖同飞，杨柳共春旗一色'。高明的文学家，在熟读前人文章的基础上，不但能向前人借词、借句，还能借气、借势，翻出新意。"他在不同的文章里多次写他的语文老师讲给他听的故事：韩愈作文之前，一定要诵读司马迁的文章，借司马迁文章的气势论理纪事，保持自己行文的高度。

柳宗元《捕蛇者说》："吾恂恂而起，视其缶，而吾蛇尚存，则弛然而卧。"写蒋姓人士以捕蛇侥幸而活，用动作细节、神色细节、心态细节刻画捕蛇者向死而生的小心谨慎，在《火生宴客》一文里，我模仿柳宗元用细节写人物的小心谨慎，又刻意安排行文变化，请看片段：

> 没有烟花爆竹的县城夜里特别的安静，墨绿的樟树、桂树默默地待在街道两边，叶子也不发出一点声响。街上的行人渐渐稀少，家里的电表转动得越来越慢，整个城市开始进入睡眠模式。半夜时分，火生心里总有些不安，于是恂恂而起，视其铁笼，竹鼠尚存，则弛然而卧。
>
> 过了半个时辰，"微闻有鼠作作索索"，起身探视，铁笼洞开，竹鼠已不见影子。遍寻之，竟伏在厨房的角落里。用门板木块，做成拦堵栅栏，置其暂憩，不至于蹿越逃逸。
>
> 转身欲眠，又不放心，再去厨房探视，"哦豁，又没看到了，冬茅老鼠！"打开全屋的灯，曲身弓腰，头脸贴地，发现竹鼠匿伏于沙发之下。左手提铁笼，右手持铁钳，缓横猝竖，将竹鼠按压在地。小心关进新笼，以方砖厚石围堵四周，不让竹鼠嘴尖伸出笼外，不给它齿牙咬的机会。安顿妥当，司晨的公鸡已经鸣响第二遍预告，天快亮了。

三次起身探看，三次状况不同。第一次依据《捕蛇者说》行文，写细节，主要动词、形容词都没变；第二次概括描写，加进了拟声词"作作索索"，心里有些发急；第三次先用语言描写，尤其是方言"哦豁"表示惊异，然后用"曲身弓腰，头脸贴地""左手提铁笼，右手持铁钳，缓横猝竖，将竹鼠按压在地"这些动作的细节描写，表现火生的小心与尽心。三轮动作细腻变化，三番心情急缓交替，以火生动作的细心，映射他待客态度的诚恳。这第一处行文章法源于《捕蛇者说》，第三处已经完全不同于《捕蛇者说》，语言的表现力也超出了《捕蛇者说》的原句。文段思维依据章法，也体现了变法。

下面从三方面分别讲游记文在构思过程中如何依据章法，体现变法。

画山画水，托物言志

"一折山水一折诗，山水随诗入画屏。"这是中国文人对山水自然的最高评价。三尺绢丝，一方素笺，醇醪的墨香四溢，皴擦点染，濡写勾画，收无限于尺寸，是画家用线条、颜色、光影浓缩美丽的山水，布局成精美的画卷。

山可樵，水可渔，渔父樵夫因沾染山水灵气，将意趣情韵始于胸臆之中，流乎毫尖之上，溢出纸绢之外，是诗人用优美的文字存储游山玩水的诗意情愫。

游记作者不一定是画家诗人，但必须使用诗画手段摹山写水，也就是常说的"山水如画，诗入文章"。用诗的表现手法作文，状写诗词一样炽热如火的旅行感受；用线条构筑形象，用色彩描绘风景，用空间布局再现风光景致、人文故事的真实现场。让自己的笔下诞生如诗如画、亦诗亦画的游记作品。借用苏轼评价王维的名句就是"诗中有画，画中有诗"，文章兼具诗画特征。

诗画有哪些手法值得借鉴？

德国的实验美学研究者解构著名的世界名画，分为若干颜色、若干形体、若干光影三个组成部分，研究它们对于观察者产生的心理影响。著名画家黄永玉也说："我常常把一些需要解决的问题分开来做而不是混在一起做。造型或结构，我就专画造型或结构；色彩，我就另一本子专门解决色彩问题。"相同的是都把形和色当作绘画的主要手段，不同的是西方强调光影，东方强调意蕴。

黄永玉的《艺术的空间功能》，特别写到艺术创作要考虑空间的功能性，也就是要写出一定距离内的充分感官效果。

电影是这样，戏剧、音乐、造型艺术……也是这样，都有这种要求。

我们的祖先前辈很懂得这个道理，他们把这种艺术上的技巧处理得层次分明。外国的里手行家对这门技巧也搞得很有经验。只可惜，有时候我们把它忘了，或者是不够重视，使得我们的艺术做得很高明、很讲究，却用得不是地方，白费了力气，效果不好。

……

天真蓝，炊烟像旗杆似的直透天穹。饭吃完了，喝着奶茶，健康的胖老头子用刀子在怀里为我们分着奶酪。他穿的是一件老旧的翻羊皮大衣。兴致好极了，他说他要唱歌。

大家开始安静起来。

粗哑低沉的歌声称赞着他的枣红马。他那么爱那匹马。他仰着身子，两眼闪烁着老人的微笑，唱着，唱着，调子越来越高，越来越细，像百灵鸟带着歌声，盘旋着，飞到天穹去了，只剩下蜘蛛丝似的一点声音。后来，声音没有了，歌还在继续……

大家都静心谛听。老人仰着头，双手撑在盘着的腿上，一动不动，张着嘴——摇着脑袋让无声的歌在空中回荡……慢慢地，歌声又逐渐被他引导的高空出现了，慢慢地下降，越来越清楚，越明确。人们又缓过了气，活跃起来。老人继续地唱着。

在什么时候、什么地方，我永远也不会忘记这个美丽的、重要的空间……

文章中说："我们的祖先前辈很懂得这个道理，他们把这种艺术上的技巧处理得层次分明。"例如苏轼写《石钟山记》："至莫夜月明，独与迈乘小舟至绝壁下。大石侧立千尺，如猛兽奇鬼，森然欲搏人；而山上栖鹘，闻人声亦惊起，磔磔云霄间；又有若老人欬且笑于山谷中者，或曰此鹳鹤也。"山下"森然欲搏人"，山上栖鹘惊起"磔磔云霄间"，就很有空间的传递过程。

黄永玉写蒙古老人唱歌："调子越来越高，越来越细，像百灵鸟带着歌声，盘旋着，飞到天穹去了，只剩下蜘蛛丝似的一点声音。后来，声音没有了，歌还在继续……老人仰着头，双手撑在盘着的腿上，一动不动，张着嘴——摇着脑袋让无声的歌在空中回荡……慢慢地，歌声又逐渐被他引导的高空出现了，慢慢地下降，越来越清楚，越明确。"随着作者的描写，读者眼睛的凝视，耳朵的谛听，跟着上而上，下而下。古人说的"余音绕梁"，今人说的"让子弹飞一会儿"，大概就是这个效果。这样的描写给人以空间感受的同时，给了读者画面感、意境感。作画讲空间布局，诗歌讲意境意象，游记写作突出空间感受，就可以算是"山水如画，诗入文章"了。

歌德谈绘画创作与鉴赏，除了讲色彩、布局外，比较多地讲到"光影"，最有名的是对吕邦斯风景画中的光影处理艺术的赞赏，他说画中"人物把阴影投到画这边来。而那一丛树又把阴影投到和看画者对立的那边去！这样，我们就从两个相反的方向受到光照，但这是违反自然的！"歌德没有指责吕邦斯违反自然规律，反而称赞他处理好了艺术家与自然的双重关系，说他用了画师的大胆手笔，他用天才的方式向世人显示：艺术并不完全服从自然界的必然之理，而是有它自己的规律。可见，光影也是绘画的重要元素。

诗是语言的艺术，诗论家常常从意象、情感、语言及三者之间巧妙联系的角度分析诗词作品的思想内容和艺术成就。意象、情感、语言是产生诗词艺术的主要凭借。《修辞通鉴》概括诗歌常用的修辞方法有：

1.比兴。"比"是比喻，"兴"是寄托，合称比兴。用比，可以使抽象感受具体化，产生鲜明的可感性。还可以借此抒发内心不便直说的深情衷曲。用兴，先写具体景物，再由此兴起感情或引出叙事，比直抒胸臆显得委婉，有情致。

2.夸张。运用丰富的想象，将描写对象的某些特点，给以极度扩展和延伸，以突出反映事物的本质特征，加强艺术效果。

3.比拟。或者按照人类特性，把外界事物人格化，使其具有人的动作、状貌、精神状态，或者把人的精神品格，当作物的形状加以描绘。运用比拟，可以形象地表达思想感情，启发读者的想象力，使作品生动活泼，风趣幽默。

4.反复。使相同或含义相近的字词句段重复出现，反复咏歌，以增强诗歌的节奏感和音乐美。使某一种意义更突出，作者的感情抒发得更为深沉炽烈。反复与排比、叠句、复唱等形式，或用于篇首，或在篇中，或隔几段出现，或者首尾呼应。

借助诗画手段摹山写水，布局游记行文，把孤立的自然风景写得丰富多彩，把抽象的人文情怀写得具体形象，让读者看得见摸得着，适合于再现风光景物美的客观性，这是一种技法也是章法。

在《到开普半岛读海》里，我就是用这种方法摹山写水，叙事记游的。

到开普半岛读海
胡少明

我不是第一次看海，但是把海当成经典名著，细心地翻阅、慎重地品读、客观地鉴赏，这还真是第一次。

开普半岛的自然景观是山和海的碰撞与交融，在远离世界核心的地带，显示着大陆尽头、海洋边缘的自由和宽广。中国古人常常用"天涯海角"形容极远的地方，或相隔极远的距离。南朝陈时期的徐陵在《武皇帝作相时与岭南酋豪书》中写道："天涯藐藐，地角悠悠。"中国的"天之涯"在海南三亚，比较而言，开普半岛天更藐藐，地更悠悠，海南岛只是远离中原，开普敦远离了全世界。

大巴把我们带到豪特湾渔港村，这里有世上最长最大的纯自然沙滩，适合做冲浪运动比赛的场地。沙滩的旗杆上高挂黑色的鲨鱼旗，这是禁止下海的标志。（沙滩挂旗有讲究：绿色旗可以放心下海，白色旗提醒可见度不高，红色旗是警示标志，黑色旗则禁止下海）

阳光不失明媚，沙滩上不时有一片片沙帘翩翩而飞，我们躲进餐厅，围坐餐桌，透过窗读海。方窗之外水天一色。一片蓝，那是水，一片金，那是沙；脊背银灰的那是鸥鸟。聪明的"鸥哥"啄起一颗蚌，一颗蛤，或是蚝，腾空而起，然后突然掷下，鸥身也翔舞着落在沙滩上的小东西旁边，等候贝类一声"啊呀"，收获屡试不爽的奇迹。

不远处一层层的白浪驾驭西风奔涌而来，潮头张扬的水花又被低飞的南风掳掠而去，浪潮浪花折折叠叠，形成美丽的折角图案。

团友用玻璃杯装进红酒，照相机镜头透过玻璃器皿里的红色液体，瞄准沙滩上的海鸥，期待着奇迹的发生。一旦有海鸥闯进相机的镜头，摄影世界必将迎来海鸥"煮酒论英雄"的现代传奇。可惜奇迹没有出现，中餐的内容只能是烤龙虾和烤鱼脯。够了，这已经是旅行团餐中最豪华的配置了。

中餐之后去企鹅滩观赏企鹅。企鹅本是南极动物，神奇的是开普半岛的沙树之间繁养生息着十万只这样的宝贝。南非企鹅幼稚时毛茸茸的灰色，憨态可掬，成年的父母灰白相间，勤快慈福。岸上移走，大摇大摆；水下游浮，飙窜箭飞。企鹅是两栖动物，捕食离不开水中鱼虾，繁殖仰仗沙堆浅窝；上岸慎防贼鸥野犬，下水生怕巨鲸暴鲨。一年两枚蛋，存活多艰难！南非政府把解决企鹅过冬的问题放在自然保护第一位。

驱车半小时，来到好望角。这里是大西洋和印度洋交汇区。凶猛的西风带经常在海面上纵横肆虐，过往商船听天由命。风平浪静，人人望天，感谢天主赐福；风急浪高，家家祈祷，希望幸运加身。陡峭崖壁立在舷边，舵轮和纤绳备受"牵连"。身经百战犹怕西风太紧，风暴岬角好望印度前程。悲观人看到风险无边，乐观者感谢福报无限。

伫立石岩崖壁，近距离感受"玉城雪岭际天而来"的气势，听见大声如雷霆，看到吞天沃日。不禁想起历史伟人曹操、毛泽东，在气象恶劣的沧海面前，写下"日月之行，若出其中；星汉灿烂，若出其里""萧瑟秋风今又是，换了人间"的诗句，不得不佩服伟大的政治家胸襟开阔，抱负远大。明白百年难遇既是危难又是机遇，"风暴角"后来真的成了"好望角"。

往返"海豹岛"让我们认识了海洋的伟力。"云布海峡边，白浪滔天，海豹岛外客游船，一片汪洋都不见。"滔天巨浪来自大西洋寒流。虽然印度洋和大西洋的地理分界线离这里有一百多公里，但两洋的洋流却经常在这里交汇交锋。特别是时临冬季，大西洋寒流像脱缰野马，恣意奔突，西风积微成著，推波助澜，一时间西风压倒东风，寒流碾压暖流，海豹岛周围白浪滔天，浪头高过游船，迎浪一边应潮而起，背浪一边应声而斜，船在潮流里起伏升降，游客就像是固体货物，被左右敧斜的船舱捣过去又捣过来。软弱的身躯磕碰强硬的钢铁，连响声都没有一点。女团友说保命要紧，哪里还顾得岛上的海豹？迪亚士船员的惊悸和恐惧重现在游客的脸上。浪过后，潮平静，镇定的男士却可以趁机按下快门，记录下惊心动魄的壮丽瞬间，定格住海豹们"不管风吹浪打，胜似闲庭信步"的骄子天赋。

元代佚名作者填词《塞鸿秋》以月作比，表达自己的喜爱层次。第一句"爱他时似爱初生月"，初生月的特点是清新动人，长大起来一天一个样，像极了爱慕的开始。第二句"喜他时似喜看梅梢月"，作者将喜欢化为梅梢月，月隐在梅枝后，花影摇曳，月光如许，花动心动，够美！

我对海的喜爱，第一层次是见海之前的梦想，谁都记得住"山那边是海"的期待；第二层次是海子笔下的"面朝大海，春暖花开"，海是平静的，海岸是斑斓的；第三层次是参与其中的互动，越壮烈，表现越精彩，收获越丰富，印象越深刻，记忆越久远。

在南非开普敦半岛，与海洋有了亲密接触，精读了一回。

"沙滩上不时有一片片沙帘翩翩而飞，我们……透过窗读海。方窗之外水天一色。一片蓝，那是水，一片金，那是沙；脊背银灰的那是鸥鸟。"德国科学家认为，红色和青色、蓝色和黄色都是补色（两种颜色相合即成白色），所以画家往往于青色山水的背景上画一两个穿红衫的少女，沙漠在蓝天之下才有生命活力。这一段关于景物色彩的描写使用了绘画技巧，符合绘画理论中邻色互补的颜色美学原则，是画山画水基本章法的具体表现。

作画的另一手段是形体，朱光潜说："形体的单位为线。线虽单纯，也可以分别美丑，在艺术上的位置极为重要。"我在文章里有这样一段描写："不远处一层层的白浪驾驭西风奔涌而来，潮头张扬的水花又被低飞的南风掳掠而去，浪潮浪花折折叠叠，形成美丽的折角图案。"其中"浪潮浪花折折叠叠，形成美丽的折角图案"就是线条的美。山水如画，画入文章。这篇文章没用上绘画中的光影元素，这里不分析。（在《西伯利亚纪行》文中写奥列洪岛看夕阳时用过）

"聪明的'鸥哥'啄起一颗蚌，一颗蛤，或是蚝，腾空而起，然后突然掷下，鸥身也翔舞着落在沙滩上的小东西旁边，等候贝类一声'啊呀'，收获屡试不爽的奇迹。"窗里的游客看窗外的沙滩世界，远方是蓝色的海水，近处是金色的沙滩；

天空底下，是脊背银灰的鸥鸟，飞起落下，砸开贝壳；尤其是"等候贝类一声'啊呀'"，声音急促发出，却缓缓传开，很有黄永玉所说的"艺术的空间功能"。鸥鸟觅食的手法，显示出劳动的智慧，鸥鸟精彩的表演，简直就是人类进化的缩影，我在这里有声有色地描写，委婉地把自己移情过去，毫不掩饰地表达自己的喜爱和赞美。这就是我对生活的诗意理解，是对眼前自然风光的诗意描写。

再如，"大西洋寒流像脱缰野马，恣意奔突，西风积微成著，推波助澜，一时间西风压倒东风，寒流碾压暖流，海豹岛周围白浪滔天，浪头高过游船，迎浪一边应潮而起，背浪一边应声而斜，船在潮流里起伏升降，游客就像是固体货物，被左右敧斜的船舱捣过去又捣过来。软弱的身躯磕碰强硬的钢铁，连响声都没有一点。"波澜壮阔，船行惊险，游船"迎浪一边应潮而起，背浪一边应声而斜"，以船身晃摇写西风肆掠。"游客就像是固体货物，被左右敧斜的船舱捣过去又捣过来"，突出了游客被船体捣腾的空间感受，不仅侧面表现风大浪高，起伏剧烈，而且有很鲜明的画面感和意境感。游客的东倒西歪，不由得让人想起梵高的名画《向日葵》，不安的流动的线条，造成了这种有力的动感，这种强烈的震动不是来自整幅画，而是每一笔、每一小块原料都有无限的动的姿态。游记文章和画画一样抒发的都是自己对生命意义独到的诗意感情。

"南非企鹅幼稚时毛茸茸的灰色，憨态可掬，成年的父母灰白相间，勤快慈福。岸上移走，大摇大摆；水下游浮，飘窜箭飞。企鹅是两栖动物，捕食离不开水中鱼虾，繁殖仰仗沙堆浅窝；上岸慎防贼鸥野犬，下水生怕巨鲸暴鲨。"这一段用比拟，赋予企鹅以人的感情神态，这是诗的表现手法。语言使用以对偶为主，节奏整齐、匀称，体现出诗歌的韵律特色。

如果说借用诗画手段摹山写水是游记构思的定法，那么托物言志，则是游记写作的变法。

所谓托物言志，是指创作者用象征或比兴等办法，先描绘自然景物的特征来寄托作者情感或暗示作者心里的意愿。使用这种方法写成的文章，其特点是：用某一物品或物品的某一面来象征或寄寓某种精神、品格、思想、感情等。要写好这样的文章，就要处理好以下几个关系：托"一切"还是托"一瞬"；穷尽"物"还要言明"志"。

任何景物都是特殊与普遍的结合体，普遍是该景物在无条件下呈现的整体特性，体现着观察理论上的"一切"；特殊则是该景物在某一具体条件下呈现的具体个性，也就是观察理论上的"一瞬"。

用某一物品来象征或寄寓某种精神、品格、思想、感情，就是托作者内心情志于该物品整体，也就是我们所说的托"一切"。

例如人民教育出版社《语文》（九年级上册）课文庄子的《北冥有鱼》（节选自《逍遥游》），写其外形硕大无比，写其体能力大无穷，写其志向远大无比，写其性格扶摇而上，善借长风，实现奋斗的人生目标。东晋的支遁评论《逍遥论》说："庄生建言大道，而寄指鹏鷃。"意思是庄子把自己的思想观点、哲学主张都寄托到鲲鹏斥鷃身上。清代的刘凤苞《南华雪心编》："老子论道德之精，却只在正文中推寻奥义；庄子辟逍遥之旨，便都从寓言内体会全神，同是历劫不磨文字，而缥缈空灵，则推南华为独步也。其中逐段逐层，皆有逍遥境界。"庄子主张的逍遥，既托付给破空而来的鲲鹏，也变化落实到逐段逐层里去。

用物品的某一面来象征或寄寓某种精神、品格、思想、感情，就是托作者内心情志于该物品整体，也就是我们所说的托"一瞬"。

这方面的例子比较常见，如韩愈的《马说》，把自己怀才不遇的愤懑寄寓到"骈死于槽枥之间"的千里马；周敦颐的《爱莲说》，把自己经世处事的原则，外化给"出淤泥而不染，濯清涟而不妖"的莲，借以区别追求富贵的世俗和避世出世的清高；茅盾的《白杨礼赞》，把自己对西北抗战民众的精神的敬佩寄托到笔直的干、笔直的枝的白杨树上。他们的寄托分别在千里马不遇伯乐、莲花高洁自清、白杨树一律向上一个侧面上，没有顾及莲花、白杨、千里马的其他方面。

由于托物言志的起因是相当强烈的主观感受，甚至情感爆发，但又碍于表达的方式，必须含蓄委婉，这相对于游记摹山写水，再现山水美的客观性的基本章法来讲，就是一种变法。

信仰与口味（节选）

胡少明

到中东旅游，没有人不为中东人信仰的虔诚与执著而佩服。以台湾作家林清玄的博识和睿智，认为"所有的宗教都讲慈悲和博爱，但是大部分的宗教徒可以爱自己的邻人，甚至爱自己的敌人，却很少有宗教徒能包容异教徒，这一点想起来就甚可哀痛"

……

离开中国已经八九天，天天吃犹太餐伊斯兰饭，甜饼甜点，口舌生酸。我们开始思念中国饭菜，领队小张说最后一天去特拉维夫吃中餐，但是饭菜的质量分量不能保证，大家带好泡面泡菜。

中午十二点，旅行车停靠在地中海岸边，水天一色，都是纯天然的蓝，海水拍打礁石暗岛后，生长出雪白的花朵奔向岸边，花红草绿的植被与高楼林立的街景相映成趣。我们的中饭六菜一汤，土豆牛肉、红烧乌鱼、洋葱猪肉、木耳鸡汤、四川麻辣、湖广青菜，大家吃得酣畅淋漓，最尽兴致了。

领队小张跟我说，早上还愁着没人要的酸辣牛肉泡面找到着落了。原以为不吃辣椒的台湾籍导游林姐说她们家可以接受辣味。林导是千禧年来耶路撒冷的台湾人，来了就喜欢上了，爱屋及乌，就嫁给了犹太人，现在已有三个儿女。小孩学习希伯来语，去过台湾，能听懂汉语。上到旅游车，我们把中午没有派上用场的从国内带来的泡菜泡面都塞给林姐，林姐说她不拒绝，因为她和她的儿女都喜欢中国味道。

我们离开中国一个星期就想念中国饭菜，林姐来以色列十几年了，还执著地保持着中国胃口，以色列老公不接受就带着儿女吃方便面，温习中国口感标准，培养中国饮食习惯。

饮食一旦成了习惯就不会轻易改变，信仰一旦形成也是不会轻易放弃的。

文章从饮食入手谈信仰，人的口味偏好是顽固不化，人的信仰则是虔诚执著，明写中国游客对中国味道的念念不忘，极力铺叙，反复渲染，努力做到穷形尽相；最后联系附近的环境，直觉顿悟，悟出犹太人、伊斯兰人对自己信仰的坚定不移如同中国人对自己饮食文化的执著一样。犹太人、伊斯兰人的宗教信仰是整体出现，人的饮食习俗也是以普遍性原则为主，这里的托物言志是托付于"一切"。

宗教某些的固执，在常情常理范围内，是不合适的，也是不合理的；但又必须承认其神圣不可侵犯，所以就把它寄托给人的口味习惯，含蓄地承认，委婉地接受。

用托物言志写游记还需要注意什么？

要穷尽"物"，还要言明"志"。通过细致的观察和悉心的体验，进而准确地寻觅出能表达自己思想情感以及作品主旨的客观对象，即找准言"志"之"物"。客观对象的主要特点要与自己的志向和意愿有某种相同点或相似点。对于景物的特点要进行充分描绘，努力做到穷形尽相，要让读者觉得自然景物就有人要表达的意愿、情感、志向。

在前面讲观察的时候，展示过一篇游记文《园丁鸟》（原文见《观察》一章），也是使用托物言志章法行文的。先写鸟衔草穿梭，斜跨兜挂筑巢的经过，发现它完全具备追求完美和勤奋耐劳的品质，查出鸟名叫"园丁"。自然而然地联想被誉为"园丁"的中国的教师。思维有了交汇点——"用品德的竹枝为梁，叠起了框架；以知识的砖石为草茎，编织好壁墙；以美的价值观为辅料，装饰好外表；以情感的蒲苇为丝线，缠绑住人生的枝条，编织出了一个教书育人的鸟巢。"于是我决定用托物言志的章法行文，借园丁鸟颂"园丁精神"。

值得注意的是，作者打算借景借物寄寓的情感、志趣要来自于心中，更来自于景和物。是作者的真情实感，不能含有虚情假意；是一心一意的情感，不是三心二意的情感，不能多主题；是旅行中景物潜藏有的情感，不是贴标签贴上去的，嫁接上去的，更不能是捆绑上去的。瓜熟蒂落，水到渠成；强扭的瓜不甜，捆绑上去的道理不能服人。掌握好"事物"与"志向"，"事物"与"感情"的内在联系；使文章构思虽然有改变章法，但没有改变情理和逻辑。

移步换景，美随文生

游记散文常常以游踪为线索，移步换景。依随"游踪"换景，根据主题需要写景，仍是基本固定的章法。

一般情况下，观察点不同，风光景物即不同；观察点相同，观察角度不同，风光景物的姿态神情、主次地位也会呈现出不同。这时往往依随游踪变换笔下的对象，但是，名家写作不会止于此，还会受自己的审美情绪、写作动机的影响。他们旅行时看风景可能没先确立下主题、运思选材、行文结构，但一定早就酝酿好了感情，做好了思想准备。例如柳宗元的《小石潭记》，沿着游踪缓缓而行，观察点虽然在变，被观察的景物之间联系的紧密性却没有变，前后情感的集中点却没有变，文章中的景与情只是"元帅"（中心立意）布置的阵营而已。

> 从小丘西行百二十步，隔篁竹，闻水声，如鸣佩环，心乐之。伐竹取道，下见小潭，水尤清冽。全石以为底，近岸，卷石底以出，为坻，为屿，为嵁，为岩。青树翠蔓，蒙络摇缀，参差披拂。
>
> 潭中鱼可百许头，皆若空游无所依。日光下澈，影布石上，佁然不动，俶尔远逝，往来翕忽，似与游者相乐。
>
> 潭西南而望，斗折蛇行，明灭可见。其岸势犬牙差互，不可知其源。
>
> 坐潭上，四面竹树环合，寂寥无人，凄神寒骨，悄怆幽邃。以其境过清，不可久居，乃记之而去。
>
> 同游者：吴武陵，龚古，余弟宗玄。隶而从者，崔氏二小生：曰恕己，曰奉壹。

文章的游踪、景物、情感及其对应关系，列表梳理如下：

行踪	西行120步	伐竹取道	近岸	潭西南	坐潭上	记之而去
景物	隔篁竹，	下见小潭	全石为底	斗折蛇行	竹树环合	
	闻水声，	水尤清冽	为坻……	明灭可见	寂寥无人	
	如鸣珮环		青树翠蔓	岸势		
			鱼百许头	犬牙差互		
感受	心乐之		似与游者相乐		凄神寒骨	其境过清
					悄怆幽邃	不可久居

虽然观察点随着行程先后而变，但是写入文章的景物、流露出来的情感却都是集中得很，别看它前后截然不同，却刚好是相反相对。从"西行百二十步"到"潭西南而望"，看到的风光景物，山清水秀，明丽喜人，水中鱼游，水源蜿蜒，精彩纷呈，

所以作者的感受是愉悦和乐。从"坐潭上"开始，景物的色彩变得暗淡，周围的环境变得凄冷，作者的心境随之变得忧郁苦闷起来。

这样的安排其实与作者写作时的背景息息相关。柳宗元被贬永州之后，依然郁闷和落寞，甚至愤懑，他用以克服苦闷的方法，就是游览山水，寄情外物，以愉悦的感觉折冲内心的苦痛。然而游览山水，寄情外物获得的快乐是短暂的，不会长久；是脆弱的，不会强大。所以一遇负面信息的触发，立马恢复郁闷落寞的原状。前面的美景乐情只是后面的暗淡光景、清苦心境的反衬而已。"一切景语皆情语"，看它是直抒胸臆，还是鲜明反衬，不能一概而论。

柳宗元是我国游记体裁从传统散文中独立出来的推动者，是游记散文的奠基人。他确立了移步换景这一章法；后来的游记写作者在换景写景、言志抒情的基础上，写出美的认识，则可以看做是变法。例如我的文章《踏实产生美》。

踏实产生美
胡少明

"瓦地伦"在阿拉伯语里是"酒红色山谷"的意思，因其红色沙地在日落时显示出如红酒般颜色而得名。我们去的这一天是傍晚，太阳已经下山，看到的是灯光照射的瓦地伦，颜色橘红，真不知落日下的瓦地伦沙漠会红到什么程度。

第二天上午，我们乘坐皮卡驶进了沙漠的腹地，金色太阳红彤彤的，照在红沙上，给瓦地伦镀了一层金色；兀立的山岩也像擦了胭脂的黑人一样，红得发紫。为了观赏美国电影《火星救援》拍摄地的外景风光，我们决定爬上山顶。

细细的红色沙粒斜铺于上山的小路，我们深一脚浅一脚艰难地跋涉。沙层松软，几乎是上一步退半步，十分费力，想着王安石说的"非常之观常在于险远"，知了天命的人怎么会轻易放弃。火红的太阳这时也更炫耀地嘚瑟自己的热情，清早御寒的衣物这时成了最大的累赘，穿在身上就导致汗流浃背，脱了棉衣又会极大地增加手臂的辛苦。左脚向上踩在隆起的沙粒上，右脚承重过大，慢慢地滑向坡下；待左脚站稳，右脚才能迈步向前，这时左脚又下滑明显。王安石说文解字，"滑是水之骨"，其实"滑也是沙之骨"。

经过半小时的跋涉，一两百米的山坡终于被我们沉重的脚步丈量完毕，当我们的脚踩在山顶的岩石上时，心底里感到踏实幸福。踏实带来欣赏美的欲望，远处是《火星救援》拍摄外景的场地，连绵的山丘，无垠的沙海，苍凉中透着凄美，雄浑中透着婀娜，月亮表面的静谧，火星人来去留下的美景，一一地展现在眼前。

第二天奔赴死海。

死海漂浮有"三带"：第一，带一瓶淡水，随时准备着清洗浸漫到眼睛里、嘴巴里的海水，海水盐分太重，对眼角膜、扁桃体有极大的伤害；第二，带一张报纸，浮在水面上，拿一张彩色画报照相；第三，带一双拖鞋，沙滩盐晶体多而尖，经常有人被划伤或刺伤。大家听得津津有味，个个都在摩拳擦掌。

不会游泳的女队友，穿着漂亮的泳衣，显露凹凸有致的曲线，躺在蓝色的海水之上，双手端持一张彩色图片，颜色艳丽，线条流畅，绝美的姿势，构成了经典美照的风景。

会游泳的，总得显示一下卓异，先是仰面朝天，轻松漂浮，任意去来，直到哨声响起，才知道该折返回岸边，翻身转向，这时突然发现自己脚轻头重，想要把身脚沉下水去，把头浮出水面，竟然做不到了。慌乱中，用手扫摸石底，使劲平衡躯体。忽然间感觉到几根手指的皮肤被划伤了，钻心的疼痛；嘴巴里进水了，咸得发苦。挣扎了好一阵子才算保住颜面。心里已经没有再漂浮的兴致了。看见有人上岸，自己也就跟着撤退。

在沙海里丽服艳妆、凝目远眺、喜上眉梢的靓照，旁人羡若神仙，踉踉蹡蹡只有自己知道；自恃泳技，不惧深浅，却在死海被盐水困驭，足不能探底，心就难以踏实。失去了踏实，云里雾里，再多浮华，又有什么意义呢！

回到房间，清洗干净，用创可贴包扎好为了踏实而留下的伤口。朋友圈里传来几张死海漂浮的照片，经典的。

死海海拔负 422 米，属于富氧区，在宾馆里，睡了一个好安稳的觉。

文章写两个景点的旅行经历，在"瓦地伦"沙漠，红色的太阳照在红沙上，给瓦地伦镀了一层金色；照在兀立的山岩上让它红得发紫。爬上沙山顶的岩石，远眺"《火星救援》拍摄外景的场地，连绵的山丘，无垠的沙海，苍凉中透着凄美，雄浑中透着婀娜，月亮表面的静谧，火星人来去留下的美景"，是一步一景的写法。到死海，女队友"双手端持一张彩色图片，颜色艳丽，线条流畅，绝美的姿势，构成了经典美照的风景"；自己自恃泳技，弄巧成拙，受苦受伤，狼狈而退。相对于"瓦地伦"沙漠的一步一景，这是移步换景。这里遵循的是定法。

然而，两处旅行，"踩在山顶的岩石上时，心底里感到踏实幸福。"欣赏到了"《火星救援》拍摄外景的场地。……美景"；"在死海被盐水困驭，足不能探底，心就难以踏实"，不能尽情享受死海漂浮的快乐。一正一反，对照着强化自己对美感产生的理性认识。这里体现出构思过程的变法。

方圭圆璧，感悟真谛

游记文以写景状物，叙事抒情为主，这是定法，但也有古今的大文章家，把议论引入游记体，记游只是个引子，是议论说理的铺垫，议论则以记游为依托，是记游的升华。这类散文与一般的游记不同，重点不在于山川风物的描绘，而重在因事说理。借眼前景物引出考据、议论，以说理为目的，记游的内容只是说理的依据和凭借。王安石的《游褒禅山记》，就是这方面的代表。文章以记游的内容为喻，生发议论，因事说理，以小见大，准确而充分地阐述一种人生哲理，给人以思想上的启发。

吴伯箫的《难老泉》，在晋祠，先从"桐叶封弟"考证开始；到"难老泉"又夹叙夹议一个美丽动人的故事；移步至水潭中间的"中流砥柱"，也还是一半讲故事，一半讲道理。借以表达三晋文化"古老而难老"的觉悟。

翦伯赞的《内蒙访古》选取三个景点——最古老的赵长城；在大青山下的汉代

城堡;昭君墓是一座民族友好的历史纪念塔——为议论话题的起点,引经据典,进行考证,分析其历史上的兴建原因和政治经济文化方面的作用,也是典型的不在于山川风物的描绘,而重在因事说理一类。

苏东坡写过一篇《放鹤亭记》:

熙宁十年秋,彭城大水,云龙山人张君天骥之草堂,水及其半扉。明年春,水落,迁于故居之东,东山之麓。升高而望,得异境焉,作亭于其上。彭城之山,冈岭四合,隐然如大环,独缺其西一面,而山人之亭,适当其缺。春夏之交,草木际天;秋冬雪月,千里一色。风雨晦明之间,俯仰百变。山人有二鹤,甚驯而善飞,旦则望西山之缺而放焉,纵其所如。或立于陂田,或翔于云表,暮则傃东山而归。故名之曰“放鹤亭”。

郡守苏轼,时从宾客僚吏往见山人,饮酒于斯亭而乐之,挹山人而告之曰:“子知隐居之乐乎?虽南面之君,未可与易也。《易》曰:‘鸣鹤在阴,其子和之。’《诗》曰:‘鹤鸣于九皋,声闻于天。’盖其为物,清远闲放,超然于尘垢之外,故《易》《诗》人以比贤人君子隐德之士。狎而玩之,宜若有益而无损者,然卫懿公好鹤则亡其国。周公作《酒诰》,卫武公作《抑戒》,以为荒惑败乱无若酒者;而刘伶、阮籍之徒,以此全其真而名后世。嗟夫!南面之君,虽清远闲放如鹤者犹不得好,好之则亡其国;而山林遁世之士,虽荒惑败乱如酒者,犹不能为害,而况于鹤乎?由此观之,其为乐未可以同日而语也。”山人忻然而笑曰:“有是哉!”乃作放鹤招鹤之歌曰:

“鹤飞去兮,西山之缺。高翔而下览兮,择所适。翻然敛翼,宛将集兮,忽何所见,矫然而复击。独终日于涧谷之间兮,啄苍苔而履白石。

鹤归来兮,东山之阴。其下有人兮,黄冠草屦葛衣而鼓琴。躬耕而食兮,其余以汝饱。归来归来兮,西山不可以久留。”

元丰元年十一月初八日记。

编辑《古文笔法百篇》的胡怀琛录下林西仲的评语:“前段叙亭叙鹤,末端作歌,总为中端隐居之乐做衬笔耳。亏他说隐居之乐,以南面之君伴讲,说鹤以酒伴讲,且出落转棹处，极其自然，全不费力。所谓遇方成圭，遇圆成璧。此等笔意，古今无第二手。"

"遇方成圭，遇圆成璧"整句话是说治玉的工匠因材制宜，根据玉料的原始形状雕琢玉器，料是方的就雕琢成方形玉器，料是圆的就雕琢成圆形玉器。用在游记写作里，就是"与山石曲折，随物赋形"，顺其自然，不刻意雕琢，文理自然，姿态横生，成章成文即可。这是游记散文里的变体形式。我写《断桥断想》也是这一类。

断桥断想
胡少明

鸭绿江断桥原为铁路桥，最初由日本驻朝鲜总督府铁道局于1909年开始修建。朝鲜战争期间，被美军拦腰炸断，此桥沦为废桥。

庐山有断崖，不是横跨中断，而是纵向切断，如刀砍斧劈一般，千岩竞秀，万壑回萦；断崖天成，石林挺秀。峭壁峰峦如雄狮长啸，如猛虎跃涧，似捷猿攀登，似仙翁盘坐，栩栩如生。沿锦绣谷旁绝壁悬崖修筑的石级便道游览，可谓"路盘松顶上，穿云破雾出。天风拂衣襟，缥缈一身舒。"一路景色如锦绣画卷，令人陶醉，成为庐山热门景点。

杭州西湖的断桥残雪是"天下第一名胜"。每当瑞雪初霁，站在宝石山上向南眺望，西湖银装素裹，白堤横亘，雪柳霜桃。石拱桥面无遮无拦，云破日出，气温始升，冰雪消融，露出了斑驳的桥栏，而桥的两端仍然皑皑白雪，依稀可辨的石桥身似隐似现，而涵洞中的白雪熠熠生光。桥面灰褐，桥下银白，形成反差，远望去似断非断，故称"断桥"。伫立桥头，放眼四望，远山近水，绮绣织锦，尽收眼底，给人以强烈而深刻的印象。

不过这只是一家之言，是现代人的审美观念的代表。历史上关于断桥有好几种说法，值得参考。

明代《西湖游览志》说：断桥是由于孤山延伸来的白堤，到此逢桥而断。断桥因为山脉气韵中断而得名。何以为据？公元前210年，秦始皇出巡金陵，深为虎踞龙盘的气势吸引。陪同左右的方士常生、仙导却忧心忡忡地对秦始皇说："金陵地形险要，气势磅礴，乃龙脉地势，王气极旺，若不采取对策，五百年后会有天子坐镇！"秦始皇大惊，下令断方山龙脉，阻隔了金陵王气；再引淮水贯穿，导引王气外泄。因此从山脉延续，风水变化角度来看，《西湖游览志》的说法不无道理。

明末张岱却别立一说，他在《西湖梦寻》道：白堤上遍植桃柳，"树皆合抱。行其下者，枝叶扶苏，漏下月光，碎如残雪"。他认为"断桥残雪"，说的是月影。这样的话，断桥残雪的风景不仅仅在数九寒冬，一年四季，时时常有。张岱丰富了胜景内涵。

在西湖古今诸多大小桥梁中，"断桥"的名气最大，或许因为有白娘子与许仙断桥相遇相识在此，同舟归城，借伞定情，演绎出一段动天地泣鬼神的爱情故事。记得茅盾在《风景谈》里说过，自然是伟大的，人类是伟大的，然而充满了崇高精神的人类的活动，乃是伟大之中尤其伟大者。我们可以仿写一句，风景是美丽的，故事是美丽的，拥有美丽故事的风景就是美丽之中尤其美丽者。风景是故事之根基，故事是风景之眼睛。白蛇传奇就是"断桥残雪"的眼吧！

苏东坡在《后赤壁赋》写道："江流有声，断岸千尺；山高月小，水落石出。"坡翁笔意，岸之断既非横亦非纵，实际是一段壮丽空间而已。不仅是风景，而且是意境。有声有色，有形有神，如果把它比作诗，诗中有画；如果把它比作画，画中有诗。妙哉妙哉！

高明的写手写"风"无一风字，写"花"无一花字，写"雪"无一雪字，写"月"无一月字。牛郎织女相会的鹊桥，一年只在七月初七这一天仙鹊聚集，翅羽交接，为有情人完成此岸彼岸的榫合联通，其他三百六十四日皆是断绝。可谓名副其实的"断桥"了。

宋代诗人秦观填词《鹊桥仙》："纤云弄巧，飞星传恨，银汉迢迢暗度。金风玉露一相逢，便胜却人间无数。柔情似水，佳期如梦，忍顾鹊桥归路？两情若是久长时，又岂在朝朝暮暮！"叙写牵牛、织女二星相爱的神话故事，赋予这对仙侣浓郁的人情。词中明写天上双星，暗写人间情侣；以乐景写哀，以哀景写乐，读来荡气回肠，感人肺腑。因而也就具有了跨时代、跨国度的审美价值和艺术品位。

《鹊桥仙》为应该有而实确无，连通一宵而断绝百日的情感之桥、心愿之桥、艺术之桥的点睛之笔。有了《鹊桥仙》，断桥不断，情爱永恒。中国的情人节——七夕那天，当"月上柳梢头"之时，长的幼的都手捧鲜花相约黄昏之后。天地长吟"但愿人长久""天涯共此时"。

收回发散的思维，依然站在鸭绿江的断桥之前，缅怀过去的战争岁月，觉得美军可以炸断大桥阻断两岸的交通，增加物质流通的困难，却阻不断两岸人民、两国政府的交流，最终给中国人留下一本爱国主义教育的活教材。每逢周末节假日或旅游旺季，鸭绿江断桥之上，游人如织，或凭吊或瞻仰，神情严肃，目光专注，以史为鉴，启迪后人。

文章从中朝边境的"断桥"写起，引出庐山断崖风景的描绘，引出西湖断桥的考证，引出苏轼黄州赤壁的断岸那一段壮丽空间，以及秦观《鹊桥仙》没写"断"却年年肠断的意境。"断桥"是联想的触发点，后文书写的是旅游景区中的"断"的名实考据，以及隐含其中的闲情逸致。文章末尾再回到鸭绿江断桥，断了的铁路桥，可以断一时的有形交通，却断不了中朝世世代代的情感往来，形散而神不散。可谓是"风行水上，自然成文"。

还有通过"比"，来展开行文，实现方圭圆璧，在写出景物独特性、珍贵性的基础上，通过审美联想，进行升华，写出人生感悟，这也属于是变法。

作为行文章法的"比"，包括显性的比，如比喻的比、对比的比；还有隐性的比，如抑扬里的比、衬托里的比、突转里的比。古代的文章大家都喜欢用比，如孔子"岁寒，然后知松柏之后凋也"，比在寒岁的衬托；孟子"生于忧患，死于安乐"，比在对照，针尖对麦芒；庄子的《北冥有鱼》，拿鲲鹏与斥鷃来比喻志向高远的君子和随遇而安的细民。荀子的《劝学》、韩非的《五蠹》处处用比，司马迁写《史记》，"比"字法更是用得炉火纯青。

不管是什么文体，"比"都能用。如果以"旅行中的风光、景物和人文精神"为例，衬托中的比，是为了显示"更是它这样"；抑扬中的比，是为了告知"原来它这样"；设喻中的比，是为了理解"同是它这样"；对照中的比，是为了强调"就是它这样"；突转中的比，是为了觉醒"惊讶它这样"。人们常说："不怕不识货，就怕货比货。""比"

使旅行中的风光景物的特点更鲜明、更突出，抽象的人文精神显示得更具体、生动。它是画山画水、写景状物基本章法的必要补充。

古代好多优秀的文章还在"比"中揭示人生感悟，升华文章主题。例如周敦颐的《爱莲说》，拿莲与菊与牡丹比较，突出莲"出淤泥而不染，濯清涟而不妖"的君子品性；欧阳修的《卖油翁》，拿射箭与滴油比较，告诉人们"熟能生巧"的道理；纪晓岚的《河中石兽》，拿寺僧"沿河求之"、讲学家"渐沉渐深"与老河兵"逆流而上"相比，感悟人生道理"天下之事，但知其一不知其二者多矣，可据理臆断欤？"

游记写作也是常常使读者在"比"中惊奇爱上，在"比"中发现真相，明白道理。如苏轼的《石钟山记》就是拿自己实地考察，与前人做比，然后"叹郦元之简，而笑李渤之陋也"，才揭示"事不目见耳闻，而臆断其有无，可乎"的道理。

到天堂之国走走

胡少明

2016年联合国发布的《世界幸福指数报告》显示，世界最幸福国家的Top5中，北欧国家就占了4个。不仅仅如此，丹麦还在《2016年全球最安全国家排行榜》中光荣上榜！既安全又幸福的去处，中国人常把它称为"天堂"。2017年暑假，我们去"天堂之国"转了一圈，靓丽的自然风景，精彩的人文环境，雅致的艺术风格，在人耳目所及，口舌所至，感同身受之时，心灵颇受震撼。

斯堪的纳维亚山脉曾是欧洲第四纪冰川的主要中心，大陆冰川覆盖了整个北欧地区，到处可见冰川侵蚀与堆积地貌。冰岛不仅是第四纪冰盖的中心，而且高原上仍有现代冰川分布。冰岛的首都叫雷克雅未克。郊外是苔原荒芜，城区里绿草成茵；一边是白皑皑的冰川，一边是红猎猎的火山；海风冷飕飕的凉，地热暖烘烘的熏。冰火两重天，又分明同在一块地之上，一片天之下。可望而不可及的雪山，休憩漱羽从未放弃警惕的野鸭。白天鹅降落在平静的湖里就是给湖水装饰，同样的，白色的圣鸟与锦绣的人同框，就会给人带来吉祥。

冰岛最有名的温泉是蓝湖地热温泉。湖边熔岩高低突兀，曲曲弯弯；湖面大的套着小的，一圈又一圈。温泉之水呈蓝色，远山云雾上下一色。水面宽阔则如池如湖，岸止相邻则断桥横卧，礁石偃塞，氤氲弥漫，丹青高手的作品莫过于此。得天下风景而不与之，甚至当面错过，谁能愿意呢？于是脱衣下水，顿感肤如凝脂，温润滑顺。然而再回忆初见蓝泉产生的依稀仿佛、暧昧诱惑、惬意满足的海市蜃楼般的意之境瞬间没了。终于领悟"可远观而不可亵玩焉"是什么意思了。

船游峡湾，近距离接触海鸥是平生一大快事。海豚通人性，小朋友最爱看海豚表演。其实鸟也知人性。海鸥苍灰的背，银白的腹，知道出航的游轮之上的游客有爱鸟之好，身上必备鸟食，于是一呼二，二携三，三聚众，群鸟毕至。游客把面包粒、饼干片抛向空中，海鸥逐食而飞，食物高则冲霄而上，低则俯落而下；闲着便展翅翔风，一副逍遥之态。游程过半，食物渐渐少了，鸥群却聚集如旧。有某少女举大块鸟食来诱引，鸥悠然而至，鸟嘴啄食，鸟翅拍肩，啄巨块以为食，拍香肩以为谢。把人感动得直想流泪。对面有返航的船，鸥群却视而不见；码头有启程之舟，便啸呼而去。没有一个留恋徘徊的。

在北欧人的心里，享受悠闲的生活是不可侵犯的权利。据瑞典中央统计局统计，一个瑞典人一生只有8%的时间是在工作。北欧人习惯节制：饭不能不吃，但不必太好；钱不能没有，但不必太多。他们的消费水平很高，但仍不忘节约。北欧国家实施高福利、高税收的政策，人们过着后顾无忧的日子，一个失业者的收入并不比一个上班的工人的收入少多少。北欧人相信"工作是为了更好地生活"。思想境界很高。

易卜生于1879年创作《玩偶之家》，那时挪威属于瑞典，故事讲述了女主人公娜拉为给丈夫海尔茂治病，瞒着丈夫伪造签名借钱，无意犯了伪造字据罪。多年后，海尔茂升职银行经理，被举报妻子犯罪，知情后勃然大怒，骂娜拉是"坏东西""罪犯""下贱女人"，说自己的前程全被她毁了。而当危机解除后，又立刻恢复了对妻子的甜言蜜语，叫她"小鸟儿""小松鼠"。娜拉认清了自己在家庭中"玩偶"般从属于丈夫的地位，当她丈夫的自私、虚伪的丑恶灵魂暴露无遗的时候，最终断然出走。《玩偶之家》

属于社会问题剧，这类作品还有《社会支柱》《人民公敌》等，从不同角度反映资本主义上升时期的种种矛盾。他们也不是一直是天堂的。

瑞典最有名的当属诺贝尔。他于 1833 年 10 月出生在斯德哥尔摩，1896 年 12 月去世。拥有 355 项发明专利，920 万美元遗产。他留下遗嘱，把全部遗产交给银行组建基金会，用每年的利息分为五份奖励给物理、化学、文学、医学或生理学以及和平奖。和平奖在挪威首都奥斯陆颁发，前四项在瑞典斯德哥尔摩音乐厅颁发。诺贝尔曾说："我的理想是为人类过上更幸福的生活而发挥自己的作用。"他的带头捐献，为北欧和谐社会的建设和发展做出了贡献；北欧社会的现状也确实足以让老科学家放心安眠。

卑尔根的木屋群是中世纪德国商人聚集区，历史上几次大火，几番恢复，现已申请到联合国文化遗产项目。木屋群大部分是三层阁楼，屋顶尖峭，街巷狭窄，檐下门楣有鹿首人像镶嵌。临港门铺整齐体面，红黄白色为饰，色彩缤纷；巷里矮屋形容枯槁，残骨败皮之状，参差逶迤。妻子说："这样的商埠我们县里山村瑶寨都有，经常是残旧落后的证据。没想到放在卑尔根，不仅被欧美人叫做文化胜地，还被点赞成'童话世界'。"上网查查，知道卑尔根是挪威第二大城市。直至 2006 年 7 月 1 日，卑尔根市区、郊区和周边区域，共有 36 万人。卑尔根是挪威对外的大门，也是欧洲最大的邮轮港。

比比中国的杭州吧。1265 年，元朝时期，当时的杭州叫京师城，与卑尔根情况相似，是一座美丽的水城；"城中各种大小桥梁的数目达 12000 座……桥拱都建得很高，建筑精巧，竖着桅杆的船可以在桥拱下顺利通过。"对于这一点，马可·波罗写得非常清楚。这里是南方最繁荣的商业城市。城内除了各街道上密密麻麻的店铺之外，还有十个大市场，据马可·波罗观察，这些市场每边都长达八百多米，市场之间彼此相距六公里多。"市场被高楼大厦环绕着，大厦的下层是商店，经营各种商品。"马可·波罗描述道，"毫无疑问，该城市是世界最优美和最高贵的城市。"京师城就是"天城"的意思。"上有天堂，下有苏杭"，马可·波罗算是理解了其精要。马可·波罗在意大利有外号，叫"马可百万"，有侮辱性质，意思是讽刺他吹牛。为了能让他的灵魂可以上天国，在他临终前，好心的朋友要他取消其书中那些令人难以置信的说法，但他对此的回答是："我未曾说出我亲眼看见的事物的一半。"我在《马可·波罗游记》中看到，杭州当时人口数目是一百六十万户，而不是一百六十万人。"马可百万"是真的，丝毫没有夸张。

在挪威4天，帮我们开车的是个爱沙尼亚的帅哥，精通驾术，英语熟练，导游说他的工资每月3000欧元，比国内的人均收入高两倍，比老欧盟人的收入少一半。美国挤垮苏联，欧盟收降波罗的海三国，然而谁也没有给这些国家的公民以平等的待遇和同工同酬的人权。欧仁·鲍狄埃在《国际歌》里说："从来就没有什么救世主，也不靠神仙皇帝。"只有自己才能解放自己。

爱沙尼亚共和国地处南北欧和东西欧的交通要道，海洋气候明显，阳光明媚，植被丰富，人民勤劳。但在历史上，这里却是风浪最大的地方。十三世纪丹麦强大，要南下，先占领爱沙尼亚，于是留下防守的城堡；十五世纪沙皇政府雄心勃勃，要向西延伸，先占了此国，留下统治灵魂的东正教堂；十八世纪，德国富强，要北上，也是先占领此地，于是修建新教教堂；十九世纪第一次世界大战，这里战火纷飞；第二次世界大战德国人撤了，苏联人来了。苏联解体，爱沙尼亚加入欧盟，归顺北约，"城头变幻大王旗"，旗色常换常新，一如春秋时期的郑国，是大国兴起的晴雨表，谁要逞强，都拿他出气。爱沙尼亚人"爱屋及乌"，把古建筑、古文化都保存了下来，成了我们旅游观赏的最美景观。

中国人的修养问题，至今还是各界讨论的焦点。中国人一直这么差吗？完全不是，至少元朝的时候不是这样。马可·波罗就曾在他的游记中提及对元朝城市居民的观感："他们完全以公平和忠厚的品德，经营自己的工商业。人们之间彼此相处，友好和睦。居住在同一条街道的男男女女，由于毗邻的关系，彼此亲密如同一家。"

而法国教士鲁布鲁乞对元朝社会风气的回忆更为细致而真切："一种出乎意料的情形是礼貌、文雅和恭敬中的亲热，这是他们社交上的特征。在欧洲常见的争闹、打斗和流血的事，这里却不会发生，即使在酩酊大醉中也是一样的。忠厚是随处可见的品质。他们的车子和其他财物既不用锁，也无须看管，并没有人会偷窃。他们的牲畜如果走失了，大家会帮着寻找，很快就能物归原主。"

罗马教皇使者鄂多立克来华之后，在他的《鄂多立克东游录》中对元朝社会发出了最为激赏的浩叹："这样多不同种族的人能够平安地相居于唯一权力的管理之下，这一事件在我看来是世间一大奇迹。"

在欧洲人眼里、口里、心里、记忆里、传说里、文字里，中国又何尝不是"天堂之国"呢！

台湾作家讲过这样一个有哲理意味的事实："回到家，我把灯开亮，看见黑暗与光明是同一个空间。点了灯就大有不同，黑暗的心与光明的心又有什么不同？只是心里点灯罢了。"把心灯点亮，看见的中国是天堂，把心灯移开，想象的北欧很像天堂。关键是有没有一颗中国心，有没有一个实事求是的态度。

本文通篇用"比"，现在中国人羡慕北欧富裕安闲，称其为"天堂"；而欧洲在过去，却一直称赞中国富裕和睦胜于天堂；马可·波罗和鄂多立克留下的游记可以作证。这是文章第一层次的"比"。

第二层次的"比"，是新欧洲人与旧欧洲人的比，人权待遇都是新不如旧，同工同酬、平等民主都是天方夜谭；还有今中国人与古中国人的比，古人忠厚和睦，互帮互助，今人崇洋媚外，恋财成癖。

第三层次的"比"，对于文化遗产，爱沙尼亚人爱屋及乌，留下许多文化名胜；项羽恨屋及乌，一把火烧了阿房宫。

第四层次的"比"是社会发展中存在的社会问题，资本主义上升时期的种种矛盾，在北欧的昨天都曾经出现过。

"在欧洲人眼里、口里、心里、记忆里、传说里、文字里，中国又何尝不是'天堂之国'呢！"留给读者，让读者自己去理解消化。最后引用台湾作家讲过这样一个有哲理意味的事实："回到家，我把灯开亮，看见黑暗与光明是同一个空间。点了灯就大有不同，黑暗的心与光明的心又有什么不同？只是心里点灯罢了。"揭示人生的感悟："把心灯点亮，看见的中国是天堂，把心灯移开，想象的北欧很像天堂。

关键是有没有一颗中国心，有没有一个实事求是的态度。"

　　沿用定法有其可取之处，但也存有不足，虽然这不是章法本身的毛病，但确实会阻碍游记写作的进步。顾亭林的《日知录》里有一段论诗文字可以借鉴：

> 　　诗文之所以代变，有不得不变者。一代之文，沿袭已久，不容人人皆道此语。今且千数百年矣。而犹取古人之陈言，一一而摹仿之，以是为诗可乎？故不似，则失其所以为诗；似，则失其所以为我。

　　"不似，则失其所以为诗；似，则失其所以为我。"移植到游记写作领域，意思是不用固定的章法，就不能算是游记作品；全用固定章法，就会失去了自己的写作个性。

　　游记写作和其他艺术一样，须从入格开始，所以不能不似前人，"不似，则失其所以为诗"；但是它须归于创造，所以又不能全似前人，全似前人只用固定的章法，则丧失了作者创作的个性。创作不能不入格，但是只在格式内创作也不能算是创造。

　　暨南大学有位教授，编辑了一本游记写作大全，单文体就有二十几种，把解说词、广告语也纳进去，多的是攻略、故事会这一部分，少的是关于审美的、文学的那一部分，是不是标准太宽松了？游记散文是一种艺术，其美是有三个层次的。"第一个层次，借助客观形象，其艺术力是暂时的，过目即忘；第二个层次，袒露作者主观的心像，有个性，艺术力持久；第三个层次，又返归到客观真理，点破天机，使人永久折服。"有理性认知的文章，最经得起时间的考验。

五、语言：传达态度与温度

朱光潜写过一篇文章，题目是《散文的声音节奏》，里面引用了欧阳修锤炼语言的故事。"相传欧阳公作《画锦堂记》，已经把稿子交给来求的人，而那人回去已经走得很远了，猛然想到开头两句'仕宦至将相，锦衣归故乡'，应加上两个'而'字，改为'仕宦而至将相，锦衣而归故乡'，立刻就派人骑快马去追赶，好把那两个'而'字加上。我们如果把原句和改句朗诵来比较看，就会明白这两个'而'字关系确实重大。原句气局促，改句便很舒畅；原句意直率，改句便有抑扬顿挫。'仕宦而至将相'比'仕宦至将相'意思多一个转折，要深一层。"

我参加深圳市语文科的重点课题"语文味"研究，程少堂老师多次讲这个故事，启发课题组成员重视语言运用，尤其是抓住语言运用中的细节进行教学。教是为了学，名家写作经常锤炼语言，我们初学写作的人，就应该更加谨慎小心。

朱光潜先生还讲过一个现代作家锤炼语言的故事："郭沫若先生的剧本《屈原》里婵娟骂宋玉说：'你是没有骨气的文人！'上演时他自己在台下听，嫌这话不够味，想在'没有骨气的'下面加'无耻的'三个字。一位演员提醒他把'是'改为'这'，'你这没有骨气的文人！'就够味了。他觉得这字改得很恰当，他研究这两种语法的强弱不同，以为'你是什么'只是单纯的叙述语，没有更多的意义，有时或许竟会'不是'；'你这什么'便是坚决的判断，而且还把附带语省略了。根据这种见解，他把另一文里'你有革命家的风度'一句话改为'你这革命家的风度'。"

这是语言运用值得讲究的好例，"你这没有骨气的文人"不仅是"坚决的判断"，而且带有极端憎恶的惊叹语，表现着强烈的情感。

于"景语"中品悟历史深度

这里所说的"景语"本来指历史文化、历代名人在景区、景点留下的鸿篇巨制或片言只语，摩崖石刻或馆藏文献，甚至包括非物质文化遗产范围口口相传的轶事。王国维说："一切景语皆情语。"其实一切景语更是历史文化的符号。真正的行者，会在"景语"中读懂历史的文化；而优秀的游记会用语言写出有深度的历史。

中国山水总是被赋予很多的人文色彩，庐山的瀑布有李白赋诗的痕迹，会稽山阴的小溪有曲水流觞的佳话，有人夸张地说杭州的西湖景观的每一块基石都是诗人的诗做成的，西湖岸边柳树的叶子都是文化的春风吹绿的。品读自然山水里的古今文字，你会觉悟到自然风光里隐藏的人文历史。

至于庙宇道观、宫廷城堡、轩榭楼台，本身就附着了更多的诗词歌赋，楹联牌匾；即使倾圮成了废墟，也会有人发出惊叹：那种想象的喜悦，会带来历史悟性的陶醉。

有文化的人在景语中找到历史的线索，从此打开先前文明的大门。就如张锋在《化石吟》里说的："你把我的思绪引向远古，描绘出一幅幅生物进化的图画……黑色的躯壳裹藏着生命的信息，为历史留下一串珍贵的密码。时光在你脸上刻下道道皱纹，犹如把生命的档案细细描画。"没有文化的人把殷代的甲骨当成中医普通的药引，差点放进了历史学家王懿荣的药罐子。好在王懿荣识货，及时倾尽财力抢救、保存，才没有拖了历史考古的后腿。

中央电视台主办《中国诗词大会》，命题几次涉及古代的楼和诗人的诗。主持人脱口就说："诗因楼而生，楼因诗而兴。"歌德也说过诗人比历史学家更严肃。到历史文化景区旅行，就如同研读线装书里的历史，字字有来历，句句有出处。游历泰山，如果你有心欣赏石刻文化，你一定会被那里的"景语"震撼，你一定会从中品悟出历史的深度。

泰山摩崖石刻有"虫二"两个字，这是光绪二十五年，山东省济南名士刘廷桂题写镌刻的。作为泰山石刻中的佼佼者，"虫二"确实是令人侧目的作品。它外表表现比较怪异，看上去生涩费解，令人摸不着头脑。

"虫二"是泰山石刻中为数不多的字谜之一，它是繁体"風"字和"月"字的字芯，即繁体字的"風"，去掉头上的一撇和外面的边就剩下一个"虫"字。月字去掉四周的边，就剩下一个"二"字，寓意为风月无边。所表现出的真正含义是说泰山风光的幽静秀美和雄浑深远，这样的说法构思可谓精深独特，别出心裁。寓意中的风月，是清风明月之意，指景色清雅秀丽。《诸彦回传》中有"初秋凉夕，风月甚美"之句，无边是指眼前的一切景物都在云盘雾绕之中，引申得非常远。以当代人的眼光，这幅石刻应该是现实主义与浪漫主义相结合的佳品，具有非常丰富的审美价值。

以"虫二"隐喻泰山景观风月无边，其表现形式简练精确，情感抒发细致入微，把作者对泰山风光的眷恋情绪表现得淋漓尽致，恰到好处。这幅作品的作者刘廷桂留在泰山上的书法作品大约有数十幅，"虫二"是他的代表作之一，这幅石刻为行书，笔力沉稳挺拔，豪情昂扬，两字之间动静相宜，前呼后应，意蕴无穷。

关于"虫二"的来历，民间还有一些传说，比较公认的是，刘廷桂与朋友游泰山时，谈到杭州西湖那座"风月无边亭"，刘廷桂有些不以为然，认为泰山景色峻拔奇峭，松壑云深，才是真正的风月无边，为了与杭州的"风月无边亭"有所区别，刘廷桂在书写这幅作品时，有意舍弃了俩字的部首，只写了字芯，这便有了如今的"虫二"字谜。

泰山石刻的景语只有"虫二"两字，我们从中品味出的历史文化却有好多：首先了解题字人刘廷桂，知道他是山东省济南名士，在泰山有石刻数十幅，"笔力沉稳挺拔，豪情昂扬"；"虫二"是字谜，"是繁体'風'字和'月'字的字芯，即繁体字的'風'，去掉头上的一撇和外面的边就剩下一个'虫'字。月字去掉四周的边就剩下一个'二'字,寓意为风月无边";刘廷桂写"虫二"是"为了与杭州的'风月无边亭'有所区别";刘廷桂认为泰山"景色峻拔奇峭,松壑云深,才是真正的风月无边",而且有《诸彦回传》中的"初秋凉夕,风月甚美"做佐证;刘廷桂故意留下字谜,是为了引起游客的注意,告诉他们观赏泰山风景的切入点是山风明月等。读懂景语需要历史文化,写好景语的品读则能带领读者进入文学文化的深邃处。

我游历永州朝阳岩,看到岩壁题字"何须大树",也有这般震撼的感觉。

何须大树

胡少明

"渔翁夜傍西岩宿,晓汲潇湘燃楚竹。"柳宗元所写的"西岩",又叫"朝阳岩",在零陵城的对岸。此前,被贬的元结赴任道州,途经于此,发现每当"旭日东升,烟光石气,激射成彩",就命名"朝阳岩"。柳宗元寓居愚溪,相距里许,以其位于潇水之西,改称"西岩"。现在当地人还是叫它"朝阳岩"。北宋嘉祐五年(1060年)张子谅在洞口石壁上题字"朝陽巖",开张大气。

据现有的资料发现,元结是第一个为它写诗的,诗云:"朝阳岩下湘水深,朝阳洞口寒泉清。零陵城郭夹湘岸,岩洞幽奇带郡城。"岩外朝阳,岩里浅庐,岩上丛篁叠翠,岩下潇水清泠。我去长沙上大学每次经过永州,常常逗留一两日,夏天暮夜,必来游泳,感觉水尤清冽。岩洞并不幽深,也无地下泉井,河水至此却特别清凉,因而印象特别深刻。

1990年,我执教于附近学校,晨练带学生往返于唐时柳路,晚闲跟同事上下石径幽岩。烛火所及,赫然四个斗大的字"何须大树",古韵方正,苍劲有力;旁附小记云:"丙辰伏日,天久不雨。流金铄石,忧心如焚。避暑朝阳岩,凉风飒然,不减箕踞长松下矣。题此志慨。彝陵望云亭。"

据湖南科技学院教授张京华考证,"望云亭,本名文祥,字桂丞。湖北宜昌人。随左宗棠入新疆,因功升守备。中日甲午之役,赴朝鲜作战,以功补游击,授镇远副将……自民国四年至十二年,任零陵镇守使。护国运动中，率先独立，自任湘南护国军总司令。"国运倾颓，社会动荡，官民都苦。零陵镇守使不堪溽暑，只好到朝阳岩来乘凉，不过他的良心真不坏，没有独占，吩咐手下不得以为"不足为外人道也"。相反的，还题字勒石，告知居民和路人，这里凉快，不输大树底下，可以消溽去暑。

刘禹锡说："山不在高，有仙则名；水不在深，有龙则灵。"在这里恐怕得加一句："岩不在幽，有凉则奇。"

文人骚客、仕宦商贾、锦衣绮绣相携觅奇来了，不管是本地的还是外地的，做主的还是做客的，有感而发，纷纷留下诗文题字。许尹拟其形"悬岩迷日月，倒影浸潇湘"；张浚绘其意"已觉云天阔，风声四面凉"；邢恕从奇、清、静全面概括朝阳岩的魅力，"岩巅风雨落泉生，岩下江流见底清。夹岸松筠倒流影，炊灯渔火近寒城"。面积不大的岩崖洞壁题留有三百多处诗词文字：朝阳岩因诗文而远扬其名，诗文因朝阳岩而百世流传。

关于黄庭坚在朝阳岩的题名，《道光永州府志》卷十八《金石录·黄庭坚朝阳岩题名》条云："未见。"今人收藏也多注明"遗佚"。有好事者称在一块粗糙的石壁上发现了黄庭坚题名真迹："崇宁三年三月辛丑，徐武、陶豫、黄庭坚及子相、僧崇广同来。"岩面没有磨平，中间还有凹陷，整体不方正，无碑记无诗文，字迹没有黄体骨骼。颜色与石头接近，肉眼难以分辨。大概是后人伪作，以为书法题字可增名胜。其实望云亭西北戍边，东北抗倭，武有军功不勒石；不堪溽暑，心忧百姓，只为西岩堪乘凉。零陵镇守使文桂丞，身为父母官，心怀舐犊情，民可仰赖，国堪栋梁，有如此之官，永州幸甚。

学校隔壁是柳子庙，要是朋友到访，本地人肯定少不了领过去瞻仰瞻仰。永州人对柳宗元厚爱有加，除了立庙祀祝，还称赞他"文冠八家"。这固然因为他文学创作的艺术成就，更因为他接近民生，同情民苦，为永州立心，为永州百姓立命，为永州山水打抱不平。可惜有导游在柳庙讲解，偏离主题，太多介绍"书法三宝"——苏轼荔枝碑、怀素圣母碑、严嵩愚溪访柳碑，简直就是不识趣，换成永州话说叫"不懂味"。

永州"朝阳岩"，岩外朝阳，岩里浅庐；洞窟不深，景语不少。首先是元结赋诗题名，讲出石岩神异；然后有子厚被贬，在这里用文字镌刻苦乐；名声远扬之后，文人骚客附庸风雅，面积不大的岩崖洞壁题留有三百多处诗词文字。私意公心，云泥有别，但是朝阳岩因诗文而远扬其名，诗文因朝阳岩而百世流传，都是事实。最醒目最吸引人的是彝陵望云亭题刻的"何须大树"，带着游客走向历史的深处。首先是零陵镇守使带有传奇色彩的英雄身份："望云亭，本名文祥，字桂丞。湖北宜昌人。随左宗棠入新疆，因功升守备。中日甲午之役，赴朝鲜作战，以功补游击，授镇远副将……自民国四年至十二年，任零陵镇守使。护国运动中，率先独立，自任湘南护国军总司令。"颇有爱国情怀。其次，他在零陵履职正值国运倾颓，他不伤民扰民，到朝阳岩来乘凉，没有独占，还题字勒石，告知居民和路人，洞幽水凉，消溽去暑不输大树底下。第三，望云亭忧国忧民，身为父母官，心怀舐犊情，"丙辰伏日，天久不雨。流金铄石，忧心如焚"。战乱岁月，有一好官在上，百姓必将额手称庆。如果再做进一步的研究，肯定会有更深入的历史发现。

这篇文章品读"景语"，横向涉猎求广度，纵向延伸挖深度，用心挑选景语，努力解读景语，把自己和读者带向历史文化的更深更远处。

于"物语"中传达社会态度

俗话说："桃李不言，下自成蹊。"桃李不言不等于桃李没有言，下自成蹊，就是社会对桃李的态度。

陶弘景《答谢中书书》云："山川之美，古来共谈。高峰入云，清流见底。两岸石壁，五色交辉。青林翠竹，四时俱备。晓雾将歇，猿鸟乱鸣；夕日欲颓，沉鳞竞跃。实是欲界之仙都。自康乐以来，未复有能与其奇者。"山川不言，却把最美的形色声韵呈现于世人之眼耳鼻舌，只是世人态度冷漠，不肯关注，审美的能力低下，不能欣赏自然中的绮丽景象。作者深为绮丽风景缺少知音而惋惜。

相反的，中国的农民却懂得自然的"物语"，知道根据物候的提示，安排好自家的农事。竺可桢《大自然的语言》说：

立春过后，大地渐渐从沉睡中苏醒过来。冰雪融化，草木萌发，各种花次第开放。再过两个月，燕子翩然归来，不久，布谷鸟也来了。于是转入炎热的夏季，这是植物孕育果实的时期。到了秋天，果实成熟，植物的叶子渐渐变黄，在秋风中簌簌地落下来。北雁南飞，活跃在田间草际的昆虫也都销声匿迹。到处呈现一片衰草连天的景象，准备迎接风雪载途的寒冬。在地球上温带和亚热带区域里，年年如是，周而复始。

几千年来，劳动人民注意了草木荣枯、候鸟去来等自然现象同气候的关系，据以安排农事。杏花开了，就好像大自然在传语要赶快耕地；桃花开了，又好像在暗示要赶快种谷子。布谷鸟开始唱歌，劳动人民懂得它在唱什么："阿公阿婆，割麦插禾。"这样看来，花香鸟语，草长莺飞，都是大自然的语言。

农人把自然界"年年如是，周而复始"的花开花谢、叶落叶生、物来物去，当成"物语"，农村社会的反应就是开始耕种。陶渊明也说"农人告余以春及，将有事于西畴"。不事耕种的行者游客"或命巾车，或棹孤舟。既窈窕以寻壑，亦崎岖而经丘"。或结对同行，或只身孤旅，不肯辜负了美好时光。这是士子社会的反应。

我们所说的"物语"不仅仅是指大自然的语言，应该还包括雕塑绘画、宫廷建筑、军营驿站等人文景观背后的知识以及相关的传奇故事。肖石忠主编的《看得见的世界史：古希腊》，是一本介绍古希腊雕塑艺术、油画艺术的书，其中有古希腊历史文化旅行的必到之处，每一尊雕塑就是一段历史，每一幅油画就是一个故事，正如编者在《前言》里说的：

橄榄树下，盲诗人荷马弹着七弦琴为路人讲述一个个遥远的传奇故事；赤脚的苏格拉底在雅典街头行走，他的身边永远追随着一群年轻人；开创了雅典黄金时代的伯里克利在广场上发表雄辩有力的演说；斯巴达300勇士浴血温泉关，殊死抵抗波斯人的入侵；亚历山大大帝站在世界之巅，俯视脚下被他征服的辽阔土地。

在奥林匹斯山巅的众神国度中，神和人一样，有善恶美丑，有喜怒哀乐，有爱恨情仇，也有因此引起的诸多纷争和神战。古希腊人恐怕是最接近神的人，而他们的尘世也和众神世界同样精彩，从神的时代，到英雄的时代，再到凡人的世俗世界，时时刻刻上演着悲喜剧，成为诗人咏叹的源泉。

俗话说："外行看热闹，内行看门道。"不懂古希腊历史，不懂古希腊艺术的人，参观历史遗迹、艺术馆藏，不过是走马观花，游过一回。研究过古希腊历史，懂得古希腊艺术审美的人，驻足欣赏，会陶醉在希腊艺术的精美世界里，会明白一两千年之后的现在，只要谈艺术欣赏，还是"言必称希腊"。其实，这是社会应有的一种崇拜的态度。

作为永州人，对永州的山川地貌、人文精神，也是始终怀抱着一种虔诚的景仰情怀。每次梦里巡游回龙塔，就忍不住要代表永州的乡亲表达世世代代的崇拜态度。

永州回龙塔记

胡少明

回龙塔位于永州潇水东岸，砖石结构，高三十八米，外形七级八角。磴居危石，基坚如磐；登临极顶，俯仰山河。夜雨青灯，梦回嘉靖之初；江天暮雪，事缘永贞之末。

潇水涓涓而流，清滢其质；湘水滔滔而奔，磅礴其气。潇湘风雨兴于此，洞庭波浪止于此。障碍旋锁，嵯屿礁坻；野性横江，沙洲矶石。地方长吏，恭谨守职：秋冬水落，则募役疏通河道，浚解礁滞；春夏满汛，则遣卒点灯鸣钟，警示航行。然仍有颠覆沉翻，财失人亡。失子女，则父母岸上哀号；殁丁壮，则妻子水边泣血。刺史司马惴惴不安，撰《愬螭文》，乞求螭蟠。"充心饱腹，肆敖嬉兮；洋洋往复，流透迤兮"，不要祸民灾殃。至嘉靖年，进士吕藿借鉴退之祭鳄之法：绕开正统，不以天子令；借行法道，捐建回龙塔。镇恶驱邪消水患，从此河道顺畅，民安心君安架。

夫潇水南来，湘江西至；四岸春光一幅画，里外碧浪轻舟飞。"霞照嵛峰明远树，雁飞江浦送归云。湘烟开处蓝如染，潇水流来影尚分。"秋水能共长天一色，落霞岂无孤鹜齐飞。塔镇妖龙，孽螭不来兴风作浪；天回晴好，晨昏仍有朝烟暮云。渔舟唱晚，高兴了潇水两岸的人。

其山也，"梅庚绵亘于其前，衡岳镇临于其后"，山高谷幽，石怪峰奇。远行自卑①，则翠峰嵯峨，苍峦参天；登极抒怀，则五岭逶迤，群峰细浪。春呈万紫千红，主题仍是萋萋草树；秋献丹橘黄柚，从来不缺隐隐稻香。丹青敷色，涂鸦难拟枫叶残阳；借笔来神，作文愧对盛世华章。

"天高地迥，宇宙无穷"；兴尽悲来，盈虚有数。寒潭水清，螭龙不生，此塔将来镇何物？除旧布新，砖方瓦圆，民间讨论其废存。然天下伟构，私者一时，阿房难逃楚人一炬；公者千古，"四旧"亦有劫后余生。吕藿聚滴水之财，发巨额之费，镇水保民彪其名；报馈乡梓，怀恩故人奄其实。回龙塔是凝固了的家园文化，没有它，在外永州人的乡情寄往何处？

"亲住潇湘头，我住潇湘尾，日日思亲不见亲，共饮潇湘水。"少小离家，方知思乡情切；长郡求学，怕读羁旅路长。天天穿行塔下斜径，荒草晨露难免沾衣欲湿；夜夜梦萦水岸回龙，槠头秋月必是渡头垂杨。潇湘月照千家事，阴晴圆缺水流远。

注释：①岳麓山有"自卑亭"，登高必从卑处始之意。

永州回龙塔，自身不言，但是它的生前身后演绎了许多传奇故事，故事里的人，不管贵贱、不管贫富都可歌可泣，值得我为他们书写、为他们付出。

千年的潇湘，百年的古塔，靠水吃水的永州人把自己的死活交给了命，命又转手把它交给绵绵北上的河水。河里的"障碍旋锁，嵥屿礁坻；野性横江，沙洲矶石"就是索命的"黑白无常"。不管水上人家多么小心，每年"仍有颠覆沉翻，财失人亡"。"失子女，则父母岸上哀号；殁丁壮，则妻子水边泣血。"苦主顿足捶胸，人之常情。字里行间，饱含同情。

"秋冬水落，则募役疏通河道，浚解礁滞；春夏湍汛，则遣卒点灯鸣钟，警示航行"。不是官吏不作为，是天不助人。至嘉靖年，进士吕藿"借行法道，捐建回龙塔"，用中国的传统文化手段，"镇恶驱邪消水患，从此河道顺畅，民安心君安架"，使用散句，节奏舒缓，语气轻松，心怀感激。

第三段，"夫潇水南来，湘江西至；四岸春光一幅画，里外碧浪轻舟飞。'霞照崀峰明远树，雁飞江浦送归云。湘烟开处蓝如染，潇水流来影尚分。'秋水能共长天一色，落霞岂无孤鹜齐飞。塔镇妖龙，孽螭不来兴风作浪；天回晴好，晨昏仍有朝烟暮云。渔舟唱晚，高兴了潇水两岸的人。"写水患消除之后，水上岸上，景观明媚；渔夫渔妇，皆大欢喜。长短句结合，明快与舒缓交替，温暖幸福溢于言表。

第四段，"远行自卑，则翠峰嵯峨，苍峦参天；登极抒怀，则五岭逶迤，群峰细浪。春呈万紫千红，主题仍是萋萋草树；秋献丹橘黄柚，从来不缺隐隐稻香。丹青敷色，涂鸦难拟枫叶残阳；借笔来神，作文愧对盛世华章。"三组对偶，六个长句，写时代新，着色艳丽；绘乡土情，令人温暖。化用典故，抒发对盛世社会的感激之情。

五、六段，感慨回龙塔的近世变迁，庆幸其重建，担忧其存废，强调其作为文化载体的象征意义，抒发看得见、摸得着的乡思乡愁，反映社会发展转型时期的情感需求。

我心殷殷，我意切切，知我者、不知我者，都能感受得到。这不仅是作者个人的，更是全社会的，作者凭一颗热爱永州文化的赤子之心，代社会立言。

本文使用骈文句式，就是依据情感表达的需要而作出的选择。王国维说散文易学而难工，骈文易工而难学。因为由整齐到变化易，由变化到整齐难。要注意的是，保持公心，把好社会的脉搏，表达出社会的态度。

于"人语"中感受情感温度

"颐指气使""怒目相向"是人的表情语言；"嗟来之食"的"嗟"，"今非！咄！行！"的"咄"是人的态度语言。"一句好话三春暖"，是因为人的语言有合适的温度；"恶语伤人六月寒"，是因为人的情感冷落，伤透了心。游记写作有时需要引用人的语言，这时请注意"人语"中或明或暗、或显或隐的情感温度。看看台湾的语言大师林清玄的《多情多风波·现在就来拥抱我》用语言巧妙表达情感温度的例子。

　　我喜欢禅尼慧春的故事。
　　慧春是少数在日本禅宗史上留名的女性，她天生丽质，几乎凡是见过她的人都会爱上她。慧春深知外表的美丽非实，想要追求究竟的实相，因此少女时代就剃度出家了。

虽然慧春剃了头发，穿上朴素的法衣，但她依然风姿绰约。她和二十个和尚一起在一位禅师的座下习禅。

由于她太美了，使得二十个和尚的禅定显得更为艰难，有几个和尚甚至暗恋着她。有一天，其中的一个和尚写了一封情书给慧春，想要和她私下约会。慧春收到信后，不动声色。

第二天，当师父上堂对大众说法之后，慧春突然站起来，对着写信给她的和尚说："如果你真的那样爱我，现在就来拥抱我呀！"

从那一天开始，慧春的师兄们受到她的"一喝"，全部收心，对慧春更为尊敬。

佛堂上的是非来自于师兄们的自作多情，慧春一喝："如果你真的那样爱我，现在就来拥抱我呀！"不给假修行的人以机会，站出来就得撕掉伪装的面孔，脱掉佛法的罩衣；把真修行的人彻底唤醒，不让他一错再错，误生许多不该有的杂念。这一句断喝，表明了自己无情的决绝态度，还拥有"眼冷似灰，有赤子的无染"的寒冰温度。越品味慧春的语言越觉得她在斩断情丝、绝人俗念这件事情上表现出来的真诚无邪和机智果断。

游记也有记言的，前面引用过苏轼的《放鹤亭记》，开头写景叙事之后，就是人物问答，全是人物语言。作者为了表达自己的隐居之乐，盖世不能相比，就以南面之君伴讲；说放鹤之乐，竟以刘伶娱酒伴讲。人物语言自带情感温度，接近的人，都仿佛有暖炉在怀，会渐渐地感觉到脸热心跳。

我有一篇文章是写导游的，我们不妨从几个不同导游的语言里，看看他们各自的情感温度。

导游的美

胡少明

2018 年暑假去北欧五国，然后自费增加一个爱沙尼亚，六个国家，每到一地，领队就联系导游，一国一换，姓甚名谁，印象不深。后来每次出游就只走一个国家，虽然也还难免是走马观花，浮游天地，好歹时间长了一些，跟导游相逢相识相处久了，便留下了某些美好的记忆。

一

七月二十八日，我们探秘朝鲜。过了鸭绿江大桥，就是新义州火车站了，铁道旁边栽种了许多蔬菜，枝繁叶茂，一片葱茏。火车停稳了，上来了海关的、边防的、文化稽查的、卫生防疫的，衣裤都是差不多，帽子的颜色有区别。当时不知道什么原因，查护照的人把只有站票的我们带下车。

官员叫我们站成一排，先打开行李箱，然后掏出手机备查；还叫一个士兵荷枪实弹守着，不让我们自由走动，同时看住车厢里的人不要随便下来。

在漫长而焦急的等待后，拯救我们的导游来了，是一个美丽动人的姑娘。一袭连衣裙，蓝底梨花，格调高雅，与白皙的皮肤，匀称的身材相当搭配；鹅蛋形脸，饱满圆润。解释清楚后，才明白，被带下车是因为我们没有新义州去平壤的票。等她清点完人数，办了补票手续，帮我们拿回护照，带我们乘坐挂在国际列车后面的车厢。

姑娘姓赵，有三年导游经验，对朝鲜的政治制度、社会伦理解释得清清楚楚，尤其是在板门店的金日成题字纪念碑前说："1994年7月8日凌晨两点，朝鲜人民的伟大领袖签完《朝鲜半岛和平统一方案》后，就永远地离开了他深爱着的三千里江山和三千万人民。"领袖去世都已二十多年，她带团来此不下百次，心念旧恩，情不能自禁，竟至于潸然落泪。

这个漂亮的导游，那一朵朵灿烂的微笑，盛开在我们这群兴高采烈的人群中。

二

在探秘朝鲜之前，我们去了西伯利亚，俄罗斯导游尤莉娅美丽善良、活泼可爱、勤快大方，每次出车，总是和善地招呼最后一位团友："别急，我们的小尾巴。""尾"字发音不准,老是说成第一声,小尾巴成了小"巍"巴。惹得大家好喜欢。

在俄罗斯上厕所是收费的,在利斯特维扬卡小镇的市场,一个俄罗斯男子与我们的队友发生了误会,起了冲突。尤莉娅挺身而出,正告说:"我的队伍我负责任,不能容忍欺负!"膀大腰圆的她说她练过拳击,三两个男人近不了身;如果想打群架,那才好呢,她的朋友遍天下!

她的朋友多,大家都承认,团队走到哪里,都有熟人打招呼,甚至提供方便。最有趣的是离开奥利洪岛回伊尔库茨克,在渡轮码头,各个团排队上船,俄罗斯人很守规矩,绝不允许超载。渡船快满了,我们前面的大团队被拒绝,尤莉娅带领我们十二个人走进去,哇啦哇啦一阵,工作人员同意我们先走。上去了三个人,工作人员的脸色由晴转阴,接着披雪覆霜,严肃地摇手,禁止后面的队友过渡。

我们一脸愕然。我们无奈地仰望苍天。

刚才还是满天乌云,突然彩霞满天,朵朵白云精美柔细,宛如游丝蛛网一般透明;五光十色中的粉红嫩绿,尤为妩媚动人。

工作人员绅士一般弯腰,做了一个"请"的动作。

尤莉娅笑着说:"你的幽默表演又进步了!"

有这么传奇的一段经历,我们怎能忘了她呢?

三

2018年寒假,我们一行19人去新西兰北岛的奥克兰,这里是国家的经济中心和文化中心,华人15万,占10%。在这里遇见了平生所遇最牛的导游——车导。他是大学教授、旅游协会领导,参与制定对华开放的旅游政策,给我们印象最深的是他的思维、他的口才,还有他的爱国情怀。

他的口才好,团里老师们有共识,什么抑扬顿挫、激情四射自是当然,机关枪一样,突突突突,一开口就是一连串;抖包袱、调情绪、风趣幽默等口技绝活,表演能力简直可以上中央电视台的春节联欢晚会。

他的思维敏捷,针对我们团都是教师的特点,能熟练地用教师的行话跟老师们交流沟通，让大家一见如故，毫不见外。

最重要的是他的爱国情怀。他是热爱祖国、崇拜领袖的，比方说中国领导人的产生方式，他说："奥巴马就是会说话，直接当总统，执政经验全无，哪能比得上习主席，从村长做起，县长、市长、省长到最高领导人，国内外事务即使没有经历过，至少亲自阅历过。中国政府制定五年计划发展经济，西方国家是争取五年换个党支部，哪管国策的连续性。"他的立场、他的视角、他讲话的语气态度，让国人感受到如同自己人一般的热情与温度。

国内有些人崇洋媚外，认为月亮都是外国的圆。但是出了国门，个个都是满满的爱国愤青。客观地讲，中国经过三十几年的经济发展，出国留学的多了，到发达国家旅游出手大方了，给海外的华人带来了更多的经营机会和致富项目，让他们在经济上富裕起来，这是不争的事实。经济基础可是决定上层建筑的，国家经济实力的强大，政局的稳定进步，也给他们鼓了勇气、撑了铁腰。从车导的财产收入、政治地位可以看出，华人有多爱国，他的成就就会有多大。

导游里的他或她，穿梭在春夏秋冬的各个景点。他们背对美丽，潇洒从容，指点天南地北的风景；面对游客，挥洒青春，把自己一生的美好和人间烟火一起绽放在星光闪烁的天空。

这篇文章是写导游的，但并没有全写他们的专业语言，而是挑选他们在工作中不经意说的几句话，让旅行者受到感动，让游客记住了他们的情感温度。

朝鲜的赵导，在板门店的金日成题字纪念碑前说他们的领袖的工作和去世，"1994 年 7 月 8 日凌晨两点，朝鲜人民的伟大领袖签完《朝鲜半岛和平统一方案》后，就永远地离开了他深爱着的三千里江山和三千万人民。"领袖去世都已二十多年，她带团来此不下百次，每次说到"他深爱着的三千里江山和三千万人民"，情不能自禁，以至于潸然落泪，心念旧恩，让我们都受到感染。让我们感受到她对自己国家领袖的热爱。那份情感、那份热度，给游客留下很深的印象。

俄罗斯导游尤莉娅，努力地用汉语跟中国游客拉近距离，汉语并不标准，"'别急，我们的小尾巴。''尾'字发音不准，老是说成第一声，小尾巴成了小'巍'巴。惹得大家好喜欢。"她的声调不标准，但是渗透的情感却超标准，携带的温度也是高高地超出标准。

再如"尤莉娅笑着说：'你的幽默表演又进步了！'"这一句，说明渡船的工作人员表演幽默不是第一回，而是经常如此；"又进步了"是对渡船的工作人员表演幽默的肯定，而不是批评；对游客团队即将分成两拨的大惊大愕，并不恐惧，她是成竹在胸，完全能够把控局面。表现出俄罗斯民族幽默有趣、努力逗趣的性格特点。

最后是新西兰的车导，就拿他说的"奥巴马就是会说话，直接当总统，执政经验全无，哪能比得上习主席，从村长做起，县长、市长、省长到最高领导人，国内外事务即使没有经历过，至少亲自阅历过。中国政府制定五年计划发展经济，西方国家是争取五年换个党支部，哪管国策的连续性"为例，拿中美领袖的产生方式做比较，肯定习主席阅历丰富，积累的从政经验多；中国是五年换一个发展计划，政策保持连续性，美国是五年换一个执政党，政策连续性没保障。他的视角高于国内的认识，他的立场让我们觉得跟我们高度一致。我们从他的言语里认可他的情感、他的热忱。

朱自清是中国现代的散文大家，年轻时写的文章也出现热忱不高的情况，当时不觉得不好，过了好多年之后，结集出版，再审读时，就有所反省了。

贾焕亭赏析《莱茵河》："文章根本没有抒写作家的真情实感，更缺乏一定的哲理思考。若用现代的审美尺度来衡量，不能不说此文的思想意义大受影响。作家十年后才对此有所认识，他曾说：'记游也许还是让我出现，随便些的好，但是我已经来不及了。'"这里引用朱自清的原话，表达他在《莱茵河》文章里记游而不让"我"现身，没有"我"的现场情感、"我"的价值取舍、"我"的主题思考，致使文章思想意义、艺术质量颇受影响而后悔。

朱自清反思的事，正是我们写作时常犯的毛病，他的提醒可以作为我们后学者的借鉴。国学大师章太炎认为文学都"要发情止义"，他把情义解释为："'情'就是喜怒哀乐……是'心所欲言，不得不言'；'义'就是作文的法度。"太炎先生说："文有有法无情的，也有无法有情的，无情之作，不足贵了。相反的，至情之作如李密《陈情表》、诸葛亮《出师表》，则流芳百世。"写游记也一样要在字里行间表明态度，体现温度，这样才能打动读者、感染读者。希望大家学习游记写作，不要浅尝辄止，要不断探索，努力创新，争取能写出流芳百世的有情有义的游记散文。

六、实践：经验有尽与无尽

有人说游记是"行走文学"，这话不合适，联系点太少，如果改成"行旅文学"，会合适许多，因为它们有很多相似点：文学创作是"行于所当行，常止于不可不止"，旅行当然也是能走的时候尽量走，走不了的时候就必须停下来；旅行可以有起始，其事业发展却无止无休，文学创作从"开笔"起始，把它当作一份事业，以后的追求永远是再无止境。

行旅如行文，行于当行，止于必止

苏东坡总结自己文章写作的体会时说："吾文如万斛泉源，不择地而出，在平地滔滔汩汩，虽一日千里无难。及其与山石曲折，随物赋形而不可知也。所可知者，常行于所当行，常止于不可不止……"（《东坡题跋·自评文》）用现在的语言表达是：我的文思就像万斛泉一样，随时随地都会涌出。如果在平地上，汩汩而出，一日千里也不算难。有时随着山势石型弯曲，有时随着遇到的事物变换形式，却不能知晓。能够知晓的，通常是行文在应该继续的时候继续，思路在不得不停止的时候停止。

大文章家创作文思泉涌，下笔"一日千里无难"，这就是无尽。然而在"山石曲折"处会流连徘徊，"随物赋形"，在不得不停止的时候也会停止，这就是有尽。行旅如行文，也是在应该继续的时候继续，在不得不停止的时候立马停止，把握好有尽无尽中间的那个度。

古今中外不乏爱好记游的旅行家，虽然他们的行程有限，但他们留下的文献资料价值无限。

古代中国最有名的旅行者是明代的徐霞客，他的足迹遍及今21个省、市、自治区。"达人所之未达，探人所之未知"，录下大量的人文、自然状况，为后来的研究者留下宝贵的地质、水文资料。徐霞客的旅行范围相对于神州大地来说是有限的，但他留下的文献资料、文学作品的价值是无限的，尤其是他不惧艰苦，涉险犯难，笔耕不辍的精神，值得后人继承发扬。

马可·波罗（1254—1324）是欧洲中世纪大旅行家。他于1275年从意大利到达中国，遍游中国各地，1291年初离华。他用近二十年时间，利用朝廷给予的"奉使出行"特权，尤其是丰富的物质资源，畅行天下。

南京大学陈得芝教授在《马可·波罗在中国的旅程及其年代》一文中考证：首先，奉使云南（1280—1281）；其次，扬州任职，杭州检校岁课（1282—1287）；再次，奉使印度（1287—1289）；最后，回国（1290—1291）。

十七年里他以极大的兴趣记录各地物产、贸易、集市、交通、货币、税收等与商业有关的事物，表明他具有丰富的商业知识和在中国从事商业的实际经历。没有像旅行家那样去描述名山大川景色和文物古迹，也不像一名官员那样去记述行政事务和官场纷争。不论行程的覆盖范围，还是旅行家的职业敏感度，都还是非常有限的。但是他写下的《马可·波罗游记》在欧洲宣传中国的政治稳定、国民富庶、社会文明、经济发达、交通便利，扩大东方文化对西方的影响，其积极作用在当时是无穷无尽的。

现在的出行条件远超古代，凤凰卫视策划"千禧之旅"，四个月跋涉四万公里，也只能重走"丝绸之路"，看看"四大文明"的昨天和今天，感叹一下古代文明兴亡宿命。当我们的行程走得越远，我们才有机会发现我们没有到过的地方越多；就好像我们掌握的知识越多，才能发现未知的领域越宽广一样。

随着旅游商业化浪潮的兴起，旅游资源发掘的动力越来越强大，旅行项目分工越来越细，旅游文化的普及越来越广泛，真可以用庄子的"吾生也有涯，而知也无涯"来概括。背包客潘德明是第一个徒步环球旅行的人，后来就有第一个乘热气球环游世界的人，第一个骑自行车环游世界的人，环游世界好像是无限了，其实他们走的都是一条线，相对于全地球的表面来说，是相当的有限。所以说，所有的旅游爱好者的旅行都是在有尽与无尽之间，可以继续的时候继续，不得不止的时候停止。

修业如修行，都有起点，却无止境

叶圣陶在《怎样写作》里说："开始作文称为'开笔'，那是一件了不得的事。"尤其是开始写游记，更是一件了不得的事。因为这意味着他不再写别人命题的作文，受别人指定主题的限制。他有自己的情感触发，有自己的心得体会，有自己的写作兴趣；是为自己而写。只要发现有一些新奇感受，头脑里丝丝缕缕，源源不断，波澜种种，不停不息；"阳春召我以烟景，大块假我以文章"，捉住了痕迹，不让消散，烟云华彩都是好文章。虽未必成不朽之作，但因为是自己所想所感，在个人的生活史上都会有很多价值。

最容易显示出天才的地方就是灵感。灵感是作者有时苦心搜索而不能得到的，在无意之间涌上心头，突如其来，完全出乎作者的意料之外。虽然如此，还得借助外界的刺激，与新奇外界一有接触，心里就会有神奇的发现，从这一角度来说，灵感是无尽的。歌德写《少年维特的烦恼》，音乐家柏辽兹为"可怜的兵士，我终于要见到法兰西"寻找合适的曲谱乐调，秦观为"双手推出窗前月"找到下句"一石击破水中天"，诗人、作家、音乐家都是由于外部事件的激发，灵感破空而至的。作家喜欢出去采风，游记写作者喜欢不停地外出旅行，都是为了获得创作的灵感，旅行或采风不停，灵感源头就会不止。

灵感会突如其来，也会突然而去的。写作中灵感来了，兴致淋漓，文思泉涌，此时最忌打扰，瞬间的中断会导致思维的尴尬终结。从这一角度来说，灵感又是有尽的。正因为如此，外出旅游，要及时记录、及时积累、及时写作，不要等情感平复了，热情消退了，印象模糊了才拿笔写游记，这样往往事倍功半。余秋雨

101

随着凤凰卫视的车队进行"千禧之旅"，他的游记《千年一叹》都是当天走行访谈，当天完成写作的，华人世界对新鲜出炉的文化节目特别欢迎。

《歌德谈话录》说："每种艺术，一旦进入实践，就变成了某种非常困难和重要的事情，要达到纯熟的掌握都要费毕生的精力。"

游记写作也是一种很难的文学创作，从初学到成功，中间必须经过许多阶段，只能循序渐进，不可能一蹴而就，写一两篇就铁定可以成功。朱光潜把写文章比作写字：笔拿不稳，腕不能自如，结构不能端正匀称，这是"疵境"；如果有天分，又勤快，虚心向书法家请教，可以学得一些章法技巧，就算是走进"稳境"了；如果有上进心，揣摩历代名家、各种真迹，荟萃长处，形成个性，就可以算是"醇境"；最高的是"化境"："不但字的艺术成熟了，而且胸襟学问的修养也成熟了，成熟的艺术修养与成熟的胸襟学问的修养融成一片，于是字不但可以见出驯熟的手腕，还可以表现高超的人格；悲欢离合的情调，山川风云的姿态，哲学宗教的蕴藉，都可以在无形中流露于字里行间，增加字的韵味。这是包世臣和康有为所称的'神品''妙品'，这种极境只有极少数幸运者才能达到。"

王国维在《人间词话》里说："古今之成大事业、大学问者，必经过三种之境界：'昨夜西风凋碧树。独上高楼，望尽天涯路。'此第一境也。'衣带渐宽终不悔，为伊消得人憔悴。'此第二境也。'众里寻他千百度，蓦然回首，那人却在灯火阑珊处。'此第三境也。"

王国维"三境界"说，强调得多的是立志、下决心，锲而不舍的坚毅品质和执著态度；最后才能用血汗浇灌出来鲜花，用毕生精力铸造成大厦，取得事业的最大成功。我觉得这还不够，没有体现出游记写作经验从有尽到无尽的哲学趋势。

著名作家池莉借用青原行思大禅师的一段话："老僧三十年前未参禅时，见山是山见水是水；及至后来亲见知识有个入处：见山不是山，见水不是水；而今得个休歇处：依然见山只是山，见水只是水。"她结合自己人生经历，写出的感悟文章《人生三境界》，对我这里的话题更有启发意义。

人生三境界
池莉

人生有三重境界，这三重境界可以用一段充满禅机的语言来说明：

看山是山，看水是水；看山不是山，看水不是水；看山还是山，看水还是水。这就是说一个人的人生之初纯洁无瑕，初识世界，一切都是新鲜的，眼睛看见什么就是什么，人家告诉他这是山，他就认识了山，告诉他这是水，他就认识了水。

随着年龄渐长，经历的世事渐多，就发现这个世界的问题了。这个世界问题越来越多，越来越复杂，经常是黑白颠倒，是非混淆，无理走遍天下，有理寸步难行；好人无好报，恶人活千年。进入这个阶段，人是激愤的，不平的，忧虑的，疑问的，警惕的，复杂的。人不愿意再轻易地相信什么。人这个时候看山也感慨，看水也叹息，借古讽今，指桑骂槐，山自然不再是单纯的山，水自然不再是单纯的水。一切的一切都是人的主观意志的载体，所谓好风凭借力，送我上青云。

一个人倘若停留在人生的这一阶段，那就苦了这条性命了。人就会这山望着那山高，不停地攀登，争强好胜，机关算尽，永无休止和满足的一天。因为这个世界原来就是一个圆的，人外有人，天外有天，循环往复，绿水长流。而人的生命是短暂的有限的，哪里能够与永恒和无限计较呢？

许多人到了人生的第二重境界就到了人生的终点。追求一生，劳碌一生，心高气傲一生，最后发现自己并没有达到自己的理想，于是抱恨终生。但是有一些人通过自己的修炼，终于把自己提升到了第三重人生境界。茅塞顿开，回归自然。人，这个时候便会专心致志做自己应该做的事情，不与旁人有任何计较。任你红尘滚滚，我自清风朗月。面对芜杂世俗之事，一笑了之，了了有何不了。这个时候的人看山又是山，看水又是水了。正是：人本是人，不必刻意去做人，世本是世，无须精心去处世；便也就是真正的做人与处世了。

社会在螺旋式发展，真理在否定之否定中进步，人生在"三十年河东，三十年河西"的此岸彼岸间提升。现实的社会还在继续发展，青原行思大禅师的否定之后还会被否定。如果把游记写作当成一份事业去追求，这份事业就像青原行思大禅师在佛门的修行一样，有起点，无止境。

一花一世界，花草不少，世界更大

游记以自然为主要的写作对象，这就注定了作者对自然的观察、认识，始终必不可少，甚至还可以说作者对自然的认识越有深度，他写出游记作品的艺术成就才越有高度。"一花一世界，一木一浮生，一草一天堂，一叶一如来。"一支寻常的花草，都潜藏着宇宙间的奥秘。人对自然观察、认识的任务还艰巨得很。

严春友《敬畏自然》里说："在大自然面前，人类永远只是一个天真幼稚的孩童……"大自然异彩纷呈，"春有百花秋有月，夏有凉风冬有雪"，人只能应接不暇。单以天地间最表层的物象"月"为例，春夏秋冬各不同："春风又绿江南岸，明月何时照我还"是王安石得意时看到的春天的月；"明月别枝惊鹊，清风半夜鸣蝉"是辛弃疾闲适时观察到的夏夜的月；"月落乌啼霜满天，江枫渔火对愁眠"是张继在秋夜无眠时看到的月；"大漠沙如雪，燕山月似钩"是李贺报国心切时观赏到的冬月。地点方位不同，境遇心情不同，资禀天赋不同，文化修养不同，兴趣浓淡不同，眼中的月亮都会有不同。俗话说"一花一世界"，花草何其多。人对自然的认识太有限了。《赏荷》这篇文章就抒发过这样的感慨。

赏荷

胡少明

荷花其实就是莲花，在还没有开花前叫"荷"，开花后就叫"莲"。荷花是宜于观赏的，是诗人和艺术家的朋友。

四十年前读过朱自清的散文《荷塘月色》，现在还记得其中的片段："曲曲折折的荷塘上面，弥望的是田田的叶子。叶子出水很高，像亭亭的舞女的裙。层层的叶子中间，零星地点缀着些白花，有袅娜地开着的，有羞涩地打着朵儿的；正如一粒粒的明珠，又如碧天里的星星，又如刚出浴的美人。"当时没见过荷，只知道荷叶很大，荷茎很高，荷花很白；作者描写荷花外形的比喻很美。

1997年来南方工作，单位附近有洪湖公园，到了夏天，艳阳高照之下，"接天莲叶无穷碧，映日荷花别样红"，城市中心，满眼莲荷，心中尤其高兴。

一天晨起，无意识地走向洪湖的荷塘，跟公园的袁师傅攀谈，知道了荷花规律。

袁师傅问：如果一塘荷花是满月开放，何日是半期？

我心里暗忖：自然是中旬。

他见我不答，便解释道："第一天开放的只是极少部分，第二天，它们会以前一天数量的两倍开放。到第29天时荷花仅仅开出一半，直到最后一天才会开满另一半。也就是说，最后一天的数量最多，等于前29天的总和。"

这就是荷花规律。

每当盛夏时节，扶老携幼都来洪湖赏荷，有的见到荷叶田田，乃留影而去；有的见过擎蕾菡萏，箭指青天，于是记之而别；有的察其花谢之后蓬始现，蓬鼓壮了莲乃实，感叹物序次第，花果相继，有得而喜；直至偶遇半塘荷花，一半碧绿一半红，便欢天喜地，逢人便说从未见过如此境界，有此一回，足慰平生。

呜呼，满塘呈艳的盛世景象，那种感觉才真的叫畅快！

旭日初升，揭开荷塘韵味的盛宴；露珠晶莹，闪烁着斑斓的华彩。丹青手笔下袅袅婷婷、尖尖圆圆，雍容全富贵，开过尚盈盈，全都登台亮相。浓密的绿里，粉蕊浪漫的，花枝乱颤；神色娇羞的，琵琶遮面；妩媚迎风的，轻歌曼舞；纵情大笑的，豪情四溅。那浑圆、厚重、墨绿的田田荷叶，如亭亭舞女的裙，像千万把撑开的伞，碧油油的似大大小小的玉盘。丽波万顷，香远益清。完全达到了珠宝商人推崇的纯粹满色标准。

人生最大的憾事是当面错过，失之交臂。自己后悔，还被别人笑。

王安石游褒禅山，不能尽情领略"奇伟、瑰怪，非常之观"，大发感慨，认为："非有志者不能至也。有志矣，不随以止也，然力不足者，亦不能至也。有志与力，而又不随以怠，至于幽暗昏惑而无物以相之，亦不能至也。"到荷塘欣赏荷花，也需要志向、体力和外物的帮助吗？也许是要一点点，但绝不是重点。重点是有尽情享受荷韵的兴趣，其次懂得荷花盛衰的规律，然后还愿意付出耐心。

于荷知之矣。于其他又如何呢？

文章中记述了莲荷开花的规律："第一天开放的只是极少部分，第二天，它们会以前一天数量的两倍开放。到第 29 天时荷花仅仅开出一半，直到最后一天才会开满另一半。也就是说，最后一天的数量最多，等于前 29 天的总和。"像荷花一样拥有自身规律的物种，在大自然里还多得很，例如蝴蝶效应、青蛙现象、鳄鱼法则、鸭子定律等。

如果说自然的物种浩如大海，那么，人类认识了的物种就是那大海中的一个小水滴，虽然这个水滴也能映照大海，但毕竟不是大海。所以歌德说："自然永远是美的，它使艺术家们绝望，因为他们很少有能完全赶上自然的。"

自然是游记写作的主要对象，游记是描写自然的文学体裁，游记作者再努力，都写不尽自然的美，只是通过努力，不断再现自然美的一些点滴、一些方面，或者能撩起自然美的一角纱帘，让人窥测到大自然美丽的一个斑点。余秋雨写了好多游记，整理出版的就有《文化苦旅》《山居笔记》《千年一叹》《霜冷长河》《行者无疆》《笛声何处》，在现代作家中已经算是著述甚丰了，但是他也无法写尽人间美景，世间行程。

这又有何必要？只要写出经典文章，出版经典书籍，让书文中的思想、哲理、语言、意境能够被人记住，就能存活百年千年了。一块黄土，雨打就碎；一块钻石，岁月的打磨只会使它愈见光亮。

古人讲"立言"，言能立于世，必得有个性，不重复，有创造，所以杜甫说："语不惊人死不休。"梁衡顺着他的意思，拟诗四句云："语不惊人死不休，篇无新意不出手。著书必求传后世，立事当作空前谋。"梁衡还说："精髓不存，大书无魂，精髓所在，片言万代。一篇《岳阳楼记》，代代传唱。皆因'先忧后乐'的思想。一篇《出师表》千年不衰，全在他'鞠躬尽瘁'的精神。文无长短，书无大小，有魂则灵，意新则存。"这些话语讲清了"有尽与无尽"的辩证关系。

附录

贝加尔湖纪行

贝加尔湖之行马上结束了，回头反刍几天的风景收获，有几点值得说说。

一

西伯利亚 150 万平方公里，大都是草原，草树际天，千里一色，心有限而景无穷。便想起张岱的《湖心亭看雪》："天与云与山与水，上下一白。湖上影子，惟长堤一痕，湖心亭一点，与余舟一芥，舟中人两三粒而已。""上下一白"是状其混茫难辨，使人惟觉其大；而这"痕""点""芥""粒"等量词，一个小似一个，让我们从这个混沌一片的冰雪世界中，不难感受到作者那种人生天地间茫茫如"太仓米"的深沉感慨。浙江何其小，杭州更小之；杭州何其小，西湖更小之，张岱身处其中，都以"粒"状之。西伯利亚草原之于铁路线，之于火车，之于小小的几个旅客，自不待言。

然而，"千里一色"的"一"是不够纯粹的。它还有远山和林树，林树是翠绿的，越是山高越是深沉，越是渺远越是凝碧，最远最高的地方几乎是美女的眉黛了。山坡是慢慢倾斜的，那天鹅绒般的草在太阳底下也是慢慢地变嫩变浅变淡了。远处的草如茵如烟，脚下的一片简直跟土地颜色一样。韩愈说"草色遥看近却无"，那是早春；这里已经是炎暑，今年雨水充沛，草势茂盛。坡度平缓，草色竟然还有变化，这让南方丘陵地区的人，无论如何都不好理解。

草原的中心有时也会安排几个湖，湖面一律是白色的，像镜子一般，可以非常清晰地照出天际的彩云。有时一群飞鸟从湖上飞过，湖面立马变得灵动起来，鸟的鸣叫好像在镜子里面有了回音，湖泊的自然画也有声有色起来了。其实湖水是极澄澈透明的，如同俄罗斯小姑娘眼里的秋波一样，丝毫不掩饰内心的喜悦。人们说眼睛是心灵的窗户，从湖水里可以看出草原的闲适与从容。

草原的绿绒中不时点缀几条小溪乱河。我觉得用历史上的书法家的风格比喻它们再合适不过了。水流弯成气势磅礴的书法，像苏东坡的作品，腰粗腿壮，饱满圆润；支流参差有致，像赵佶的瘦金体，纤细修长，润枯合理；地势复杂的地方，弯弯绕绕，似断不断，仿佛怀素的草书，龙飞凤舞，恣意夸张。"笔走龙蛇飞凤舞，河流上下水溪旋"，是画不好草原溪河的神气的。

二

为了更好地感受贝加尔湖的品质，我们住进了奥利洪岛，这个岛一年只48天有雨，我们偏偏碰上了。历经颠簸，还是爬上了合波角，这里可以欣赏到贝加尔湖的最宽最深处的风景。

拿出相机，选择角度，瞄准景点，又是一个"上下天光，一碧万顷"。天上彤云密布，水面没一点阳光，自然不能灿烂。好在相机有格式可挑，有天气可选，有颜色可变，有光效可控。于是乎，阴雨变成晴好，晦暗变得明亮，黝黑的湖水顿时变身碧蓝，千尺断崖的红岩闪烁光芒。这时候一艘白色的游船驶来，我等着它靠近，等着船的白色从断崖的红岩背景里走出，船身断崖将分未分。白船的前面是碧蓝的湖水，前景光明；白船的后边连续着闪闪的红石，白船的顶上还有寂寂的纯蓝。唐代韦庄说江南好，好就好在"春水碧于天，画船听雨眠"，大概就是这样子的吧！于是我按下快门。

贝加尔湖的日落是容易看到的，尤其是在我们这些有准备的人面前。

吃过晚饭，大概八点半，我们登上湖边高地，夕阳在云层的空隙中要出来了，形体大如簸箕，燃烧的火球逼得人睁不开眼。我借助相机，隔着一棵枝叶扶疏的大树，看见燃烧的火焰好像烧着了树干，树梢和树身熔断了，完整的一棵树被分成了两截。一两分钟，夕阳的红色减弱，树梢和树身连接上了，树的枝干的剪影清晰明了，开始赤金的太阳成了树最珍贵的背景。不一会儿，云层的空洞处只剩下格外的明亮，同伴们站在最高点，拍照人尽量蹲下，让明亮的白色罩在头顶。照片的效果是人的头顶弥漫着旋旋的光环，吉祥无比。历史上范增对项羽说："吾令人望其气，皆为龙虎，成五彩。"刘邦有天子命，身带彩云是正常的。

"夕阳无限好，只是近黄昏。"惋惜是应该有的，不仅因为它接近黄昏，前途不能一片光明，更是因为它短暂，就是"一会儿""一两分钟"的事，相比起我在黄山、峨眉山、长江、富春江看到的日出，冉冉升起的红日，薄云染色的朝霞，千里江山万里水，慢慢从黑夜里走出来，乐不可支的飞鸟的鸣声，穿透了树林的雾霭，全都带着胜利者的姿态，缓缓而动。

三

贝加尔湖的行程已经过去了大半，路上的传奇色彩一天比一天浓。

先是在俄罗斯海关被耽误，没赶上国际列车的发车时间，上演一节中国巴士疾追俄罗斯列车的大片桥段。司机是"神算子"，晚点半小时，在80分钟内赶到火车的下一个站点，让我们都产生了强烈的爱国热情，为中国产的汽车和中国人的汽车驾驶技术与能力而骄傲。

第二是乘轮渡来到奥利洪岛，我们都上了"越野车"，其实就是前苏联红军的军车，双鹰标志，十个座位，相当于国内的面包车。样子确实不好恭维，车身尺寸偏大，四个轮子显得单薄；门窗都是最简单配置，玻璃由大小两块组成，大的固定，小的可以开闭，限量15度的样子；驾驶台也是简单到了极点，不见空调开关，没有导航系统，更不用说高档的音响了。车是一个小伙子开的，一路加速，一路超车。路是泥沙铺的，我们叫它马路，确实适合牛马的蹄子践踏奔驰，松软有弹性，脚踩下去提起来，会伴随有"沙沙沙"的响声，汽车跑起来，可是尘土飞扬。前面是大巴，车大身重，自然跑不快；再前面是大众途锐，在拣路选道，司机一犹豫，又被我们超了；最后一队本地车，个个风驰电掣的。我们的小伙子，毫不犹豫地选择变道，从左边毫无压力飙过车队，然后身手敏捷地回到队伍，领跑到终点。到了酒店门口，司机下车，他竟然还穿着一双拖鞋。

不由得想起了马克·吐温《登勃朗峰》里面的马车夫。上路后，微醺的车夫把握十足地说："不必为此烦恼——静下心来——不要浮躁——他们虽已扬尘远去，可不久就会消失在我们身后的。你就放下心坐好吧，一切包在我身上——我是车夫之王啊。你看着吧！"给我们开车的小伙子也是"车夫之王"？

今天的行程是去奥利洪岛上的原始森林保护区，里面有斜坡草原、怪异松林、断崖红岩、面形小岛，我们要去捡菇煮汤、野炊湖鱼，去观赏贝加尔湖最宽最深处的神奇风景。国家要保护自然生态，不允许大资金加入开发，以至于所有的道路都是原生态的沙泥，今年雨水充沛，路面路基变形严重，道路那个"滥"，不是用崎岖坎坷、凸凹侧斜、泥泞湿滑能表达得尽的。路上已经有斯巴鲁、奇骏因底盘低而抛锚了；旧一点的三菱帕杰罗甚至崭新的丰田汉兰达遇到复杂路况，也需要中途后退，以待重新调整路线。我们的旧军车，一往无前。如此颠簸，如此惊险，我生平从未有过。

当时的情况我实在写不出来，还是借用幽默大师马克·吐温的句子吧：司机油门一踩，车便辚辚向前。近来的几场暴雨冲毁了全是砂石的路面，但"我们不停不歇，一如既往地保持着速度，疾驰向前，什么乱石废物，沟壑旷野，一概不顾——有时一两个轮子着地，但大多数时候腾空而起"。"每当我们险遭不测时，他总是面不改色，和颜悦色地说：'只当是种乐趣吧，女士们、先生们，这种情况不常见，很不寻常。'"

车子虽然有些旧，发动机却很给力，声音平和顺畅，再苦再累，也不喘粗气。不过我们觉得，车上质量最好的最有保障的是安全带！车子回到酒店，大家都说身子要散架了，后面的行程先暂停，必须回房歇歇，让散开的骨节回回位。导游下车后说，今天开车的司机是车王他爸。

回到房间的人一个个都说睡不着！

四

西伯利亚地区幅员辽阔，土壤肥沃，原始森林和淡水资源丰富，人烟稀少，产出的何其多，消费的却愈发少，因此物价便宜。我们在伊尔库茨克郊区的超市里购物，一块足够公斤级的牛腿肉标价 112 卢布（9.3 卢布换 1 元人民币），两只干干净净的猪手标价 77 卢布。深圳山姆会员店的牛肉价格是 98 元人民币一公斤，猪肉价 38 元人民币一公斤，如果再用括号注明"黑山猪肉"，或者"一号土猪肉"，价格必须再往上翻倍（西伯利亚天气寒冷，动植物生长时间长，一定会成为再加价的理由）。妻子选拣了一根香肠，两罐牛奶，四条黄瓜，五样干果，一大包，只耗费了 540 卢布。其他的朋友也都是大包小包地提着，特别高兴，因为远远的物超所值。导游说伊尔库茨克的土地 3000 元人民币一亩（666 平方米），游客都瞠目结舌！

俄罗斯西餐，是有一些简单，没有国内的五味俱全，色香味齐备，但也远不是国内风传的那么可怕，说去俄罗斯旅游天天土豆，不瘦 5 斤不正常。俄罗斯西餐包括四道菜品：红菜汤（包括土豆和胡萝卜）、青菜粒、炒饭或者肉包子，最后是甜点。面包片是随意拿的，那个肉包子可是值得怀念的，皮很薄，灌了汤，一团牛肉猪肉的混合体，足有高尔夫球那么大，一人两个。这样的俄罗斯餐还会让人饿、让人瘦吗？说去俄罗斯旅游就是减肥，简直就是妖魔化俄罗斯。俄罗斯的妇女可是从中年开始发福的，她们不缺热量。

这个就算了，在奥利洪岛的合波角，我们喝到了从来没有尝过的鱼汤。每锅一条贝加尔湖的深水鱼，大概是便宜的秋白鲑吧，3 斤左右，切大段，加土豆片，没有生姜，用香菜叶，没有浓汤宝，用北海湖水。汤清透明，那味道是什么，我说不出来，只能打几个比方：春水煎茶，松花酿酒，品质高尚；春初新韭，秋后晚菘，时令新鲜。每人一大碗，管够管饱，喝完再添。鲁迅在《社戏》末尾说："再也没有吃到过那夜的好豆。"我这时才完全明白。

俄罗斯人很差钱，街上行驶的车辆有的是日本的二手车，有些是前苏联时期的；左舵右舵都有；汽车好像没有报废的期限。俄罗斯的公共厕所都是收费的，不管是街心公园还是市场码头，不管是火车站还是路边店，收费 15 卢布到 25 卢布不等。让人回忆起中国十年之前的景区或农村。但是俄罗斯人很轴。到了时间他们不会为了钱去加班，到了工作日酒吧艺苑都歇业，平民百姓结婚也要去教堂。

俄罗斯族是一个战斗的民族，好战。对外战争好像只败给了成吉思汗手下速不台率领的蒙古人，蒙古人占领这里后办学校开医院，发展科学和商业，保障老年人和小孩子的权益，贡献更大的是常常邀请他们参加蒙古帝国的哈剌和林盛会。

哈剌和林是蒙古人在北方草原上修筑的第一座都城，不仅是蒙古帝国政治、经济和文化中心，而且也是 13 世纪东西方世界之间一个重要的交通枢纽。俄罗斯人在进贡朝拜中结识了贝加尔湖的肥沃富饶，萌发借道西伯利亚寻求东方出海口的战略潜意识。难怪欧洲人把所有的不好和野蛮都归结给成吉思汗，但最后还是觉得诅咒的理由没有感激的理由多。俄罗斯被占领，但俄罗斯没有吃亏。

俄罗斯与拿破仑、与希特勒的战争是沾了天气的光，如果滑铁卢不下那场暴雨，淋湿了法国人大炮的引线，如果斯大林格勒保卫战时那场大雪晚十天半月的，欧洲的历史，甚至世界的历史都会重写，何况是俄罗斯呢？所以每次战争，俄罗斯都会自信地宣布：既然你选择了战争，我只好奉陪，但只有上帝知道战争的结果会怎样。第二次世界大战，俄罗斯牺牲了两千万人，其中的大部分是军人，但是俄罗斯赢得了世界对他们的尊敬，并迎来了他们作为超级大国深刻影响世界的时代。

（2019 年 6 月 19 日）

终于当了"小尾巴"

俄罗斯导游尤莉娅带团，每次出车，总是和善地招呼最后一位团友："别急，我们的小尾巴。""尾"字发音不准，老是说成第一声，小尾巴成了小"巍"巴。惹得大家好喜欢，从那以后，我们把迟到的人都称作"小尾巴"。

今天到朝鲜，在丹东火车站过海关时，导游说火车票是站票，过完鸭绿江就是朝鲜的新义州，那边有朝鲜的地陪给大家安排铺位，前后路程不到五分钟。这次休闲之旅，在俄罗斯来回都是软卧，从满洲里到哈尔滨是硬卧，从哈尔滨到丹东是高铁，旅行列车是没有硬座的，我们的行程中只差站票了。这五分钟的站票补足了我们的行程，让我们玩得完美无瑕了。站票，我们不在乎。

上午九点四十分，候车大厅喧哗起来，接着是排队插队，整个队形是凤头豹尾猪肚子，两头瘦中间肥。张总说早点上吧，说不定还有座位的。我都知道，卧铺火车票是固定的，别的团队的导游在发票时都明亮地唱了××上铺，××下铺的，我们如果上去早了，不是被人礼貌地要求"让过"，就是被人不礼貌地叱责"占了我的位子，赶紧让开"。我们是站票，最后上车吧，不怕是"小尾巴"的。

十点半过了鸭绿江大桥，就是新义州火车站了，铁道旁边栽种了许多蔬菜，枝繁叶茂，一片葱茏。火车停稳了，上来了海关的、边防的、文化稽查的、卫生防疫的，衣裤都是差不多，帽子的颜色有区别。车站本来就没有按旅行团队出票，加上我们十几个人站在不同的位置，扰得查护照的人有些烦躁，于是把没有铺位的我们带下车。

我们成为了车厢里国人的观赏对象了。官员叫我们站成一排，先打开行李箱，然后掏出手机备查。基本符合要求，又是友好邻邦，他们伟大的领袖昨天还给志愿军烈士献上鲜花，当然不好为难我们，叫一个士兵守着，不让我们自由走动，同时看住车厢里的人不要随便下来。车厢里的同胞开始为我们担忧了。他们先是猜测我们之中有人违法携带了东西，但又不见被遣送押走；接着猜测我们的旅行社手续不全，我们是被倒卖几家的"猪崽"，贪便宜吃大亏了；还有满脸嫌弃，好像就是我们拖累了他们，没有我们，火车早就开了。有几个想借口抽烟下来透气，被士兵挡了回去。最着急的是我们团队在其他车厢的三五人了，关切之情已经现于脸色了——想了解情况，又不能靠近我们。

我们倒是不急，既没有得到优待，也没被羞辱，大家在一起说说笑笑。时间过了一刻钟，推车卖小商品的服务员来了，我们试着去搭讪。服务员很漂亮，深青色的短裙，玉白色的上衣，腈纶纱的吧，薄得有点透，袖口和衣领都镶了深青颜色，领口打个简单的蝴蝶结，大方美观，身材曼妙，脸庞呈倒桃子状，加上口红，分明就是北方的水蜜桃，白里透红，鲜妍可爱。士兵没有阻拦，我们便围过去，拿安宫牛黄丸、香烟询价，其实不贵，比较起旅游商店的和国内超市的算是便宜了，但为了"青青子衿"，故意讨价还价。

车厢里的眼神变了，不再是幸灾乐祸和关切担忧，简直是羡慕嫉妒恨。羡慕我们自由自在，有广阔天地，可以活动筋骨。嫉妒我们可以和美丽朝鲜姑娘天上地下地乱聊。她会讲中文，更神奇的是能用粤语问好和答谢。我们故意学舌，用朝鲜话说小姐漂亮——叶卡西衣包优，说你好——安里哈西蜜瓜，逗得团友忍俊不禁，朝鲜姑娘也是粲然一笑，天真烂漫。恨他们自己终于明白世间最远的距离不是天涯海角，而是面对面不能搭讪。

下午一点之后，我们的导游来了，又是一个美丽动人的姑娘，一袭连衣裙，蓝底梨花，格调高雅。解释清楚后，我们明白，被带下车是因为我们没买新义州去平壤的票。等她清点完人数，她去办了车票手续，帮我们拿回护照，带我们乘坐挂在国际列车后面的车厢。我们终于坐在车的尾巴上了！

（2018 年 8 月 18 日）

哭墙也有哭泣

每一场战争、每一场运动，都会有胜利者和失败者，前者往往是少数人而后者则是大多数。每个入侵以色列的宗教势力、军事集团或者殖民政府，掠夺残杀之后回到自己祖国，展示胜利品，矜表有功人，高奏凯歌，大庆归胜，统帅者勒石记功，参与者文过饰非。这样的凯旋门世界上就有好几座。殊不知战争发生地的市民百姓失家园、失财产、失亲人、失依靠之后的锥心泣血、哭天抢地，当他们掩埋完亲人、止住流血、擦干了眼泪，所能做又有几何？

高中时读翦伯赞的《内蒙访古》，知道匈奴人最大的依赖被剥夺后的凄苦伤痛。历史学家说："阴山南麓的沃野，正是内蒙西部水草最肥美的地方……如果他们失去了这个沃野，就失去了生存的依据，史载'匈奴失阴山之后，过之未尝不哭也'。"

犹太人在两次失家园之后，在断壁残垣上修葺出一面供族人哭泣、哭诉、哭祭的石墙。"哭墙"又称"西墙"，是耶路撒冷旧域古代犹太国第二圣殿护墙的一段，也是第二圣殿护墙的仅存遗址，长约 50 米，高约 18 米，由大石块筑成。这里曾经是智慧与信仰的象征，是流血牺牲还捍卫不成的铁证，现在是本民族皈依同宗、维护团结的盟誓凭借。

五代史记载晋王李克用将死的时候，"以三矢赐庄宗，而告之曰：'梁，吾仇也；燕王，吾所立，契丹与吾，约为兄弟，而皆背晋以归梁。此三者，吾遗恨也。与尔三矢，尔其无忘乃父之志！'"庄宗接了箭，把它收藏在祖庙里。此后出兵，就派随从官员用猪、羊各一头祭告祖庙，请下那三支箭，用锦囊盛着，背着它冲锋在最前面。庄宗承重励志，负矢前行，哀兵必胜。人可以宽容对手，甚至敌人，但绝对不愿意放过背叛者。

努尔哈赤以"七大恨"誓师反明，得聚人之心，出师之名，十三副铠甲终有天下。中东几次战争，以色列扶"哭墙"而誓士卒，内聚同力，外博同情。远交近攻，碎敌人图谋；拂手分花，拆阿人团结。

"哭墙"并不宏伟，大小石块上下重叠着，这里的每块砖、每块石、每寸土地，都抹满眼泪和鲜血。在崇尚武力的势力集团看来，仁爱和施舍是国家安全的大敌。这里披拂的曾经是耶和华子孙与野蛮人战斗中壮士牺牲的鲜血，现在则更多的是共同祖宗亚伯拉罕繁衍生息的子孙争拗而倒下的躯体。受迫害的犹太人甚至是基督徒慢慢地也习惯了去迫害无神论者和异教徒。冤冤相报，历史走向了循环往复。

偏执产生冲突，冲突成为暴力。1967 年，约旦人夺得了"哭墙"的控制权，这是两千年来的第一次。消息传来，以色列顿时天垂彤云，举国饮泣。接着是疯狂报复，仅仅六天时间，双方阵亡近两万一千人，伤五万人，击落战机 426 架，击毁坦克 560 辆。以色列夺回耶路撒冷并占领了 6.5 万平方公里的阿拉伯土地，造成数十万阿拉伯平民逃离家园沦为难民，至今无法返回故乡。历史很有意思，总是把一个苦难的民族推向富强的位置，让他最大限度地发挥他们的才智建功立业，却又给他们权利任其有条件地去犯错误。

基督教的创始人耶稣生活在一个民族大融合的时代，他是一个心胸豁达的犹太后代。所有的宗教都讲慈悲和博爱，却很少有宗教包容异教徒。这一点想起来就悲哀。

1 月 28 日下午，我们一行瞻仰"哭墙"，天空下起了大雨，走完十四站苦路后，我们站到了哭墙之下。前来哭拜的信徒、游客把写有自己的诉求愿望和情感寄托的纸条塞进"哭墙"石块间的缝隙里。经过岁月风云的洗礼，纸条慢慢地漏露出来，这是"哭墙"流出的眼泪。

人间十分苦，有九分降落在耶路撒冷；"哭墙"的眼泪就是明证。

（2019 年 1 月 31 日）

阿拉伯女人和骆驼

四十年前高中时的英语课本里有一篇寓言故事，叫《阿拉伯人和骆驼》，如今只记得题目，内容和主旨已然全忘了。

今天在月亮谷瓦地伦沙漠里，我们租用骆驼，驼队的头领会一点中文，他说，骆驼很通人性，旅行中间休息，它会绕主人一圈，知道主人不会驱离它，它才去水箱喝水。一只骆驼一口气可以喝下一百多公斤水，保持四十天不吃东西，可以安全穿越一个小型沙漠。如果主人需要，用锥子扎破驼峰，就可以喝到骆驼体内蓄存的清水；人喝够以后，折一根路边的骆驼刺，堵塞了漏孔，驼峰的伤口第二天就能完全愈合。我们真为贝都因人有这样的助手感到高兴。

他又说骆驼很害羞，行事很文明的。它们到了交配期，就躲到早先留意的僻静处，有意识地避开大庭广众。如果交配中听到什么动静，它们会立即中止，然后装做若无其事的样子，看天的看天，吃草的吃草。我们听着听着不禁莞尔一笑——岂不正像偷偷早恋的学生。我们到中东旅行，看到的宗教徒满脸都是严肃和虔诚，尤其是犹太拉比和伊斯兰信徒，今天他们主动讲起动物的性爱问题，一点禁忌都没有，很随意很轻松。读魏小河《冒犯经典》，知道在某个国家的90年代，"所有的公共娱乐活动都被禁止，所有电影和戏剧都经过审查，不准喝酒，不准跳舞，不准唱歌，不准听未经审查的音乐，不准看未经审查的书。"跟游客讲动物交配，无异于在德黑兰读《洛丽塔》，简直是一种犯禁的行为。好在瓦地伦没有道德纠察队巡逻，不会闹出麻烦。

中午吃饭前闲聊，说起伊斯兰女性天生丽质却偏偏黑袍罩身，不让人看到她的美丽。另一人立马搭腔，说她们在自己家里，尤其是自己的男人面前，穿得很少，分外妖娆的。这话没错，未婚的伊斯兰女性在家里可以脱下黑袍，但不能在男人面前解下黑头巾；如果出门，已婚的伊斯兰女性跟自己的丈夫、父亲兄弟之外的男人并肩行走都是不被允许的。

清真女性为何要黑袍罩身？伊斯兰教外的所有男人女人都感到好奇。面对全世界的咨询，约旦的教授用两个比喻作出回答。家里有两枚棒棒糖，一枚用糖纸包好的，一枚糖纸打开了的，你会选哪个？两枚糖都插在花园的土壤中，哪一枚容易招惹蚊虫苍蝇？道理说不清楚，就打个比方，顾左右而言他，约旦的教授是聪明的。

说实话，到中东旅游，都很好奇伊斯兰女性的生活状态。个个明眸皓齿，面色红润胜桃花，却是人眼浏览的禁忌对象。导游正色警告，不要多看，更不能照相，否则惹火烧身，轻则遭遇抗议，重则导致纠纷。面上无光，自找没趣。黑袍罩身的女性是旅游观光的"禁区"。

团友住进酒店后，我们四个人去坐游船看海底珊瑚。来到海边，树木葱茏，繁花似锦，一反沙漠中的单调与枯燥；海面上百舸争流，半空中鸥群翔飞。生活向我们打开了最美丽的画卷，在这里可以尽情欣赏其中的橘黄橙绿和姹紫嫣红。

清滢的海水倒映着蓝天，男士在教女生游泳。男士赤裸上身，虎背熊腰，肌腱清晰；女生黑袍裹身，鞋袜齐整；男女授受亲昵，搂抱自然。见到我们好奇的眼光，男士挥挥手，善意交流，并未见怪。

飞艇从我们身边一掠而过，两男两女，俨然成双成对。男士须发苍苍，美髯飘飘，迎风招展；女士黑袍罩身，体态轻盈，风韵藏而不隐。飞艇乘风破浪，起浮在水面的高低间，啸笑之声随风飘散。

还有一船载着一家四口，爸爸驾船摩梭，妈妈左搂右抱，天伦之乐形于脸色。见到外国游客，举家挥手示意，极其友好。互相用相机朝着对方微笑。其实，伊斯兰女性真实的内心世界，并不像导游说的那么暗淡、闭锁。阿扎尔·纳菲西在《在德黑兰读〈洛丽塔〉》里塑造了一个女性典型，叫玛纳，她说："我很想穿刺眼的颜色，比如醒目的桃红或西红柿红，我对色彩饥渴的程度，已经到了想在诗中刻意铺陈的文字里看到它们的地步。"她们也爱美，会在黑色的罩袍下搭配鲜艳的颜色，会在小提包里藏一点腮红之类的化妆品。玛纳还告诉父亲说："我的天堂是泳池蓝。"幼时在泳池嬉水的情景是梦的常客，向往着"一片翠绿的风景，皮革般的叶子间停驻着两只鸟、两个暗红的苹果、一只金黄的梨子，画面略带蓝色调"的开放世界。

上午在沙漠中，有女队友从未骑过骆驼，有些好奇，又有点担心。最后还是禁不住大家的蛊惑，爬上了驼背，听着驼铃次第缓行，颇有诗情画意。谁知后面的雌雄骆驼老是错步擦碰，仿佛情侣之间耳鬓厮磨，惊得她花枝乱颤。我半开玩笑半认真地说，瓦地伦沙漠没有道德纠察队，没有检查室，伊斯兰的女骆驼已经走出寓言里的文明故事，它们也是要与时俱进的。

是呵，海滩边上的女性，黑袍罩衣，唇红齿白，嗑瓜子的、抽水烟不也是偶尔可见么？生活不一定全是执迷堕落的，宗教也不一定全是觉悟提升的。虽然远离了我们心目中的模样，但或许还是真主安拉不想反对的。

月亮峡谷的驼铃迈着方步走来了现代，红海岸上的罩袍必将驾着飞艇游轮驶向更加开阔的远方。

信仰与口味

到中东旅游，没有人不为中东人信仰的虔诚与执著而佩服。以台湾作家林清玄的博识和睿智，还"总觉宗教的境界不一定比生活的境界高，因为在生活中有提升，也有堕落；在宗教里有觉悟，也有执谜。"因此，生活的心，文学的心，宗教的心是同样的一个心。

到以色列的第一天，导游林姐带我们去参观了萨法德艺术小镇，在那里除见到了以色列艺术的异想天开的想象之外就是见识了犹太民族的"拉比"。他们是犹太教里最执著的宗教信仰者，黑色的礼帽、黑色的外套、黑色的鞋袜，看背影就是一副浑然纯粹的样子。走到他们的正面，看得见蓄意留下的两绺长发，鬓着挽着，还有一副蓬蓬勃勃的胡须。导游说他们秉持六百一十三诫，比我拼命记下的摩西十诫多了六百零三诫。摩西十诫的内容，在俗人看来已经有些不近情理了，另外增加六百条不能做，那还有可以做的吗！偏执产生冲突，冲突成为暴力。不近人情的宗教必将被人们抛弃，然而我错了。

到约旦，风趣的张导给我们介绍哈希姆国王和穆罕默德，知道了伊斯兰教里的逊尼派和什叶派，但是不管是哪一派的女性都是黑色长袍，把人从头到脚罩得严严实实。女性的美在于一头及腰长发，在于一副窈窕身材，在于一副胜于桃花的面容，在于一双脉脉含情的眉目，然而这些几乎都被罩住了，不让她对外界释放任何有形无形的美的魅力。在旅行团的女队友看来，遮住她们的美就是不该有的规矩。推行不该有的规矩的信仰是迟早会被改良主义颠覆的，然而我又错了。

回到以色列，参观圣殿山、圣诞教堂，知道了犹太教、基督教、伊斯兰教他们是犹如一棵树干上分岔出来的三大枝杈，同根同源，他们都想靠近先知，靠近圣灵。在这里，我们看到了"哭墙"下大声呼号的信徒，看到了圣像前点起蜡烛泪流满面的教友，看到了肉身尽去，只装骨头的方盒排着长队，等候着安葬到离圣灵最近的地方。死者已矣，活着的人矢志不移，笃定不改。我们觉得不可思议。

离开中国已经八九天，天天吃犹太餐、伊斯兰饭，甜饼甜点，口舌生酸。我们开始思念中国饭菜，领队小张说最后一天去特拉维夫吃中餐，但是饭菜的质量和分量不能保证，大家带好泡面和泡菜。

　　中午十二点，旅行车停靠在地中海岸边，水天一色，都是纯天然的蓝，海水拍打礁石暗岛后，生长出雪白的花朵奔向岸边，花红草绿的植被与高楼林立的街景相映成趣。我们的中饭六菜一汤，有土豆牛肉、红烧乌鱼、洋葱大肉、木耳鸡汤、四川麻辣、湖广青菜，大家吃得酣畅淋漓，最尽兴致了。

　　领队小张跟我说，早上还愁着没人要的酸辣牛肉泡面找到着落了。原以为不吃辣椒的台湾籍导游林姐说她们家可以接受辣味。林导是千禧年来耶路撒冷的台湾人，来了就喜欢上了，爱屋及乌，就嫁给了犹太人，现在已有三个儿女。小孩学习希伯来语，去过台湾，能听懂汉语。上到旅游车，我们把中午没有派上用场的从国内带来的泡菜、泡面都塞给林姐，林姐说她不拒绝，因为她和她的儿女都喜欢中国味道。

　　我们离开中国一个星期就想念中国饭菜，林姐来以色列十几年了，还执著地保持着中国胃口，以色列老公不接受就带着儿女吃方便面，温习中国口感标准，培养中国饮食习惯。

　　饮食一旦成了习惯就不会轻易改变，信仰一旦形成也是不会轻易放弃的。

　　对宗教教义的种种不解，顿时释然。

（2019 年 1 月 31 日）

月亮谷中的太阳味道

　　月亮峡谷是沙漠，可以分为两部分，北部是佩特拉古城，南方是红色沙丘。

　　佩特拉峡谷峭壁上的岩石，鳞鳞层层，可以看得出远古时期水浸浪渍的痕迹。由于地壳运动，海水退却，沙土垒石裸露于外，赤日炎炎，风啸嗖嗖，极端天气频发，十旱九涝，旱则年无点雨，树枯草死；涝则淫水横流，膏土尽去，仅剩石根断断。进入峡谷，雨道回环曲折，险峻幽深，仰望苍穹，蓝天一线，亭午夜分，难见曦月。

　　佩特拉遗址实为商贾大户、王公贵族的墓葬区，方石平整光滑，似刀削斧砍，富人栖息其中；华表于外，圆柱矗立，腹空于内，洞庭广阔，盖为贵族安歇之处。

　　最为庄严肃穆的煌煌神庙名叫卡兹尼。高 130 英尺，宽 100 英尺，高耸的柱子，装点着比真人还大的塑像，整座建筑完全由坚固的岩石雕凿掏挖成形。它最引人注目的特征是其色彩，由于整座建筑雕琢在沙石壁崖，阳光照耀下金、粉、红、桔以及深红殷碧层次生动分明，衬着黄、白、紫三色条纹，闪闪烁烁，无比神奇。卡兹尼上下三层，当为王室陵寝。

佩特拉积淀了上下几千年的历史，汇集着古埃及、古巴比伦、古罗马、古拜占庭帝国的建筑文化。吸引着五方四海的游客。虽是冬季，太阳仍然健旺，崖壁荫蔽之外，布帛盖头，红白相间的是约旦土著，黑白分明的是漂泊的难民；宽檐礼帽，纱巾墨镜，是欧美时尚；伞骨撑起，锦衣绮袖，来自中国。内敛贤淑之人静坐马车，辚辚来去；张扬豪气之辈，奔驰驼峰，呼啸往返。纷纷扬扬，川流不息，下坡顺势，上山费力，人人仰脖灌水，摇扇招风。

太阳终于藏匿了身形，我们乘车来到月亮谷的红色沙漠，住宿帐篷酒店。天光颜色说减就减，等我们连接好 WiFi，酒店的房屋已经被穆斯林的黑袍严严实实地裹住了。天空星罗棋布，山谷寂静无风，只有远处的餐厅灯火通明。

在中东旅游，早餐晚餐都是自助的，肥肥瘦瘦，丰俭由人。餐厅里食客汇聚，邀茶论道，安坐厚蹲。晚上六点半，忽见人群起身，趋步到门口的沙丘，导游疾呼，沙土饭菜要起锅了！大家围成一圈，探看人工挥锄挖沙，露出毡布；左掀右翻，露出锅台；抬开锅盖，热气腾腾的饭菜香味扑鼻而来。我们排成一条龙，等候服务生的派发，一勺米饭、一方鸡块、一抓羊排，满满的一盘。用刀切一小块鸡肉入口，舌送牙咬，鲜嫩爽香，煨焖虽久，无渣无筋；米粒细长，羊汁厚汤，咖喱颜色，五味俱全。游客喜笑颜开，连连点头，啧啧称羡。

记得以前教学生作文，要求从侧面表现××的味道，我知道冬阳暖晒过的被子是母爱的味道，脆生温香的花生是父亲劳动的味道，买酒添肉齿颊留香是家有客人的味道，穿新衣买花炮是过年的味道。在月亮峡谷，鸡羊米饭是约旦太阳的味道！

揽胜觅奇出来，仰望星空，群星闪烁，勺星七点，那是熟悉的北斗，有人问今天农历初几，怎么不见月亮。月亮峡谷仅仅是说这里安静如月之表面。帐篷门楣电灯明亮，木板小路边低矮的路灯整齐有序，再望星天，夜空如洗，明天又有一轮艳阳。

（2019 年 1 月 27 日）

飞土逐宍
——非洲草原巡游记

在"饥者歌其食,劳者歌其事"的时代,中国最早的猎户诗人留下来的作品:"断竹,续竹,飞土,逐宍。"意思是将竹竿截断,然后用弦将截断的竹竿连接两头制成弹弓。从弹弓中射出弹丸,击中了一只只猎物,人们欢乐地追逐着,满载而归。简短的八个字反映了原始狩猎从准备、展开到收获的全过程,情节生动,惊险刺激,成功地再现出山林工作的诗情画意。

狩猎活动中产生的英雄备受推崇。武松打虎传奇先是口头文学,讲书人绘声绘色,武松形象栩栩如生;施耐庵把它写进《水浒传》,打虎英雄成了保境安民的武都头,武都头的形象远没有打虎英雄鲜明生动。

惊险的情节,刺激的场面,追逐的快乐,成功的喜悦,分享的幸福,使狩猎成为生活中很受欢迎的运动项目。

我们在肯尼亚草原的几天,也是追逐寻觅电视屏幕上精彩绝伦的动物世界的各个角色,观看它们的晨昏相守,感受它们的喜怒哀乐,记录它们美丑善恶的瞬间。幸运之神一直伴着我们团队,几乎让我们收获了一个大满贯。

一

所住的酒店沿马拉河布局,树高林密,周围有带电的铁丝网,我们知道这里应该安全。

马拉河水浑浊平静,水面上偶尔浮出三角形的耳朵,然后是黑灰灰的河马头颅,憋不住气的河马把嘴鼻抬起来,向天空打几个呵欠,发出鼻音很重的哞哞声,表达生活的惬意。河马与鳄鱼一向是井水不犯河水,有河马的地方不会有鳄鱼。

马拉河岸上草树繁茂,高低错落,狒狒在这里跳跃攀爬,乐乐陶陶,有经验的人依据"山中无老虎,猴子称霸王"的俗语,反推出这里不会有豺狼虎豹。

离酒店五公里有一个原始部落,住的是马赛人。枯枝立墙,泥粪涂壁,瓮牖绳枢,房屋简陋极了。马赛男子的成人礼,是十五岁的时候,他们被要求手持一柄长棍,披一件红色罩氅,带着指哪打哪的那一手"飞土"神功,到荒原深处猎杀一头狮子。

猎狮归来的男子方能被允许独立门户。

马赛马拉国家公园不缺各类凶猛的野兽，我们的行程中就有好几天是追寻"非洲五霸"：非洲狮、非洲象、黑犀牛、非洲豹和非洲水牛。

二

七月二十日下午四点半，我们乘坐特制的面包车出发，驶入草原腹地，去收集现实与想象神奇交集的动物故事。

广袤的土地无边无际，偶尔起伏的山峦也是一片葱茏。远山黛碧如眉，近处浅黄如土，草原中间时不时点缀一棵合欢树，亭亭如盖。刚刚满月的汤普森·瞪羚，金黄色的茸毛披覆住头颅脊背，淡灰的乳白依下而上，四肢、肚皮乃至半个臀部都白白的，中间镶嵌两条带点弯曲的黑带，宽厚富丽，仿佛过年穿上新衣的孩童，蹦蹦跳跳。头颅低下，卷食浅草，头角昂起，眺望远方。灵动的黑色小尾巴不停地甩，就像是牧童的短笛在春风里呜呜地响。

斑马健壮多了，不必看它的肚腩，也不必看它的脸面，单单是看它的屁股，线条弯曲，圆润饱满，就知道是吃过夜草的牲畜。条纹连衣裙裹紧了它的身躯，连头巾都是条纹的，有始有终，凹凸有致，充分展现出富家千金的气质。

"呦呦鹿鸣，食野之苹。"除鹿之外，还有孤独的非洲小犬羚，在寻觅远去的双亲。据司机介绍，犬羚夫妻非常恩爱，如果有一方遭遇不幸，另一方不是绝食自尽，就是主动饲狮，只为早日殉情。

马赛马拉大草原水草称不上丰美，勉强还够牛马鹿羊享用，大家相安无事。

三

草原上的羚羊、斑马、角马、花鹿多了去了，想看点凶猛的、野性十足的。

敞篷的面包车缓缓前行，路边的草色由淡黄变青绿，草茎由低矮而高长。食草动物渐渐稀少，偶尔可见到落单的羚羊或者野牛。司机用对讲机联络周围的同行，共同分享草原猎情的信息。

肯尼亚草原深处的冬阳如曛，一丛青绿中突然呈现出两具金黄，格外醒目，老练的司机敏感地把车靠近，果然是两匹非洲狮子，都是母的，眯着眼睛。狮子是嗜睡的动物，一天要睡二十个小时，只花四个钟头用来狩猎觅食。后来发现这是一个狮群，两组雌的，一只小雄狮，个头都不特别巨大，都懒洋洋的。如果是刚刚捕猎成功，咬吃过生肉，喜爱漂亮的母狮会互相舔净对方嘴边脸上的残血，保持金黄干净的美颜。

第二天上午，艳阳高照，气候开始炎热，仿佛回到了夏季。司机的鹰眼发现了远处山坡上的大象，车子在草原上斗折蛇行，慢慢靠近。研究过动物世界的石磊老师说有象群就有狮豹，一对老冤家偏偏不肯互相回避。话还没完，石磊突然尖叫起来："狮子，树上有狮子！"

伞状形的树，阔大的叶，繁密的枝，交错勾通，树心位置竟然有三头巨型狮子，我们的车无限度地靠前，车上的团友用长长短短的相机纷纷对准了它们。它们都不紧张，也不害怕，见到我们理都不理。可惜枝叶太密，相机照不出完整的狮头狮身的倩影。

狮子是群居动物，有雌必有雄。车左转右转，树下荫凉处果然有一雄一雌两只。雄狮鬃毛潇洒，巨头长身，像电影里的狮王辛巴一样威武雄壮，不时地抬起头眺望远处，眼里放出金光；身边躺着一只母狮，安详入睡。这是一对刚刚交配过的夫妻，妻子倦容尚在，丈夫兴犹未尽。雌狮起身离开，雄狮紧随其后，雄狮的头脸不时在雌狮的屁股上蹭蹭，母狮不耐烦，甩手一掌，接着干脆就趴在车篷阴影处躺下，众目睽睽，看你逞能不逞能。雄狮也就近趴下，鬃毛之下的脸面布满沧桑，到处伤痕。两只狮子一横一竖挡住了车子前行的路。

狮子交配之前，一般都是雌的一边用体香诱惑，一边围着绕圈，然后像郭凯敏、张瑜《庐山恋》里的慢镜头奔跑一样，追逐五至十公里来到这棵树下，献出自己的爱，也接受对方的爱。狮子真还够浪漫的。

狮子的主食是角马，甜点是疣猪；天敌是野牛和马赛人。三只野牛可以驱散狮群，而一个身披红布的马赛男子就是狮子生活里的梦魇，是狮子妈妈叮嘱儿女单独出行必须躲避的对象。

四

花豹喜欢爬树。它身手敏捷，一分钟就能爬上树顶。然后站到高处，观察草原开阔地的羚羊、角马是否进入自己的伏击圈。如果有哪个"小鲜肉"冒冒失失地走到树下，花豹会从树顶纵身而下，一击即中，从不失误。如果猎物迟迟不靠近，花豹会小心跳下来，蹑手蹑脚地潜伏过去，差不多到一百米的距离，花豹就突然窜出，以每小时一百公里的速度，追上猎物，捕获美食。花豹是肯尼亚草原上最矫健的猎手。

"要看花豹下树，除非幸运之神有特别眷顾。"肯尼亚导游大喜说。即使经常在肯尼亚草原进出，他也很少见到花豹。旅游行程表上说的"非洲五大兽"，也称"非洲五霸"，是指非洲草原上生活的非洲狮、非洲象、非洲水牛、非洲豹和黑犀牛，它们被称为"非洲五霸"并非是因为体型庞大，而是因为徒手捕捉它们的难度最大，故意含糊其辞，以便尴尬时刻拿猎豹顶替花豹。

其实能看到一只猎豹已经是够幸运的，而我们团队竟先后看到过一只花豹、三只猎豹。

最早发现狮群那个草滩中心，两只猎豹先是懒洋洋地眯眼睡觉，背靠背的，耳朵竖起来，静静地谛听失单动物节奏慌乱的脚步声。好一阵了，还是一动不动。车上的团友开始议论让猎豹兴奋起来的办法了，体育老师跑得快，奖励一千美金，让他从 A 号车跑到 B 号车，没有人会在乎美金，因为生命更加重要。又假设手机掉在车外了，为了手机里几千张照片，和上百个朋友的联系电话，大多数人愿意下去冒一次危险。"是生怕艳照外泄吧？"车里笑声洋溢到了车外，飘向整个草原。猎豹也受到影响了，不仅竖起耳朵，头也竖起来了，两只猎豹各自回头，互相对视一刻，警惕性高得吓人。

猎豹站起来了，快步流星。我们的心揪紧了，以为它是冲着人来的。我们身后是一辆没有门窗的敞篷汽车，所有的游客完全暴露在外，随时会有被伤害的可能。猎豹突然又停下了，前肢站立，后肢蹲地，像一支箭，驾在弓上。造型有点像英国捷豹汽车的 logo 标志，完全是动感神态的雕塑作品。美得让人窒息！

花豹和猎豹在我的心目中区别不大，花豹就是国内的金钱豹。豹子都是怕人的，不敢轻易向人发动攻击。

那只像箭一样的猎豹行为完全是因为他们感觉到了附近落单的小鹿进入了自己的警戒范围，后来又快速逃离了。

两天后在安博塞利远远看到猎豹追逐犬羚。安伯塞利的草原已经沙化，奔跑的猎豹像沙尘中飞驰的摩托，后面扬起的沙尘，像是一袭被鼓起的橙黄色的风衣，越拉越长，越扬越高，越罩越大。仿佛看见了原始先民"逐宍"时候扬起尘土的场景。

五

成年的野牛至少也有五百斤，超级的体重，庞大的身躯，尖锐的头角，能与老虎相提并论的力量，让落单的狮豹心怀恐惧。

野牛也是群居动物，每日早上，晨晖染红大地，青草叶尖的露水还没有滴落，上百头野牛来到了刚刚没蹄的草坡进食，公牛清一色地分布在外围，里面一层的是母牛，最中心的是小牛犊。牛是最肯为下一代付出牺牲的，成语"舐犊情深"的原型就是它们；鲁迅"俯首甘为孺子牛"的生活态度也是最好的明证。野牛、家牛在护犊子这一点上是惊人的相同。

野牛最怕的是牛虻和牛蝇，牛蝇成群结队，不说叮咬痛痒难受，单是那嗡嗡嗡的叫声就让人心生烦躁。把牛尾巴当成电扇页子360度地转，也无济于事。还有牛虻，一旦附在肚皮或者腿根里侧，摇不脱，甩不掉，尾巴够不着。心里知道，眼睛看到，就是奈何不了，这个时候，你盯着它的眼，可以看出茫茫然的痛苦神色。

野牛最后的办法就是到泥沼里滚澡，在身上厚厚地黏上一层泥，这时候才不怕蝇叮不怕虻咬，因为蝇虻的武器刺不穿厚厚的泥土铠甲。

犀牛就好多了，身体内有一种特殊的基因，能够把蚊蝇虫子赶得远远的。特别沾惹蚊虫的人，如果身上佩戴一枚犀牛骨做成饰件，就再也不用担心蚊虫咬了；家里如果有一副犀牛角或者是它的制品，家里再也不用担心白蚁蛀虫了。

犀牛脾气太躁。如果犀牛来了脾气，互相以死相拼，不死绝不罢休；更不可思议的是它竟然敢去挑战大象，这简直就是鸡蛋碰石头。大象一鼻子，就可以把犀牛的头打晕，再加上象牙穿刺，象脚踩踏，一万斤的体重锤击在犀牛身上，恐怕连牛骨架都散了。人们所说的"性格决定命运"，看来对动物也管用。肯尼亚现存的犀牛少之又少，接下来的行程能否看到犀牛，是可遇不可求的事了。

肯尼亚大象不少。丛林深处，水草丰美的地方都有大象出没。

欧美的酋长和富豪喜欢穿戴一些动物制品，如象牙手镯，来显示自己地位的尊贵。于是猎杀大象，割锯象牙，给早期的殖民者带来前所未有的经济价值。二十世纪之前，对象牙的主要需求来自美国市场，约翰·雅各布·阿斯特的"美国皮毛公司"（1808年成立）是那个时代最大的美国公司。也许是美国的民间储藏够了，也许是美国发明了新的替代产品，需要打开市场。他们不需要经营象牙生意了，也不准其他国家的任何民族从事象牙贸易。于是大象数量暴增，大象泛滥成灾,严重影响了居民的正常生活,南非政府曾经组织猎手一次射杀十万头非洲象。

六

七月二十二日晚,天上电闪雷鸣,不一会就哗啦哗啦下起了雨。这个时候草原下雨有好有不好。好的是大雨过后,马赛马拉南区的青草更加丰茂,对北区啃食枯黄浅草的角马产生更大的吸引力,马拉河的角马争渡的迁徙奇迹上演的可能性更大。不利的是肯尼亚草原上都是泥土路,雨水太多,泥泞不堪,坎坷难行,能不能赶上角马奔腾,万千争渡的壮观景象,都是问题。

好在草原的雨知道我们的顾虑,下了十几分钟就停了。二十三日清早,我们驱车六十公里,前往马赛马拉草原的南区。

沿途看到成群结队的角马或者低头啃草,或者列队前行。低头的角马看到我们的车子逼近,头不转动,眼睛斜视着,马身一组组并排横着跳动,活像是奥运会上马术比赛中应节而舞的骏马。只是不知道角马眼底里掩藏住的是欢快的旋律还是惊吓的仇恨。

角马越来越多,从树林深处、从浅草荒原、从山顶斜坡、从沟壑壕堑,四面八方,单行纵队,或踽踽而行,或亦步亦趋,好像同一时间听到了集结号,都向马拉河渡口汇聚。

2008年春运期间,南方雨雪成灾,电网瘫痪,铁路公路运输中断,分散在广东各地务工的内地民众,源源不断地向广州云集,尽管政府不断疏导,苦苦劝慰,补助资金,调配物质,让他们留在广东,但是"有钱没钱,回家过年"的习俗,让数以百万计的人向广州聚集。马拉渡口云集的角马就像是当年广州火车站广场一样。由于对丰美水草的向往,准备渡河南徙的角马队伍,还在从不同方位向这里涌来。

湛蓝的天空上秃鹫和老鹰盘旋,深浅的黄草间狮群窥视,逡巡犹豫的角马领袖没有什么理由可以再不行动了,终于第一个跳进水里,一蹦一跳,一起一落,或泅或涉,最后奋力爬上石墩土岸。后续的角马挤挤推推,或情愿或不情愿地一蹦一跳,一起一落,或泅或涉,然后奋力爬上石墩土岸。渡过了马拉河的角马依次从渡口向四方疏散;没有到达渡口的角马队伍仍然盲目跟从,像扇子的筋骨,四方辐辏,并至而会。既让我们幸运地遇见了"世界第五大奇观",又莫名地担心超大规模聚集的场面不可收拾。

动物大迁徙自古有之，八荒相似。究其原因，大概有三种：为了更好的生活条件，如角马争渡；为了"穿越半个非洲去睡你"，如南非的火烈鸟。最令人敬佩的莫过于墨西哥的黑脉金斑蝶，世界上最脆弱的动物，但它们完成了最遥远的迁徙旅程——从墨西哥到加拿大，大都是四代祖孙前赴后继，没有遗言，没有约定，完全是因为有共同的基因。到第五代，又整整齐齐地衣锦还乡，降落在原来的出发地。

在非洲肯尼亚草原的舞台上，我们幸运地观赏到了百来种动物角色的精彩演出，用相机里的照片和心中的喜悦给它们发出最高级别的点赞。换个角度看，我们被关在笼子般的旅行车里，带着镣铐的舞动以及所有人类事先准备好的台词脚本，让百来个物种、几万个自由组合的动物世界的群众个体看了个一干二净。如果要让它们对我们的表现作出评价，不知道掌声几许？嘘声几许？

国学家钱穆在《人文与自然》里写道："在中国传统见解里，自然界称为天，人文界称为人，中国人一面用人文来对抗天然，高抬人文来和天然并立，但一面却主张天人合一，仍要双方调和融通，既不让自然来吞灭人文，也不想用人文来战胜自然。"世相里常常是人类得意，就要与自然对抗，甚至大喊征服自然的口号；自然灾难前，人又渴望天人合一，双方调和融通，以避免苦痛牺牲。

说近一点的吧，武汉疫情爆发前，是我们把动物关在笼子里；"新冠"疫情一爆发，人人禁足宅家，就像是被关在笼子里的动物一样。痛定思痛，我们再也不能把自然只看作是我们的征服对象，再也不该把野生动物只看作是我们的美味佳肴，而首先应该把它们看作是与我们平等的生命。在我们这个"不分对错，只讲利弊"的时代，敬畏动物，就是敬畏我们自己。

（2019 年 7 月 31 日）

乞力马扎罗的雪

离开安博塞利 Sopa Lodge 酒店，我们就要奔赴坦桑尼亚，寻访只可远观不可亵玩的乞力马扎罗山。人生最重要的不是胜利和成功，而是无愧于心。

此前一天（七月二十六日）晚饭后，黑幕降临，天空低矮，繁星闪烁，我们看到了小时候的星空，"天上星，亮晶晶，它像萤虫尾巴一闪一闪的光明"。非洲的天上没有北斗星，也没有牛郎织女星；非洲干旱的气候更没有尾巴上的荧光一闪一闪从眼前飞过的小飞萤。

安博塞利什么都没有，到了十点，明亮亮的电灯因为停止供电而自然熄灭。房间门外的斑点鬣狗发出呜咽一样奇怪的叫声，我就好几次给那种叫声惊醒。

以前大人吓唬小孩，总是说："担心野人婆来背了你去。"野人婆长什么样，谁也没见过，想象中应该是黑猩猩差不多，成年人一般高大，来无踪去无影，专门背走爱哭的小孩。我的朋友在酒店找个黑人服务员合影，苹果手机竟然不能识别，找不到聚焦点，勉强拍下来的照片里看不到黑人高挑的身形和灿烂的脸容，只有白亮亮的几颗牙。安博塞利的黑人在苹果世界里就算是来无踪去无影的人了。也是中国段子手笔下的"打着灯笼都找不到，不愿肤浅，不肯白活的人"。

在山高月小，灯光全无的晚上，我恐惧的感觉和小时候差不多。

既然睡不着，就想回忆一下黄昏里的乞力马扎罗的夕阳。那真是美到了极致。

太阳就像一块赤红的染色丸，浸在空明的宇宙里，把周围的一切染成赭红、丹红、橘红、淡红，越近越深，越远越浅。当太阳红成一块煎熟的鸡蛋黄，乞力马扎罗简直就是身穿皂色衣裙的黑护士，衣裙和黑肤吸收的所有的色彩，一点点反应都没有，只有白色的护士帽可以反映夕阳的余晖，像羞涩的女孩漾起红晕的脸。

除非遮住晚霞的大块物件，一切都是彤红彤红的。一只白色的鹈鹕栖息在树的最高枝，白色的鹈鹕成为黑色的剪影，慢慢地靠近夕阳，然后栖息到夕阳的中心了。太阳本来就是赤色的乌鸦，这时的鹈鹕就是赤乌的剪影。国内鸟不多，又特别怕人，是很少见得到这一幅美丽的夕阳栖鸦图的。

接着又想起海明威的小说《乞力马扎罗的雪》，最让人好奇的不是雪，而是那一只风干在西峰顶上的豹子。豹子是草原上的食肉动物，跑到皑皑雪峰干什么？有些事情，还没有开始就知道会输，可有人依然要去做，而且无论如何都要坚持到底。

我们跑去坦桑尼亚干什么？肯尼亚导游大喜都说过了，拍摄乞力马扎罗山峰的最佳位置在安博塞利，有轮有廓，有山峦有雪盖。难道我们要做海明威笔下的豹子？

旅行车把我们载到恩戈罗火山底巡游了半天，都是在重复肯尼亚草原上的昨天故事。既然马赛马拉动物演出的高潮过了，其他地方的动物作秀都显得格外惨白。

导游把我们放到乞力马扎罗山下的莫希镇。我们开始希冀乞力马扎罗的雪：方形的山顶，雄伟高耸，在阳光下白得令人难以置信。山上的矮松上挂满了晶莹的雪花，只有在叶子下面才能看见一些绿色；骆驼刺上也落满了雪，茎上粘着一层层的霜。冰川无比圣洁，从来没有人影的痕迹，每天只与柔软的白云和白云上空的日月招呼照应。

莫希镇以农业为主，镇中心的雕塑标志都是犁田耕种，农妇头顶包袱，不惧轻重，最神奇的是有一个妇女竟然顶着一根四米左右的大树干，双手扶都不扶一下，上身平稳得超越所有的名模。小学时有一个女同学绰号是"铁脑壳"，不是因为她有练习铁顶神功，而是因为她读书不够专心，经常被父母"钉栗壳"，挨打惯了，不怕疼痛，旁人给个绰号"铁脑壳"。在国内没有见过用头顶重货代替肩扛手提的，所以没见过坦桑姐姐的这种铁头功。

第二天，驱车一个小时，停在海拔一千八百八十米的乞力马扎罗公园的停车场，公园管理处来了解说员，大概介绍乞力马扎罗的光荣称号和神奇故事。我们想向上走几步，被拒绝了，因为没有当地人陪护，更没有携带不超过二十公斤的登山器材。登不了山，就眺望一下白皑皑的雪顶吧，四周树木葱葱，高可十米，"自非亭午夜分，不见曦月"，连天上的日月都见不着，何况是乞力马扎罗的雪呢？

导游总觉得亏欠了我们的，于是找来当地马赛居民，领着我们的车，走土路，穿树林，过村庄，由村里的年轻人带着，手扶木栏，梯次而下，去寻找乞力马扎罗的瀑布。几个坡陡弯急的地方，都有黑色的手伸出来提供帮助。

下到山谷底下，瀑布飞流直下，落地有声，溅起的水花分外兴奋地蹦跳着；水花的白色格外的圣洁，没有半点杂质，落到地下，没有丝毫怨恨，就绕着石头，弯弯曲曲地向前奔流而去。团友说我们踩了乞力马扎罗的脚。也许就是我们这一踩，惊动了它，致使洁白的护士帽撒落下几许冰珠雪帘，化为水流成溪，濒临山脚，就一蹦而下，人们给它取个名字，叫乞力马扎罗瀑布。不然的话水温为什么这么清凉，分明有冰雪的本性呢？

海明威说的"生命，是一场一开始就注定要失败的战斗"，针对一时一地一些人而言是对的。于其他则难说了，就像这雪化成水，流入江海，滋润万物，其价值意义就非海明威小说主题的影响所能涵盖局限的了。

（2019 年 8 月 9 日）

逍遥难成，因有所待

说起出国旅游，个个都为办理旅游签证伤透脑筋。

挪威的签证，被称为世界上最严的旅游签证。因为北欧是世界上最富裕、最平均、最人道、最接近共产主义境界的地方，而且是一国签证，全欧洲通行，所以理解了。为了北欧游顺利成行，我们心甘情愿坐火车去广州，在爱沙岛建委大厦等候两个小时，然后接受呼叫，排队进场，按导游的吩咐得体应答。

后来去了才知道，北欧地大物博，地广人稀，经济发达，分配平均，这个制定并颁发和平奖的地方，其祖先大都海盗出身，用最不和平的手段——打劫抢夺的方式，积攒了第一桶金。读书人怕别人功名更多，武侠客怕别人名望更大，抢劫犯当然更怕被抢劫。

无独有偶，到美国使馆签证，我们去的时候诚惶诚恐，生怕迟到误事。早上七点开车出门，怕路上堵；更怕到了大使馆，排不上队，轮不上号。旅行社告诉我们，办理去美国的中国人太多了，每天只接受两千人，所以排队轮号，错过了，号期作废。重新拿号又得半个月。我那时第一次亲自去外国使馆面签，早早起床、早早出发、早早踩点、早早排队，其实我的面签时间是下午两点，面签过程也就耗时半小时，主要是安检，指纹留痕，真正跟面试官交流不足 3 分钟。出来之后长舒一口气：真的是吓死我了，累死我了。

拿到了旅游签证去欧美过海关，倒是很简单了，自助办理入境手续，有导游听导游的，没导游就跟着队伍走，一步不落下，操作也是有样学样，几分钟搞定，一身轻松。

但是，如果没有去大使馆面签，拿着护照进海关，那滋味可就酸甜苦辣咸，样样齐备，而且终生难忘了。

到达新西兰奥克兰机场时，我们经历了据说是世界上最严的海关检查。因为新西兰属于"天高皇帝远，人少畜生多"的地方，荒野无猛兽，人间少蚊虫，生态平衡没有天敌。团队三分之二的人被要求走 3 号通道，接受复查。行李箱全部打开，每一个物件都摆放在桌子上，被确认无生鲜动植物、无干硬坚果食品，才贴上允许通过的塑料纸条。海关签证宽松，海关入境检查严格，自是情理之中。

好在队友机灵，叫来英语老师出面沟通，说我们是一个团队，要赶几点的飞机，请求允许一起接受检查。海关人员看我们个个慈眉善目的，就同意了。阿赖的旅行箱密码是女儿设置的，女儿不在身边，当然打不开，海关人员拿起大铁剪，"咔嚓"一声，剪掉密码锁，里面都符合要求，大家虚惊一场。

2018 年 7 月 18 日，在满洲里过海关，真被好好地折磨了一番。

旅行社为我们预订了下午一点十七分的火车票，导游通知早上四点起床，四点半出发。网上有满洲里海关难过的传言，有俄罗斯人工作效率低的怨怼。我总以为提前这么多时间，应该是没问题的了。五点钟准时到达指定地点，等中俄两地跑的车接我们。凡是到过俄罗斯的人应该性子比较缓，何况是长期跑两地的人。六点多钟黄色的顺达汽车运输公司的车辆，终于到了，我们是第一个上车的旅行团，等所有的团队和散客都到齐，大概七点了。草原的天空是寂寂的蓝，北国的太阳已是炎炎的赤，隔了玻璃都会感觉灼热。大巴加速行驶八公里，让我们快乐地欣赏满洲里街市的繁华，道口建筑的轮奂，套娃广场的异域风情。

七点半排队进国门，接受中国海关人员的验核，我在深圳新闻里听过，国人过中国海关等待时间不允许超过 30 分钟，我为自己国家高效悯民而骄傲！

车子开到界碑警戒岗前停下来，排队听候通知进入俄罗斯一方了。好事的人打听到我们的车排在第四，前面的三辆都是早上三点来排队的。九点半轮到我们的顺达，海关的武警上车查护照通关印鉴。出事了，团队里有一个人的护照没盖章，导游带着跑回海关补章，大家耐心等了半个小时；进到俄罗斯警戒亭前，右边来了两拨五台俄罗斯牌小巴，大车让小车，俄罗斯本国人优先。

十点半，终于站到了海关岗亭前了，队伍不长，前面也就是二十来人。离火车开动时间有近三个小时，无论如何都来得及、赶得上的，顺达汽车的随车人员开始摊派旅行箱、充电器等物件，二十好几个旅行箱，大箱里套装中箱，中箱里还有小箱。俄罗斯的套娃畅销国内，国人用套娃思维捎带私货数量充分发挥极致。有经验的人士介绍俄官员的偏见和傲慢，今天上午十点才把昨天晚上滞留在海关的百来号人验放过去。我们的大车里有纯粹的旅行爱好者，也有俄罗斯小贩，大包小包的中国小商品，当然不乏捎私带私走私的同胞兄弟。验核进度很慢，十二点前，我们团队还没挪到岗亭附近。真的为赶不上车而担心！真的为官员因顾及自己肠胃健康而不愿为中国游客服务而担心！

终于轮到我们的导游了，彩虹总在风雨后。我们经历了七个小时辛苦，经过了两个小时蜗行，终于快要结束了。然而，看到导游用俄语与海关人员争执起来，声音越来越大，语速越来越急。我们越来越为海关人员因为情绪不好任性地甩门而去而担忧了。俄罗斯官员对游客傲慢，我们对俄罗斯人不无偏见。傲慢使自己不被人爱，偏见又使自己不敢爱上人。心情要有多复杂就有多复杂。我们忐忑不安地看着团队的第一人，希望他的名字被叫唤，希望他的护照被接下……

十二点半了，午餐时间到了，我们三四个人落在最后面，都又开始为自己的运气担心了。下班时间到了，中止工作，天经地义！团友过去了，我们被迫滞留，昨晚还有滞留百人的前例。我们敢不为自己的霉运气担心吗？

然而，她们没有下班，还在继续……我的名字被叫唤，我微笑着回答一个yes，虽然他听不懂英语。我看见她一丝不苟地核对姓名、性别、职业、籍贯、护照号码，然后是用放射光检查每一页，没有发现污点记录，她微笑着把护照递到我的手上。我觉得肥胖的俄罗斯女人有时候也不难看。

我的通关手续办好时，顺达还有十几个人没有过来，不能提前走，也没办法提前走，火车开动的时间已经近了，已经到了，已经过了……

两点半左右，人齐了，顺达驶出海关区，风驰电掣般开始了追赶火车的情节。小时候做数学题，汽车A以多少公里速度早开60分钟，汽车B要在100公里的某站追上，试问汽车B的速度至少达到多少公里每小时。不知司机当年数学如何，但他的生活经验是够的。公路两侧绿色满眼，草原的颜色比天空还纯粹，草原的湖泊像是大地的窗口，既透出自己的心机，也观察外界的新奇。最神奇的是草原上的河流，大河上下，小溪旋舞。水流弯成气势磅礴的书法，像苏东坡的作品，腰粗腿壮，饱满圆润；像赵佶的瘦金体，纤细修长，绝不中断；像怀素的草书，龙飞凤舞，恣意夸张，正好可以代表复杂地势的弯弯绕绕。

我们在布尔卡追上了自己错过的旅游列车，进站候车8分钟后，我们悬着的心终于放下，我们对司机充满感激！有了这一段剧情，我们觉得所有的等待、所有的折腾、所有的过程都是值得的了。

我们出国旅行依然有许多的不便利，时时受到这样那样的为难。但是，全世界都承认中国发展了，中国人富裕了，2019年中国人出国旅游超过1.3亿人次，市场魅力闪亮耀眼。逍遥出行，须有所待的现状终会结束,届时如同李白的愿望一样：

"大鹏一日同风起，扶摇直上九万里。"背负晴空祥云，下瞰人间城郭，想游哪里，就降落在哪里。

（2018 年 11 月 17 日）

慕士塔格雪山

我到过不少地方的雪山湖泊。不外乎传统的"山不在高，有雪则名；湖不在深，有影则灵"的审美标准。

云南丽江的玉龙雪山，想看一次真是好辛苦。每次去都要在早上两点起床，黑麻麻的天，眼睛睁都睁不开，就稀里糊涂地上了车赶到雪山脚下的缆车站排队。"莫道君行早，更有早行人。"我们前面已经是好长好长的人龙了。等到早上八点，缆车站正常运营，长长的队伍开始骚动，然后移动。记得第一次去看玉龙雪山的时候下着雨，缆车箱之间隔着云雾，互相都是模模糊糊的，导游说今天云雾弥漫，看到雪山的可能性不大。后来在山腰盘桓一阵就下山，白来了一趟。

非洲的坦桑尼亚有座山，叫乞力马扎罗，美国作家海明威写过山顶上的雪，又是一个神话。方形的山顶，雄伟高耸，在阳光下白得令人难以置信。山上的矮松上挂满了晶莹的雪花，只有在叶子下面才能看见一些绿色；骆驼刺上也落满了雪，茎上粘着一层层的霜。冰川无比圣洁，从来没有人影的痕迹，每天只与柔软的白云和白云上空的日月星辰招呼照应。

这是我想象出来的。真的走到雪山脚下，山坡都不准上；山间云雾缭绕，什么都看不到。可能是到的人太多，因为没见着想象中的美好雪景，太生气了，都跺脚跺痛了乞力马扎罗的神经，致使几许冰挂雪块撒落下来，化为水，流成溪。濒临山脚，就从一个小崖上一蹦而下，人们给它取个名字，叫"乞力马扎罗瀑布"。

藏区的雪山都是神山，祥云彩雾，经幡飘扬。如果打算前往瞻仰，得做很长时间的准备。青稞收割完了，牲畜都回栏圈养了，家里没有缠身的麻烦了。于是带上干粮，一心一意出发去转山。藏民转山一路上都是等身叩头，走三步一趴下，站起身往前再三步，正常人的三步就是人的身高。藏人转山虔敬得很，佛教徒都相信三生三世，今生的虔敬就是为了换取来生的如愿。

梅里雪山是用来远望的，最佳的观景点就是飞来寺。本来奔着梅里去的，不曾想意外地先邂逅了金庸小说里的飞来寺。寺里没有武侠长住，自然没有激烈的打斗场景，只有等着第二天早上远望梅里。李白写的"日月照耀金银台"曾经被广泛置疑，在飞来寺，我是亲自去见证了。旭日冉冉升起，金色的阳光照射到梅里雪山主峰的一半，立马是金灿灿的了。朝阳没有照到的另一半，保持着冰雪的本色，银白柔和，光源含蓄，山顶之上，有一轮圆月，静静地悬浮在薄薄的云层间。梅里就是金银台，在日月照耀之下，各呈异彩。可惜不能走近，走近了就令人失望。冰川融化后暴露出白雪覆盖着的不全是宝贝，太可惜了。

新疆克州的幕士塔格峰不一样，尽善尽美，可以让你看个够。远远地望，雪山顶上总是萦青绕白，云祥雾瑞；云雾之下的山脊锋利，像是被风雨的磨刀石磨砺过一样，可以看得出它的背厚刃薄。"白色的刃"——冰面，像镜子一样反射着太阳的光，散发向东边的半空。

走到近处，发现幕士塔格的冰雪太富裕了，把所有难以填满的欲壑都抹平了，肤如凝脂，雪白闪亮，气色好到了极点，像是丰满的杨玉环的胸，圆润饱满，静脉的颜色都被藏起来了，只留下雪一样白的肤；经络骨骼应该是有的，但肉眼看不到。李白第一次看到她，诗兴大发，留下四句："云想衣裳花想容，春风拂槛露华浓。若非群玉山头见，会向瑶台月下逢。"让没有见过的人直流口水，做梦都想往群玉山头，瑶池月下，去反复地转，希望有机会偶尔相逢，一酬相思苦。

俗世有传说，台湾的番石榴因为果农用掺了牛奶的营养液浇灌，所以有牛奶味。南疆的瓜果不管品种，都是特别的甜，是不是玉真的乳汁渗进了雪水，成了滋润树木的甘露？我想是的，而且必须是的。南疆的棉花不仅花朵硕大，而且色泽洁白，是不是因为棉农用了幕士塔格峰的雪水灌溉呢？我想应该是的，而且必须是的。

但是又不一定。因为幕士塔格峰的雪在山上是洁白晶莹的，但化为水，积成湖，颜色就不一样了。顺着阳光的照射，它呈现出缤纷的色彩。旭日初升，湖光潋滟，闪闪的绿；艳阳高照，水面平静，蓝蓝的质；夕阳西下，山山水水，都染上了金黄金黄的五彩。除了南疆的棉之外，南疆的土壤、南疆的植被、南疆的瓜果，甚至是南疆的人心都有着五彩斑斓的美丽。

什么是美？有人说真的善的就是美。因为真的，就可以看见，用它身形的峻奇雄伟或者幽雅别致，用它颜色的新锐艳丽或者温和经典，可以云笼雾绕，但终会露出真容，不会像低劣的魔术，故弄玄虚，无果而终。因为善的，就有实用价值，不仅对自身有实用，而且对社会有实用。我还得加上一条，就是人对它的认可、喜爱、欣赏、崇拜。我到过不少雪山，只觉得慕士塔格才是真善美兼具的有机体。

驱车离开喀拉库勒湖，忍不住回头再看一眼，却发现幕士塔格峰上的雪与云，并不是连在一块的，中间还隔着一段寂寂的蓝天。

（2019 年 10 月 18 日）

西出阳关有故人

十月十五日，即将奔赴新疆喀什对口帮扶，高中同学邀约翠园的老同事饯行行，劝酒的语言始终离不开"西出阳关无故人"。

喀什地处欧亚大陆腹地，是四风不度的神秘盆地。

温暖的太平洋季风，经过长时间的奔跑，显得疲惫不堪，到黄土高原时，已经是强弩之末，春风不度玉门关，玉门到喀什还有三千里关山。同样温暖的印度洋季风，势力非常强大，但是它的北上战略遭遇了更强大的阻挠。因为它永远面对的是世界最高的山峰和最高的高原。时来时不来的西伯利亚寒流，除了冬季可以狐假虎威，到天山和阿尔泰山巡山几次，很少见到它来喀什一游。

地理学家笔记本里记载的最猖狂最暴力的西风带，在大西洋与印度洋之间唬唬啸啸，大占优势，外表强悍不等于中心不孱弱。西风竟然翻不过亚非大陆"最矮矬的围墙"，更不用提平均海拔 4000 米以上的帕米尔高原和世界第二高峰乔戈里峰。

四风不至，干旱少雨，塔克拉玛干沙漠成形、成长、暴长。喀什就是沙漠边缘的绿洲，是华夏文明北上西去跨越沙漠腹地的最后一个补给站，同样又是西方文化东渐南来的第一个惊喜处。

所以它是世界上四大文化交汇的最前沿。这里汇聚着波斯风情，拥有国内最大的清真寺；曾经接受古罗马帝国的洗礼，虽然痕迹已经被历史的风尘掩埋；唐代僧人玄藏西天取经，宁愿向西进一步而死，不愿向东退一步而活，就是在红其拉甫哨卡里他感动边军，成就事业的；至于华夏文化对南疆这片土地的影响，自然不得不提及班超，他投笔从戎之后，最伟大的贡献就是在喀什地区做出来的。立正统，序人伦，在异域推行汉文化；务耕织，奖商贸，使中西交流南北贯通。喀什人民为了纪念他，把曾经最宽敞最繁华的街道命名为"班超路"，人气最旺的公园叫"班超纪念园"。

喀什是丝绸之路上最重要的驿站，也是中西文化交流与融合起来的商贸集散地，更是"一带一路"规划里的交通枢纽。全国十九个城市对口帮扶喀什，应运而生。教育科尹良，永州老乡，援疆快三年了，见到他，没有寒暄，直接问："离回深还有多久？"面对援疆的朋友，见面就问归期，是一种真心牵挂。他介绍说喀什有个永州人在这里开酒店，名叫"印象洞庭"，以家乡的名字吸引羁旅行客，用地道的永州菜肴唤起对家乡味觉的回忆。大家聚会一次，回忆一次，情绪因汇聚集中而强烈，情怀因回忆交流而浓烈。

我们到访的喀什东城区九中，兼管着三个村庄的群众联系工作。除了教育教学交流之外，我们提出去看望被派到农村工作的本地教师。到了伯什克然木乡依恰村，村长是九中原来的年级长，驻村已经一年多，看到老同事新访客很兴奋。主动领着我们做家访——参观农家的果园。葡萄园叠架整齐，葡萄叶片片田田，葡萄粒晶莹透亮。葡萄园后是桃园，这个时候不是桃子挂果的季节，看到的是桃树挤密，枝叶茂盛，似乎没有修剪过，不像连平的鹰嘴桃基地，枝干存留完全服务于来年的挂果需要。葡萄园侧边长满了无花果树，树枝分蘖太早，不弯腰低头就走不过去。挂果稀疏，扁平形状，有些像蟠桃，用手指擦擦皮上的毛，张口一咬，就是广东无花果的味道，很纯正，但是糖分含量更高。

我们跟他攀谈，知道他家的小孩都上学了，寄宿于学校，周日下午老师接去学校，周五下午用车送回来。每天交两块钱伙食费，其他的都是政府补贴，喀什乡下的所有百姓都很称赞现在的共产党真的是为人民服务。

我们想带点水果尝尝，递过一百块钱。果农夫妇便满满地装了两箱葡萄，每箱10斤；又细细地挑拣起无花果，扔掉没有熟透的，剔掉有蝇虫渍染的，选择大小一致的，又摘下几片果叶，洗净了，垫在底下，盖在上面，好像准备存留着自己享用的一样。我在乌鲁木齐买过一箱库尔勒香梨，九十元，比深圳百果园的便宜多了，我逢人就说，赞不绝口。没想到喀什的水果更便宜，喀什的果农更实在。

我们学校有个班主任，被学生称为"最有爱心的人"，她小时候就生活在喀什，西北这块土地上孕育出的多是忠厚之士。

新疆的歌舞表演，最精彩的是在他们的婚礼现场，热闹非凡、幽默搞笑、歌曲悠扬、舞蹈优雅，一派喜庆欢乐的景象。来客清一色用一个优雅的舞蹈动作，演绎新婚祝福的送礼。我忍不住走到最前面拍照，返身时，双肩被重重地一拍。"啊呀，这不是毛玲吗？"全套的惊喜，仿佛苏轼在山里意外遇见陈慥一样。古人说："西出阳关无故人。"今天，回头看见罗湖外语学校的毛玲主任，语文界的老朋友了。

接着又来一个惊喜，今天是年度教师罗璐菁的生日，马兰老师在酒店准备好了蛋糕。桂园中学的同事全部到齐，笋岗中学的同行基本到位，今天是一个特殊的日子，深圳市的年度教师给喀什东城区第九中学初三的学生上了一节初二的英语课，表演了一场精彩纷呈的烟花盛宴，太完美啦。夏杰用手机调出《生日快乐》乐曲伴奏，戴上寿星帽，十几人齐唱，房间里的生日蜡烛退下，窗外的生日灯火辉煌起来，永不泯灭。

酒店的后面有条河叫克孜勒，维吾尔语意为"红色的"；克孜勒河因河水浑浊呈褐色而得名。如今河里流水清且涟漪，河边长草蒹葭苍苍，两岸垂柳枝条依依，远方更有绿色和诗意，似乎在告诉人们，春风在杨柳的盛情挽留中驻下来了，准备在这整理一下，以后好继续前行。

（2019 年 11 月 6 日）

站在沙漠的中心沉吟

穿越过沙漠的人都会看到宣传标语："只有荒凉的沙漠，没有荒凉的人生。"用来鼓励在沙漠中行走的人，让悲观的人看到光明的未来，让乐观的人拥有更强劲的动力。

一

沙漠确实是荒凉的。唐朝的李华在《吊古战场文》里写道："浩浩乎，平沙无垠，夐不见人。河水萦带，群山纠纷。黯兮惨悴，风悲日曛。蓬断草枯，凛若霜晨。"

用现代文表述就是：空旷的沙漠无边无际，辽阔的荒原不见人烟。河水像飘带一样弯曲流动，群山像犬牙一样交错缠绕。幽暗啊悲惨凄凉，阴风悲号，天日昏黄。飞蓬折断，百草枯死，寒冷得如霜冻的早晨。

　　但是偏偏有那么些杰出的人物在沙漠里建立了不朽的功勋，写下千古流芳的经典。

　　且不说唐代边塞诗人"黄沙百战穿金甲，不破楼兰终不还"的忠勇；"醉卧沙场君莫笑，古来征战几人回"笑对死亡的旷达；在面对"羌笛何须怨杨柳，春风不度玉门关"的恶劣环境是，更加潇洒高昂的斗志。

　　也不说王维《使至塞上》中的"大漠孤烟直，长河落日圆"，发现沙漠里的孤寂可以孕育出壮伟瑰丽；岑参《白雪歌送武判官归京》，千古名句"忽如一夜春风来，千树万树梨花开"，把边塞苦寒当做中原温暖，告诉世人，苦不是客观的事，只在主观的心。只要人足够春心萌动，哪怕是在荒凉的沙漠，也会刮起吹绿大地的春风。

　　单单是现代的"治沙愚公"——身家过亿的煤老板王恒兴 70 岁那一年走进了渺无人烟的毛乌素沙漠，十几年里，他的生命和每一棵树紧密相连，最终使漫天黄沙变成了千里绿地，为国家增长万亩农田。据统计，像王恒兴这样的"治沙愚公"数以百计。他们都在荒凉的沙漠里开启了最有蓬勃生气的生活状态，他们的人生怎么会有荒凉呢？

二

　　约旦的瓦地伦沙漠，面积广阔，人烟绝迹，曾经是美国人拍摄火星人着陆的外景基地，向世界展示其极具层次、极富诗境的沙漠风景，吸引全球游客的目光。只要人生不荒废，沙漠就不会荒凉。

　　当地的贝都因人据此开发旅游业，建起了帐篷酒店，尤其令人难忘的是利用阳光下超高的沙温，煮出香气扑鼻，味美可口的鸡肉饭、羊肉饭，离开瓦地伦两年多了，那个味道还让人记忆犹新，好像仍然盈漫在齿颊间。

　　岳普湖的达瓦昆沙漠得天独厚，因为它沙湖相连。乘坐沙滩车，奔驰在沙丘之间，上坡踏尽油门，下山不带刹车，过山车一样的刺激，让人的感官受到全方位的颤动。公园里的过山车险是险，但总是有百分之百的安保系数，称得上是有惊无险。沙滩冲浪，虽说是车行在地，但并不踏实，所以常常觉得冒着风险。

要不然就骑骆驼吧，几匹驼峰，几身绮绣，上上下下的起伏，驼铃叮叮当当，有声有色地走进达瓦昆的腹地。步履是慢点，正好可以让沙漠缓缓适应，细细做好笔记，烂笔头胜过好记忆。比及登上沙丘顶，在屁股底下垫块滑板，一溜而下，呼呼作响，声音并不比"鸣沙山"小。

沙滩腰上斜卧着一辆跑车，玛莎拉蒂品牌吧，草绿的颜色，低矮的身形，身着艳丽服饰的靓女俊男，夸张的姿势，庄谐的表情，不仅存留在相机里，也影印到沙山中。不要说沙漠没有反应，它也是活跃的群体，经常流动，富有变化，但它只往高处爬，往远处飞，从不作践比自己更低一些的湖泊水源。

达瓦昆沙漠脚下的湖水来自南方昆仑山上的冰雪。旱地多雪水少，一路北上，润泽东西，到达瓦昆，中途停歇喘一口气，湖泊的水质清莹透彻，水色碧绿湛蓝，世上最尖锐的矛盾集中到这里，却是最和谐的相处。人间关于美丽与可爱的关系曾有广泛的讨论，有人认为因为美丽而可爱，也有人认为因可爱而美丽。敦煌沙漠的月牙泉是因为美丽而可爱；而岳普湖不仅是因为美丽而可爱，而且还有可爱的美丽。岳普湖不仅是景观湖，而且是灌溉湖，太可敬了。

三

有时是人间荒唐，竟使得绿洲变荒凉沙漠。

《汉书·西域传》记载塔里木盆地丰富的水系滋润着万顷绿地。当年张骞西出阳关，踏上这片大地，眼前是遍地的绿色草树和金黄麦浪，而不是后人想象中的荒凉萧瑟。

斯文·赫定在20世纪30年代进罗布泊时还乘小舟，回国后，在他那部著名的《亚洲腹地探险八年》一书中写道："罗布泊使我惊讶，罗布泊像座仙湖，水面像镜子一样，在和煦的阳光下，我乘舟而行，如神仙一般。在船的不远处几只野鸭在湖面上玩耍，鱼鸥及其他小鸟欢娱地歌唱着……"

昔日的仙湖为什么在不足百年的短暂时间里，发生了令人匪夷所思的变化？

科学界普遍认为，用潜在蒸发量与降水量之差表示干湿指数，如果某地蒸发量大于降水量，则气候特征为干旱。西北地区蒸发量远大于降水量，是极端干旱的区域。

1925年至1927年，当时的政府官员，不咨询专家意见，不经过详细论证，头脑发热，让塔里木河改道向北流入孔雀河汇入罗布泊，导致塔里木河下游干旱缺水，断了河水润泽，所有耕地被迫废弃，然后逐渐沙化。毁树容易种树难，让草原沙化容易，一天一大片；治理沙漠建设绿洲难，得一寸一寸地种草，一小块一小块地润土固沙才有效果。

世上还有另一种荒唐，江南本来雨量充沛，几千年来都是鱼米之乡，却出现大片的荒漠。《资治通鉴》记载："（始皇寻仙不遇）乃西南渡淮水，之衡山、南郡，浮江，至湘山祠，逢大风，几不得渡。上问博士曰：'湘君何神？'博士对曰：'闻之，尧女，舜之妻，而葬此。'始皇大怒，使刑徒三千人皆伐湘山树，赭其山。"秦始皇不满湘君阻滞浮江，竟然命令三千囚徒，刑行高树，掘绝矮草，直至荒土废石为止，人为地制造沙丘荒漠，很是荒唐。

现代社会也常常顾此失彼，以致出现江南沙漠的情况，它就是湖南临湘。每日的清晨和傍晚，沙滩3000多亩，在阳光下，金光闪闪。这片沙漠，就是由尾矿砂堆积而成的，是现代矿业开采不够科学留下的祸害。

世界经济的发展都走过一轮先破坏环境，然后再修复环境的循环。事实证明，修复环境耗费的精力和财力远远大于昔日的收益。只要人间不荒唐，土地或许不会走向沙漠般的荒凉。

（2019年10月22日）

冰山下的来客

飞机在中午过后经过天山的上空，天山顶雪白皑皑，闪闪的耀眼。想起了小时候看过的电影《冰山上的来客》。影片从真假古兰丹姆与战士阿米尔的爱情悬念出发，讲述了边疆战士在杨排长带领下，一起与特务假古兰丹姆斗智斗勇，最终取得胜利，阿米尔和真古兰丹姆也得以重逢的故事。

电影是1951年拍的，感动了好几个年代的年轻人。悠扬的歌曲，优美的舞蹈，漂亮的维吾尔族姑娘尤其令人兴奋不已。现在才知道电影演绎的故事发生在喀什地区。

喀什在汉代时期叫疏勒，在这里曾经发生过比电影更惊心动魄的故事。

投笔从戎的班超带领三十六人，作为天朝上使，驻留在疏勒城郊，班超以战略家的眼光发现疏勒位置优越，加上"土地肥广，牧草饶衍"，素来就是汉与匈奴的必争之地。疏勒军旅不强，常在汉与匈奴之间摇摆，匈奴势众，就臣服匈奴；汉庭兴旺，则叩首汉庭。

汉明帝永平十八年，汉室兴替，焉耆趁机南下；龟兹姑墨数发其兵攻疏勒，班超"婴守孤城，士吏单少"，宁可持汉节而死，不愿易冠服以生。以赌万死而争国威的"坚忍沈毅"，"卒不少挫"，顽强地守住了这个中西文化交流的重要驿站。

疏勒人以放牧为业，家有成群牛羊，却不敢以牛羊称富。因为一场风雪，可以翻天覆地；冰冻三尺，常致牛羊冻毙。牛羊活着是财富可观，牛羊冻死是垃圾遍地。那一年冰雪成灾，班超领头凿寒冰，捕鱼虾，首尝鲜味，还帮助灾民度过饥馑难关；然后移民开荒原，蓄水池，劝牧农桑，竟扩展百家生存路途。经济发展了，社会稳定，于是，立正统，序人伦，在异域推行汉文化；同时务耕织，奖商贸，使中西交流南北贯通。汉朝天子授"定远侯"以彰其功；喀什以路冠名而感其德。

投入财政，多元开发，传播中华文明，促进共同进步。史上记载："臣（张骞）乃将三百人，马各二匹，牛羊以万数，赍金币帛直数千巨万。"出使西域，除了牛羊金帛之外，还把汉朝"纤细如蛛丝，灿烂若云霞，色泽之鲜艳可爱赛过野花"的丝绸，交流给西域，丝绸被西域人视为"神品"。丝绸之路是用真金白银和传统工艺培植起来的；历朝历代对边疆、对少数民族从来是恩慰有加。

喀什自 2010 年设立经济特区，中央财政加大支持力度，单单是 2017 年一年，对喀什地区进行的固定资产投资就达到 1046 亿。九年以来，喀什新城拔地而起，美轮美奂；噶尔古城霓虹闪烁，印象明珠；城区街巷通衢大道，笔直宽阔；农村富裕，居民乐业，小孩都受到了良好的教育。

穿越喀什城区的河流叫克孜勒，维吾尔语意为"红色的"；克孜勒河因河水浑浊呈褐色而得名。如今河里流水"清且涟漪"，河边矮草蒹葭苍苍，两岸乔木绿树成荫。远方更有绿色和诗意，增强了大家奔向中华复兴的信念和决心。

国家推动"一带一路"建设，目的是倡导人类命运共同体意识，在追求本国利益时兼顾他国，在谋求本国发展中促进各国共同发展。对外国人的利益都有如此善意，何况是共同生活了几千年的同胞兄弟呢？

（2019 年 10 月 17 日）

城边有古树，日夕连秋声

　　柳子的西山脚下，有一株挂牌的桑树，古旧苍老，不知道它在那里生长了几百年还是上千年。干粗壮，合抱难围；枝稀疏，铁骨虬形。这尊桑树见证了古今永州世事的沧桑巨变。

　　桑树之后是柳宗元的西山。子厚初贬，谪居永州；公务之余，偕友钻深林，爬高山，以迂回曲折的山间小溪，深幽怪异的泉水岸石为乐。临西山之巅，脚下地势"岈然洼然，若垤若穴，尺寸千里"；远望江山"萦青缭白，外与天际，四望如一"。山并不高，衽席之下的"数州土壤"，是子厚胸襟抱负的依稀仿佛；"岈然洼然，若垤若穴"是子厚命运走势的坎坷曲折；"尺寸千里""四望如一"是子厚心中丘壑的灿烂文章，又是他的镜花水月的终极归宿。"疾风知劲草"，要么庸俗，要么孤独，子厚的才气与个性注定了他一生一世的孤独。

　　西山并不高，但它是染溪的源头。凸露偃蹇的石方之下，一眼泉水，一线细流，先斗折蛇行，再汇聚滢滢，最后汩汩而下。溪水不能兴云雨，但清莹透彻；不能行舟舆，但牢笼百态。夏天潇湘水涨，不拒南来大流；冬季冰封两岸，映照苍茫江天。子厚把染溪改名"愚溪"，是情郁于中而发之于外，恨己怼切殃及流水。其实柳子心中的永州山水比"夏花绚烂"，比"秋叶静美"。

　　苍老的桑树生长在西山之下，溪水之上，校园操场之中，饱经风雨，却颇受景仰。栖鸟以晨曦而始鸣，学子闻钟铃而夙兴，师生晨跑往返于唐时柳路，男女夜修暗诵窈窕辞章，日日熏陶浸染，仿佛自己身负文气。校园比对柳庙而起，依山而建，三进三重，日高日上；校名应地缘而变，隶属几换，形容萧索，每况愈下，最终匍匐在柳子脚下。万物万事应运而来，应运而去，桑树知道："萧瑟秋风今又是，换了人间。"

　　古桑树太老了，虽然参天而立却没有亭亭华盖，树冠稀疏仿如老年人的头发。岁月不饶人，岁月尤其促成人。于是，桑树可以傲视芭蕉。芭蕉叶虽然肥大，芭蕉干却不高；芭蕉性喜群居，性命却难久长。西山下的桑树傲视潇水对岸东山上的芭蕉，却非常敬佩芭蕉林里的醉和尚怀素。

　　怀素因贫出家在城东的书堂寺，以清水为墨，以蕉叶为纸，练成书法。眼下的芭蕉不下百亩，写秃的毛笔埋在地下，堆垒形成笔冢，隐藏在蕉林深处。怀素表演书法的场地叫"绿天庵",离蕉林仅一步之遥。怀素的《自叙帖》《论书帖》《食鱼帖》,告诉后人:"书法是节奏化的自然,是书家心中自然的纸质表达。"怀素草书宛如"夏云多奇峰",加上他清水写芭蕉的离奇故事,惹得大诗人李白慕名而至,写诗豪赞:"少年上人号怀素,草书天下称独步。墨池飞出北溟鱼,笔锋杀尽中山兔。""醉僧"与"酒仙"在永州斗酒斗艺,成为永州历史上的不朽之盛事。那年秋天,永州文人都流传一句:"红了樱桃,绿了芭蕉。"好美的意境!

怀素自此学李白,开始浪迹天下。走到哪,书法艺术的影响和个人的传奇故事扩散到哪。桑树知道,"茶圣"陆羽写过《僧怀素传》,"丹青手"李可染画过《怀素学书图》,都表达了对大师潇洒风格的敬佩。

桑树拜何人所种,时人不知,历史亦无记载。或曰此"木寿且孳也",非郭橐驼不能为也。因为只有他懂得顺应树木的天性,来实现其本体的生长;否则"虽曰爱之,其实害之;虽曰忧之,其实仇之"。为父母者咨之以育子之道;为官者悟之,然后"移之官理",得"勿夺民时"的驭民之经。

公元此年,再回故地,为了不让"屋后的一园菜压倒门前的海景",迁走学校,再建"唐园"。旧楼夷为平地,新景尚不成形,目之所及皆是断壁残垣,唯有苍老桑树,桑叶依春而生,翠绿凝碧;桑葚应夏而熟,鲜红晶紫,依然生机勃勃。唏嘘一阵,移步柳子庙,迎面一匾,右序隶字:"都是文章。"

(2019 年 6 月 8 日)

潇湘夜雨旧,舟客愁眉新

李商隐一句"何当共剪西窗烛,却话巴山夜雨时",把夜雨的意境美揭开了。北宋沈括《梦溪笔谈》首提"潇湘八景",其中"潇湘夜雨"成为旧时文人藉以抒情寄意的普世印象。何日无暮夜?何处不落雨?为何偏偏是"潇湘夜雨"成了天下闻名的风景?

元代才子揭傒斯游潇湘,因有凄凉而无助的心境,写下:"涔涔湘江树,荒荒楚天路。稳系渡头船,莫教流下去。"忧戚的情感就像夜雨本身一样哀婉缠绵。

千百年来，人们所钟情的夜雨，不知是山河的，还是心灵的。

山河的夜雨能催动潇湘此岸彼岸的渡船，心灵的夜雨会打湿人生上游下游的征帆。

夏季的潇湘也曾有雨落的夜晚。柳宗元被贬至永州，但他并没有无助的凄凉，他口讲指划，岭南进士为文词"悉有法度可观"。暂失仕途得意，却赢得百代文名。送别士子，他寻找渔翁："清泛三湘夜，中舱听雨眠。楚天闻过雁，北馆未归船。浊酒饮无算，青灯冷不烟。对床工觅句，达旦见新编。"晨曦的雾霭散去，西岩的上空风和日丽，潇湘一江波浪绿生，染溪两岸丛篁青湿。渔翁一声欸乃，子厚眼前的水更绿了，山也更青了。自己仿佛是一位云游的仙翁，"回看天际下中流，岩上无心云相逐"，居处如在天际，心得超然尘外。有如此心境，哪肯轻易让自己的帆船被世俗的风吹离了潇湘。

子厚初至永州，也曾有许多失落，那时潇湘暮夜降落的岂止是雨，更多的是雪，冷冰冰寒嗖嗖的雪，凝固了的雨。"潇湘夜雨寒"，是迁客骚人的共同知觉。尤其是大雪三日，"天与云与山与水，上下一白"的时候，"千山鸟飞绝，万径人踪灭"；永州的人间"纵有千种风情"，因为不在中州，以致"千百年不得一售其伎"。他自己也只能买得孤舟，扮个蓑笠翁，去苍茫的夜里，"独钓寒江雪"。子厚的孤舟必须停泊在愚溪桥下潇湘岸边，贬谪之人哪有心动的自由。

马致远的《[双调]寿阳曲·潇湘夜雨》应该是写春天的吧。"渔灯暗，客梦回，一声声滴人心碎。孤舟五更家万里，是离人几行情泪。"春雷一响，春水初涨，春草初绿，春林初成。北去的江水日夜不息，南来的归帆总不见良人的影子。怀春的少妇明白了缥缈的荣华富贵，不如现实的朝夕相处，终于要唱叹"悔叫夫婿觅封侯"了。已经离家的没有归期好定，准备远行的又"执手相看泪眼"。"稳系渡头船，莫教流下去"，潇湘夜雨，水涨船摇心挨刀。潇湘春夜下的是离人的眼泪。

潇湘夜雨中最让人揪心的是香零山。香零山，不足半里，堪称中国最小的山，是天然石矶组成的小岛，位于永州城东的潇水河心。水枯时候，显露江心，好似巨兽横江；山洪暴发，狂澜奔涌，漩涡千转百回。这时行船下水，时刻都会船沉人亡。于是建庙宇，蓄僧尼，白天鸣钟，晚上点灯，使舟行客有时间知警预警。如果你在此刻行走潇湘，担心"忽然气作浪山来，一夜雨声如决渎"。小心能驶万年船，远行就择吉日出。不要一冲动，松了渡船头，流下潇湘去，祸福两难收。

但是永州的人就是不愿围守一域，就像潇湘的水，偏偏要奔腾北去注入洞庭，归向大海的。湘水流，湘水流，流到长沙古渡头。南来北往的迁客骚人，把怀素的狂草艺术和清水芭蕉的新奇故事经由潇湘的两岸扩散到大江南北。岳麓书院的对联"吾道南来，原系濂溪一脉；大江东去，无非湘水余波"，又反馈回潇湘文化对外界影响的深远。

潇湘的水不流向南北就不能润泽东西，永州的思想渡船不扬起风帆就不能融入神州文化的海洋。潇湘的水流下去了不会回头，潇湘水里的鱼却经常溯流而上，看看潇湘夜雨中古今士子的愁眉与笑脸。

离开家乡二十年，梦回潇湘，当夜无雨，却仍有怅惘下眉头上心头，于是赋诗一首《问月》："夜入江湖波解语，岸栽杨柳系归舟。忆君遥在潇湘月，弦月偏心空倚楼。"以记之。

（2019 年 6 月 14 日）

子厚有诗颇费解

唐代的文人诗中只有六句的，很少。柳宗元却有三首，而且都是在被贬永州期间写的。让人感到非常诧异。

《为了忘却的记念》一文写道："年青时读向子期《思旧赋》，很怪他为什么只有寥寥的几行，刚开头却又煞了尾。然而，现在我懂得了。"鲁迅懂得了向子期不敢多写是那个社会的原因。

仔细稽考，发现这三首诗竟然都隐藏着心绪转变的复杂原因。

添个点题句，禅理比月明

法华寺在永州市零陵的东山。宗稷辰《永州府志》载："府城地形高下起伏，冈阜缪绕，郁然耸城之中者，高山为最，联亘于城东隅，故又名东山。高山有唐时寺。"至宋改名"万寿寺"，后又改"报恩寺"。明洪武初改名"高山寺"。

据柳宗元《永州法华寺新作西亭记》记述："乃取官之禄秩以为其亭，其高且广，盖方丈者二焉。"法华寺的西亭是子厚亲自设计，指挥施工，在法华寺的最高处筑建而成的。诗人在这里接待天涯沦落之友，口讲指画点醒后学之士，更多的是与僧人觉照讨论禅理。文中说"余谓：昔之上人者，不起宴坐，足以观于空色之实，而游乎物之终始，其照也逾寂，其觉也逾有。然则向之碍之者，为果碍耶；今之辟之者，为果辟耶！彼所谓觉而照者，吾讵知其不由是道也。"用现在的话说就是："那些品德高尚的僧人，整日在禅房静坐不动，却足以领悟佛教空与色的真谛，洞悉万事万物之间消长的过程。他们观察外界事物时，心中更能坚守孤独与寂寞；他们领悟佛教的真谛时，心中更加充实与坦然。既然这样，那么前面提到的阻碍我们视线的东西是真的障碍吗？现在开辟出来的情景又是真的景象吗？那些所谓的因觉悟而观察外界事物的人，我又怎能知道他们不是通过这种方法才领悟（佛教的真谛）呢？"

清代文学家孙琮说《永州法华寺新作西亭记》的妙处，在第二段："只就觉照，生出一番旷达议论。"由此看来，子厚初贬的郁闷和落寞至此由于时日持久、迁客日众、子弟有成、禅理顿悟而渐渐开释，慢慢地乐观旷达起来了。

法华寺西亭夜饮

祇树夕阳亭，共倾三昧酒。
雾暗水连阶，月明花覆牖。
莫厌樽前醉，相看未白首。

前两句写夜饮地点是西亭，酒友有僧有俗；中间两句用两组特写镜头将朦胧的暮色与漫涨的江水、皎洁的明月与窗外的花影，组合成了一组鲜活生动的镜头。由"暗雾"到"明月"，色彩晦暗而光明；由连阶之水，浸漫忧郁到满窗鲜花，欣喜不尽。两个明显对比的世界就是两种截然不同的人生体验和环境理解。说明此时，作者已从逃逸规避的心态上升到了与自然融合的境界。但是顿悟的原因和过程，诗中没有任何交代和暗示。我们不妨从子厚当时的境况出发，从哲理禅理的角度概括写出"寺里禅意深，界外迷痴久"，为末两句的旷达豪气合理铺垫，使全诗过渡自然，意脉连通，主旨隽永。

法华寺西亭夜饮

祇树夕阳亭，共倾三昧酒。

雾暗水连阶，月明花覆牖。

寺里禅意深，界外迷痴久。

莫厌樽前醉，相看未白首。

《湖南科技学院学报》2019 年 11 月刊出论文，专门探讨佛教在子厚情绪转变中的作用，观点与我不谋而合。

过渡忧喜心，过去劫难情

元和五年（810 年），诗人被贬至永州后的第五年，在愚溪筑屋居住，"来往不逢人，长歌楚天碧"，表面上有溪居生活的闲适，然而字里行间隐含着孤独的忧愤。《雨后晓行独至愚溪北池》更是如此。

宿云散洲渚，晓日明村坞。

高树临清池，风惊夜来雨。

予心适无事，偶此成宾主。

诗人紧扣题目中的"雨后晓行"，先概写愚池周围环境。首二句点明夜里一场雨后，残云飘散，旭日升起，远近村落，一片光明。中间二句"高树临清池"，"清池"即愚溪北池，永州地方；谁是高树，这样遭受风雨打击？"风惊夜来雨"表面上写高树叶上的雨，经风一吹，因受惊而落，这里也隐喻诗人自身所处的环境，朝廷不得志，地方不消停。风风雨雨都是作者心灵不安的外在表现。他在《入黄溪闻猿》诗里借黄溪猿啼诉说心怀："孤臣泪已尽，虚作断肠声"；后来升任柳州刺史，写诗《登柳州城楼寄漳汀封连四州》概括被贬生活的感受，"岭树重遮千里目，江流曲似九回肠"，就是证据。

末二句，诗人把自己也融化入景，成为景中的人物，景物与我，彼此投合，有如宾主相得。中间过程跳跃，似乎链条少了一环，衔接不上了。

据考证柳宗元被贬永州之后的元和四年（809 年），也就是写《雨后晓行独至愚溪北池》的头一年，他写了《读书》一诗。开头四句："幽沉谢世事，俯默窥唐虞。上下观古今，起伏千万途。"可以看出柳宗元用以克服苦闷的方法，除了游览山水外，还常常读书，此诗即为诗人读书情形和感受的记述。清代贺裳《载酒园诗话又编》："《读书》曰：'上下观古今，起伏千万途。遇欣或自笑，感戚亦以吁。'殆为千古书淫墨癖人写照。"

如果我把"上下观古今，起伏千万途"改成"上下观古今，起伏千万羽"，暗用鲧在羽山被杀的典故（鲧治水用堵，无功被杀；其子禹，改用疏，水患平息，遂有天下）嵌进去做过渡，则忧喜更替，前后衔接自然得多，合理得多。站在夏鲧的角度，无功受死，祸福相倚，子厚一旦看透，他的人生也从此走出阴沉，迈向光明。

> 宿云散洲渚，晓日明村坞。（起）
>
> 高树临清池，风惊夜来雨。（承）
>
> 上下观古今，起伏千万羽。（转）
>
> 予心适无事，偶此成宾主。（合）

"上下观古今，起伏千万羽。"在诗中不仅能自然过渡好子厚心地自忧而喜，还能暗示他把以前劫难价值观彻底翻篇，让它成为过去。

夜竟喜见日，何必再看云

柳宗元初贬至永州，忧郁愤懑，借永州山水开不出高价，只能贱售的事实为自己鸣不平，兴寄怀才不遇；写诗《江雪》，以"孤舟蓑笠翁，独钓寒江雪"表白孤独与高洁之志。渔翁是他自己的化身，也是他的朋友，可以对酒，还能对诗，可以陪他度过无眠的秋夜。"清泛三湘夜，中舱听雨眠。楚天闻过雁，北馆未归船。浊酒饮无算，青灯冷不烟。对床工觅句，达旦见新编。"虽是愁夜难眠，雁过惊心，灯烟寒清。但他并没有无助的凄凉，他还有学生，他口讲指划，后生皆成名士；可以冷静吟诗，编新句奇。暂失仕途得意，却赢得百代文名。于是把夜宿渔船后的晨境写成《渔翁》。

> 渔翁夜傍西岩宿，晓汲清湘燃楚竹。
>
> 烟销日出不见人，欸乃一声山水绿。
>
> 回看天际下中流，岩上无心云相逐。

　　晨曦的雾霭散去，西岩的上空风和日丽，潇湘一江波浪绿生，染溪两岸丛篁青湿。渔翁一声欸乃，子厚眼前的水更绿了，山也更青了。柳宗元极有层次地表现了从动态日出的壮丽辉煌，日出后的光明世界，到雾霭中荡舟徐行，橹声催醒江水，吹绿岸树，诗中这一最有活力，最富生气的瞬间，把眼前自然景象表现得比真实的生活更为美好。

　　对于最后两句"回看天际下中流，岩上无心云相逐"，从苏轼开始，一直有人主张该删除。苏东坡《冷斋夜话》赞赏此诗时说："诗以奇趣为宗，反常合道为趣。熟味之此诗有奇趣，其尾两句，即无亦可。"（转引自《全唐诗话续编》）宋代严羽《沧浪诗话》："东坡删去后二句，使子厚复生，亦必心服。"

　　我觉得这话有道理。加上末两句，固然可以表现他的超然达观，仿佛自己是一位云游的仙翁，"回看天际下中流，岩上无心云相逐"，居处如在天际，心得超然尘外。其实他的心情和志趣已经融在前四句里，又何必再明做说辞，更何况写作此诗的子厚在心里已经走出最初的忧郁愤懑，逐渐显得旷达开朗了。夜竟喜见日，何必再看云。

　　清沈德潜说："愚溪诸咏，处连蹇困厄之境，发清夷淡泊之音，不怨而怨，怨而不怨，行间言外，时或遇之。"这话不错，但要看是哪首诗，是在什么心境下创作的。

　　这里我谨以改诗之名，举例介绍柳子厚在永州的生活与创作，探寻其情绪转变的心路历程。

（2019 年 8 月 23 日）

醉僧怀素书艺狂

　　怀素，俗姓钱，字藏真，父母早亡。寺院的惠融禅师，俗界也姓钱，同宗，是怀素伯祖辈，可怜他幼小没有依靠，嘱咐书堂寺收为小沙弥。怀素年纪小，身体也小，寺院让他抱柴烧火，差不多是柴禾一根抱一捆，柴禾都在颤巍巍。又是禅师心软，教他识字写字，抄佛经。

如痴如狂

惠融禅师是书法爱好者，学欧阳询的字。禅师教怀素没有走描红、写印、临帖的常规路线，而是教他"秉笔必在圆正，气力纵横重轻，凝神静虑"。怀素聪明伶俐，一边听，一边看叔祖如何提笔，如何运用手腕，如何使全身筋肉力量在手腕上。不到一年，写出的字有模有样，每每得到方丈、师兄的表扬，尤其是俗士居士的称赏。

怀素到底是小孩，经禅之余，就与小友嬉戏：小友下河，怀素登山；怀素登山捉蚂蚱，小友下河捞鱼虾。尤其是小时候开过荤的，经不起小友的诱惑，你吃鱼虾，我烤蚂蚱，甚而至于鸟肉王八。越吃越有兴趣，越有兴趣越会忘了清规戒律。于是罚抄经书百遍，经书内容越抄越熟，书法越练越美。抄完《心经》抄《坛经》，抄完《坛经》抄《金刚经》，怀素写字开始不如伯祖，后来赶上了禅师。别人以为受罚抄经很苦，怀素反而以此为乐。有时还故意出去惹点事，回来好能够安静地练书法。

再大几岁，欧体文字的精髓"长短合度，粗细折中；心眼准程，疏密欹正"，最紧要的妙处都被怀素体会出来。怀素临摹的偈子几乎超越了大师，从此乡里称"大钱师""小钱师"。不但偈子受欢迎，抄的经书也成了抢手货。甚至有俗家居士排队索取，争先恐后捐纳善款。

伯祖知怀素天赋异禀，告诫他"夫学无师授，如不由户出"，要他师从远房亲戚金吾兵曹邬彤。邬彤拿王羲之《恶溪》、王献之《骚》、《劳》三本名帖，授怀素笔法，练习行楷草书。怀素喜极而泣，跪谢不已。日夜临摹，废寝忘食，成了一个拿起笔就不想放的人。到第二年七夕，金吾兵曹对怀素说："草书古势多矣，惟太宗以献之书如凌冬枯树，寒寂劲硬，不置枝叶。"怀素开始不太明白，不敢回嘴，揣摩三五日，恍然大悟：绘画选材偏重枯山瘦水，书法当讲究枯淡癯瘦，高明在枯老之中求鲜活，于是，欢叫数十声："得之矣。"

怀素辞行时邬彤再叮嘱："草书竖牵之极，当似古钗脚。"怀素以为精义，以此观照书艺修炼。

狂朋怪友

十九岁，怀素又面临戒律与个性的挑战。胆量长酒量更长，怀素和尚酒肉名声飞扬。

零陵人杀狗煮肉，与其他地方有点不同，突出表现为重口味，用八角、老姜、尖椒、黄豆、橘皮、五香红焖，焖到皮透肉烂，香飘十里为止。"闻到狗肉香，神仙也跳墙"，怀素酒过三巡，还可以自持；酒至五成，嘴里念念不休，阿弥陀佛阿弥陀佛，只能用外部的戒律约束东突西窜的欲望；酒至微醺，醉眼蒙眬，仿佛狗肉的香气直往他的身上扑，美丽的味蕾不断地鼓励他。

艺术的风格来自于人的个性，张扬个性才能成就风格。怀素草书情愫开始慢慢上升，他有拿笔写字的欲望了。突然纵身而起，左手酒一壶，右手笔一支，如入无人之境，奋笔疾书，字大如斗。酒友趁机递一腿狗肉。怀素牙咬手撕，一种从未尝过的美味瞬间通过神经传遍全身，并且得到每一个神经末梢的欢乐呼应。右手放下了笔，接过了递来的酒。怀素的书法又上了一个台阶。

"醉和尚"吃狗肉也跟着他的书法名气传遍东山上下和潇水两岸。书堂寺再也容不下怀素，方丈赠送锡杖袈裟，怀素留下一百本欧体经书。

书法是富贵人家的文化，离开寺院的怀素没有了油灯、帛纸、墨砚，练不了书法。怀素可以离开寺院，但不能离开书法。他站在哥哥家茅屋前后的芭蕉树下，苦思冥想，一朵乌云，飘过东山的上空，零星地洒下几点夏雨。雨点大而疏，片刻完了，艳阳依旧，肥大的芭蕉叶面，雨渍依稀，历历可见。怀素大悟：我不妨以清水为墨，以蕉叶为纸，字在叶更在我心，叶上的水迹会干，心里的书法收获长在。

怀素摘下芭蕉叶练字，插下芭蕉茎种树，字越练越成熟，芭蕉树越种越成片。夏天太阳晒得他黝黑发亮，冬天北风冻得他手肤皲裂。一切的苦他都不在乎，只是不歇不息地练字。怀素把写秃的笔竖插起来，埋在一起，坟封的个头也越来越高大。怀素把清水写芭蕉的茅屋命名为"绿天庵"，把竖插毛笔的土封叫"笔冢"。

潇水北去，汇入湘江。湘水流，湘水流，流到长沙古渡头。南来北往的迁客骚人，把怀素的狂草艺术和清水芭蕉的新奇故事经由潇湘的两岸扩散到大江南北。

流放夜郎中途遇赦的李白，闻讯而来。永州即将上演一场"诗仙""草圣"的风云际会。

芭蕉林静悄悄，午后的阳光照到绿天庵粉白墙上，狂草惹眼，李白看到的竟然是《赠汪伦》。李白拜访北海太守李邕受冷遇，用"宣父犹能畏后生，丈夫未可轻年少"表达对李邕的不满；劫后余生到永州，看到怀素书法中的气韵波澜，自己的心情也激动起来。盛会的主持人是卢象，当时的永州刺史。

盛会第一场，斗酒。李白："烹羊宰牛且为乐，会须一饮三百杯。岑夫子，丹丘生，将进酒，杯莫停。"怀素："天若不爱酒，酒星不在天。地若不爱酒，地应无酒泉。天地既爱酒，爱酒不愧天。"四川出好酒，永州出喝好酒的人；永州刘伶病酒不输酒。

第二场，斗艺。怀素舞大笔，一挥百纸尽，写的尽是李白诗："当代不乐饮，虚名安用哉？蟹螯即金液，糟丘是蓬莱。且须饮美酒，乘月醉高台。"洋洋洒洒，浑然一体，一气呵成，如龙蛇竞走，激电奔雷，灵动疾速，忽断忽连，枯润相间，它是一种宛转流畅的书法艺术。怀素醉酒书满墙，李白斗酒诗百篇。不需沉吟，脱口而出："少年上人号怀素，草书天下称独步。墨池飞出北溟鱼，笔锋杀尽中山兔……"

一群吏民，四方过客，满满地站了一圈，欢呼声此起彼伏。二十三岁的怀素沾了李白的光，从此长沙七郡，无人不知怀素狂草。

狂遭算计

盛会之后，怀素要学"诗仙"浪迹天涯。下潇湘，渡汉水，北漂长安。"怀素年才三十余，不出湖南学草书……叫喊忙忙礼不拒，万字千行意转殊。"一般的游僧，随缘度岁月，心安即为家。怀素食有鱼出有车，一路挥毫，一路赞词。

韦陟是京城的大书法家，又是吏部侍郎，他对怀素的书法好评几句，市场价位立马飙升。"醉和尚"的字是他在长安的通行证，无论走到哪里，都受欢迎。"何处一屏风，分明怀素踪。虽多尘色染，犹见墨痕浓。"

在长安，怀素遇到了张谓，于是结识长安的富豪权贵。遇到任华，于是接受了李白崇拜者的崇拜。怀素的书法道场可以挑选到朱雀门、大雁塔、行善寺了，待遇堪比吴道子，到处是粉丝。"长幼集，豪贤至……忽然绝叫三五声，满壁纵横千万字。"怀素依然醉酒，狂草狂叫，犹如当年在邬彤门下，怀素表演书法完全是行为艺术，有声有色，形神兼具。

怀素是云游僧人，闲不住，于是离开长安，一路向南。几千里水陆行程，南下广州，想结缘岭南节度观察使徐浩。古代的信息主要是口口相传，怀素的名声没有他的脚步走得快。以致不曾想到高僧在这里会跌一跤。

"一昨江南投亚相，尽日花堂书草障。""亚相"就是徐浩，字季海，越州人，工草隶，肃宗时任尚书右丞；代宗时为岭南节度观察使。怀素此时投谒徐浩，一想切磋书艺，二想借徐浩的名头走访南国。

徐浩知道怀素前来拜访，征询幕僚意见：见不见？怎么见？

势利的幕僚说当今圣上偏爱丰腴，那怀素草书恣狂，瘦脚伶仃，哪日不小心惹得皇上不悦，岂不受他牵累？

于是拒绝接见。

怀素不受待见，只能住进小店；店主见怀素出门雄赳赳气昂昂，回来眉峰紧锁，沉默寡言，估计他没戏，出言奚落。

怀素一连几日，有气无处发，心情郁闷，竟然落了俗套，买了酒水鱼肉，伴了辣椒，独饮起来，想起长安的风光，今日的落魄，大喝几杯，跳上凳子，在小店的墙壁上题画起来："怀素才年三十余，不出湖南学草书。大夸羲献将齐德，窃比钟繇也不如。畴昔阇梨名盖代，隐秀于今墨池在，贺老遥闻怯后生，张颠不敢称先辈。"龙飞凤舞，又喊又笑，写完掷笔，倒头便睡。

惹得邻居路人，都来看热闹。路人好奇，看和尚饮酒吃肉，发癫喊叫；邻居没读书，读书也认不出怀素的字。只是聚集的人越来越多，惊动了巡街的衙役。衙役数落怀素："你这出家之人，吃肉饮酒，不持戒律；出口癫狂，对书法前辈没一点尊敬；字如其人，观察使徐大人书艺丰满妍美，庄重大方，中规中矩，你这和尚细脚伶仃，没有正形，哪会是个好人？"

骂完怀素，衙役驱散看热闹的人，叫小二拿盆清水，洗了墙壁。回头折了怀素鼠毫笔，砸了怀素端州砚，临走还踢两脚："看你还乱写乱画。"

历史有时会开这样的玩笑，一个胜者可以成就功业，把自己的宫殿建造得富丽堂皇，把对手打倒，并踩在脚下。但历史的风雨会剥蚀掉那宫殿的华丽，败者也会凭借自己的艺术成就，重新站起来，一点一点地剥去胜者的外衣，这就是历史唯物主义。

怀素第二日醒来，知道了头天之事，出门看见众人眼色诧异。转到庙宇投宿，又被避世之人回避。

当年杜甫在长安十年"摆地摊，卖草药"，虽然落魄，但至少没被折辱。广州之行，怀素狼狈不堪，便打道回府，一边行脚一边吟啸："我有数行泪，不落十余年。今日为君尽，并洒秋风前。"

狂拜艺师

到年末，怀素再度北漂，诚心觐见颜真卿，请大师指点书艺。

太师颜真卿在怀素到达之前，打听怀素的书艺渊源，知道邬彤曾授"似古钗脚，为草书竖牵之极"。颜太师长叹一声，艺术创造，都源于大自然的启发，又岂能受器物之脚局限。（当代书法家范增的字，被台湾的李敖讥评鹤脚鼠尾，账房先生作为）书法需要把生命与自然的矛盾统一做出完美融洽。

怀素正式拜师，执礼很是恭敬。颜真卿问他说："书法艺术不论楷体还是行草，除了从老师那里继承之外，还必须自己扬弃，自己创新。不知道金吾兵曹是否提醒过上人？"怀素回答说："草书竖牵之极应该似古钗之脚，为刀削壁立，金光穿射。"颜公很随和地微微一笑，未置可否。

时值中唐，藩镇割据，兵连祸结，颜公上朝议国是，回府接宾客，写奏议楷书正直，理家事规矩森严。怀素看他书法，"点如坠石，画如夏云，钩如屈金，戈如发弩，纵横有象，低昂有态"。虽然佩服，却知道不是自己性情风格。颜公偶有闲暇，也看怀素草字飞扬，多是颔首点头，却不轻易开口论其是非。怀素每日定时候召，风雨无阻，几个月都是如此。

怀素打算告辞，翌日，颜太师正式接见，说："上人行草的线条仿拟古钗脚，哪里比得上屋漏痕？形迹变化有依据，且立意出自本心。心动则意动，意在笔先。"说完拿出《祭侄文稿》，口讲指画。文字间流露出悲愤的情感，字面上有体温的热度。怀素仿如醍醐灌顶，思维豁然开朗，情不自禁拜服在太师脚下，感叹胜读十年书。

颜真卿等他恢复平静又问他说："上人还有自己的心得体会不？"怀素回答："弟子观看夏天的云翳层峰错落，随风变移，奇幻诡异，就经常学习它。最近练字，法本自然，不敢造次。"颜太师赞叹说："手中有法，不如心中有法；心中有法又比不上心中无法，一切听其自然。噫！草圣张旭后继有人了。"当即提笔写下《怀素上人草书歌序》："开士怀素，僧中之英……虽资性颠逸，超绝古今，而楷法精详，特为真正。"一生中正的颜太师对怀素草书评价很慎重，夸赞中有提醒，说他是张旭之后，防止他狂妄失度。

怀素回到永州，声名更大，而他自己反倒将狂野性子内化敛藏，变得谦虚起来了。

行走在失修的怀素公园，不禁稍微改动梁衡古风，凭吊这位不朽的书艺大师：凭子吊子，惆怅我怀。寻子访子，旧居不在。飘飘洒洒，雪从天来。抚其墨迹，还汝洁白。水打山崖，风过林海。斯人远去，魂兮归来。

（2019 年 12 月 4 日）

老街记忆

乡愁伟大，在于发现；乡愁平凡，在于记得。柏家坪是我的老家，是上了年纪的人的梦境逗留最多，醒了又回味悠长的时光短片的储藏库。那屋后的桑，那路边的桐，那米筛塘的清莹秀水，还有那村庄外绿油油的田园风光都留印下苦难又不失快乐的童年记忆。

一

曾经的老街两厢房子铺面一对，中间的路接成了街。每间铺面两侧立木柱，支撑滴檐。滴檐较深，一米二左右，户户相连，组成通道。通道平常是家人闲坐，邻里闲聊的公共空间，男人们下田地干农活回来，必定在这坐坐，歇歇汗，搭巴搭巴嘴，文雅一点说叫"话桑麻"。吃饭了，一人一碗饭，饭面上盖了一些菜，最多两样，全是素的，没必要围坐餐桌。餐桌是逢年过节来亲戚朋友了才起作用，那时物质生活太匮乏了。几张铺子的几家男女，你茄子我豆角，谁家霉豆子熟了，掀开坛子，香味扑鼻，香气经风一吹，过了巷子口都闻得到。

门面皆为木板壁，经历风雨和岁月，下面部分泛黄，上面部分结集了风烟灰尘，显现出深邃厚重的历史沧桑感。檐下走廊和街道都铺青石板，经年累月，被脚板和鞋底磨得平而且滑。街道中央的石板又宽又平，是我们儿童的乐园。城里人跳房子，用粉笔画，我们不用，直接跳石板，界线就是石板的连接线。男孩子调皮一些，到潮水岩的石头山上摘回旋粒子，在背心窝插进小竹签，旋转着比赛，看谁的旋粒转得久，看谁的旋粒不转出划定的圈圈。我们还分年级赛、分地段赛，一般都是淘汰赛。不是战争，输赢都还在。

二

柏家坪一条街分四段，叫"元亨利贞"。当时不知道为什么这么叫，读大学了给家里写信，信封上写"柏家坪大队元字街"。后来了才明白，事之始，以无我之心处之，一切顺应自然规律，此称善之始，为"元"；之后处理一切事物自然就顺畅，称嘉之会，为"亨"；这样就自然得到自己想要的结果，称利之和，为"利"；最后以正为固，意气不发散，不得意忘形，守住"无我"，称之为"贞"。街头街尾都有牌楼，全是石方垒砌而成，大概是防范盗匪用的。四节街道，共365户，千余口人。柏家坪是个区公所驻地，有供销合作社、百货公司、粮站、食品站、医院等，附近的人来买卖东西叫"上街"，也叫"赶闹子"。"赶闹子"的地方一般按日期末位数分一四七、二五八、三六九的。柏家坪天天有卖鸡鸭鱼肉的，也有卖瓜果青菜的；供销社每天上班就开门，一开八个小时，自然不用赶时间来赶时间去。商贸繁华集中在亨字街。贞字街的人心最齐，虽然也是十名九姓，但外村人不敢惹。每天中午放学，全校学生都要列队游行，也就是高喊口号，绕街一圈，然后各回各家。

三

我的初中是在柏家坪小学附属初中上的。毕业班一共就两个老师，还是民办的，周正初老师教文科的语文和政治，曹继华老师教理科的数学、物理和化学。曹老师是我们的班主任，额头高凸，发线后撤；眼窝深陷，装满沧桑；眼光犀利，可以刺穿灵魂。听说他的母亲把棺材卖了供他读高中的，因此他对读书有深切的理解。他告诫我们，读了书跳出农门，你的归来就会成为亲人的巴望和期待，就会成为家人的信仰和皈依，就会成为全家人的幸福和炫耀的资本。三叔在广东当工人，我们全家过年了就指望他寄回十块钱，买鸡买鸭，砍猪肉酿豆腐。曹老师的话自然上我的心，入我的骨髓。

广州大学的欧阳教授是在我们学校的另一半校舍读完初中的。他们两个班，全是公办教师教的，只有他一个人考上县里的高中。他戏谑地说我们是城市班，他们是农村班，他们考得少是正常的应该的。直到今天他都不知道我们的曹老师为了我们有更多的人考上县中，要求我们带煤油灯到学校上晚自习，有时候还在晚自习的时候讲作业。读书的时间与成绩的优劣是成正比例的。

我们的煤油灯大多是自制的。用墨水瓶装油，上面的铁盖打个孔，用绵纸做灯芯。灯的外面没有玻璃罩挡不了风雨，妨碍了我们的出行。那时候的我们太有创造力了，拿来医院扔弃的葡萄糖瓶子，把浸了油的粗线在瓶底上方绕一圈，点火烧燃，油枯线烬，轻轻一敲，瓶底掉下，而且是整整齐齐的。一方木板做底，灯放板上，木板四方钻孔，用铁丝固定罩在木板上的玻璃瓶，瓶口洞开通空气而排烟焰，再也不怕风雨了。我们拿着这盏自制的"马灯"上学、拾粪，还跑邻村看电影。乡村的夜黑魆魆的，凌晨，一盏马灯东张西望，是拾粪孩子赶早；一串马灯鱼贯而来，是晚修学生归家。

四

那之前的精神生活太贫乏了。记得上小学前后吧，我们七八个同龄的小朋友听说有个姓柏的老人会讲《西游记》，晚饭草草结束，便早早等在他家门口，门前的滴檐下，集聚了一双双渴望的眼睛。他只讲了孙悟空出世和学道，印象尤其深刻的是孙悟空在课堂上上蹿下跳，菩提祖师勃然大怒，打了孙悟空三下就走了，聪明的孙悟空猜到菩提祖师是让他半夜三更去找他。我对孙猴子佩服死了，天天做梦期待着有老师在我的后脑勺敲三下，让我也有一番奇遇。不知什么原因，柏姓老人没有讲下去，他没有做成说书的艺人，我也没有成为第二个孙悟空。

长大一点了，县里的电影队在村里的礼堂放电影，什么《三进山城》《渡江侦察记》《三打白骨精》等，电影票售价一角钱，我没有；但我的确想看，于是围着礼堂转了一圈又一圈，期盼着发现有一扇窗户有一线空隙，让我偏着头用一只眼瞟一瞟，像我这样的人几十个，一点点机会都没有。我只好找一个人少的地方坐下来，听电影。那个时候太可怜了。再后来，没有电影院的其他公社有露天电影，我是不辞辛苦，不怕黑暗，不惧迷路回不了家，每场必到的。

现在的柏家坪已经是政府重点建设的春陵古镇，这个村有两枚"国宝"：春陵侯城和春陵侯墓。每年清明回乡祭祖，看到整齐的仿古建筑，灰银典雅；宽敞的绿化带，香桂郁葱，心里宽慰起来；走走老街，没有了原来的青石板和连通首尾的滴檐过道，心里总是少了味道，多了遗憾。

（2018 年 8 月 28 日）

我的故乡像我的父亲

　　小时候我最怕父亲。因为他很勤快，一个人养活了一家人：一个体弱多病的母亲，外加六个尚未长大成人的儿女。搞集体时，我们家是当然的超支户，生产队的粮食自然分不回来。兄弟姊妹的胃口越来越需要食物，父亲只好到山上，到村边找边角地荒地。锄除草树，捡走沙石，累积壤土；春天种菜，夏天植薯，七葱八蒜九薤头。一年四季菜蔬充饥，虽然面有菜色，总还是人间之色。偶尔遇到邻居家炒血鸭，老远闻到香味，我是情不自禁地凑过去，启发式地声明——辣椒炒鸭肉我也敢吃。邻人一般不会搭理小孩，让小时候的我尝过辣椒炒鸭肉的那家我一辈子都没忘。

　　因为我的头上有四个姐姐，家里的事一般不用我劳力，慢慢地养成了习惯，便名副其实称得上懒了。父亲很在乎又很无奈，气不过时就骂到："你将来有饭吃，我就在手板上烧火。"

　　七岁时，我跟着同龄人一起上学了，都是民办老师教的，回家也没作业，每周两次劳动，不是挑河沙就是割草积肥，学业水平彼此彼此。即使偶尔遇上文具不齐，我擅自逃课，成绩也没有被落下许多。初中毕业我考上了县里的高中。父亲去世，我化悲痛为力量，读完高二高三，竟然考上了不用交学费还有吃住的师范大学。祖宗八辈子积的福报让我一个人占有了。

　　故乡的第一怕是没停车的地方。我是最早买车的人之一，享受过最早驾车的方便，随着共同富裕共同进步的到来，家乡的车几何数字般地膨胀。政府下文，各地中小学校敞开大门，做免费的社会停车场，容纳外地回来的车辆。大酒店是准备了停车场的，但是要去土菜馆路边店吃饭，就不方便了，一个门店六至八米，最多两个停车位。有次开车赴宴，等我找到车位停好车，宴席都结束了。

　　故乡的第二怕是路上开车的风险。人车混行，驾车让人，天经地义；本地车无视条例，随意变更车道，车身目标大，看得到，危险小还情有可原。最怕的是摩托车电单车，神出鬼没，在你转弯或者倒车时，快速地飙过你的车身的左边右边甚至前边后边，看到实物的摩托，你已经一身冷汗。摩托车电单车是不让你的。一辆摩托，载着大小六个人（比轿车多），呼啸而去，还鸣着响笛，全无顾忌，深怕你不知道，不让道。

故乡第三怕当数水污染。亚运会在广州举行，测出珠江重金属超标，引出一连串的水稻重金属超标、蔬菜重金属超标、水果重金属超标等概念，其实最严重的是水的重金属超标。城市居民家电老化，可以用家电下乡的方式转移，农村就是城市人的壑，废旧电池、废旧塑料、废旧金属、废旧垃圾全部堆积在乡下的土地上，散发在乡村的土壤里，浸透到乡民的水井中。故乡的人都滋长着对污染的抵抗力。在城市生活惯了的我们，懂得了可怕所以害怕。

老家的民风民俗也不如原来的淳朴了。除了开店买卖，市侩逐利，堂而皇之之外，三家两桌麻将，盯住上家，憋死下家，我不和牌，大家都黄的游戏规则，就像死水微澜，波及四面堤岸，连岸边的垂柳都受不了，柳叶枯黄，病态难掩。

然而，这里是我的故乡，我不能不承认，也不敢不承认。就像我的父亲，怕死了他，又敬佩着他。逢年过节，心里梦里，我必须回来，他不在了，到了清明时节，我也是要回来登山扫墓的，化一把纸钱，向他汇报我一年来的工作进步和生活收成。我活得比父亲好，时不时地想让父亲分享一下我的物质的和精神的富足。

（2018 年 7 月 6 日）

归元寺游记

参观完省博物馆后，打的到汉阳区的归元寺。

路上与的士司机聊天，被猜中要数罗汉请签的心事。

中国建有罗汉堂的景区不少，但影响较大的只有四家，所谓的上有北京碧云寺，下有苏州西圆寺，西有成都宝光寺，中有汉阳的归元寺。十五年前，在成都数过一次罗汉，奇准。

那次与学校老师们一起去的，肯数罗汉的只有两个，是我和一位男老师，他年纪不到三十，已经离异，他的签文内容当时没看仔细，其实即使看仔细了也会不记得，毕竟过去了十五年，意思好像是以戏子为喻，说他要另搭戏台，重新开张。属于下签，他秘不示人，揣在兜里就退出了。

进了归元寺大门直奔正殿。看见映在绿树丛中的庙宇，高啄檐牙，青黛琉璃，银白院墙，庄严肃穆。屋檐下有一匾，民国初年的，楷书写"归元古刹"四字，朴拙端方，落款题字为"黎元洪"。黎元洪是中华民国第二任总统，1913年，时任副总统兼鄂督；肯在此题写匾额，足见此寺一向为政要显赫所看重。

正殿前是放生池，长方石条垒砌而成，池中有两朵铁铸莲花，巨大盛开状。对面的参天古木上下都呈苍绿之色，右角的银杏一树橙黄。正殿之后，红光氤氲，颇为祥瑞。

看石碑文字，知道寺庙建于顺治十六年（1659年）。白光和主峰两位大师修为源出韶关曹溪门，援引《楞严经》"方便有多门，归元无二路"，取名"归元禅寺"。两位大师本来佛门正宗，功德又极为圆满，所以香火鼎盛，颇有僧俗两界人缘。

罗汉堂在大殿之北，五百塑身千奇百怪，俱带狰狞面孔。环绕围坐，里外两进。询问大师，原来几家数罗汉的规矩相同，先挑选自己有缘的一尊作为计数起点，女左男右，列数自己年龄，终讫的那尊罗汉的序数，就是自己的缘签代码。

想我年过半百，就以五百罗汉的中界250号为起点，第250尊罗汉名叫净菩提尊者，名字、面容都还可接受。于是往下数我的岁数，找到我的属缘罗汉是306，这尊罗汉法号执宝炬尊者，即执宝炬菩萨。宝炬象征绝大智慧，能照亮众生。他热心助人，以火炬般光芒万丈的智慧，引导众生走向极乐净土。这尊罗汉的性格修为倒是符合面试、挑选老师的素养标准。

出了罗汉堂，到请签处领取签铭。箴言开示四句："勤耕地来细播种，春光时节莫偷闲。希望汗水溶泥土，喜迎金秋丰收年。"签意无需大师开解，六年前，我就该知天命了，这是个中上签。上上签叫不劳而获，这是我命里不具备的；下下签叫徒劳无功，我的命也不至于。作为耕种者，丰收在望，命里就该高兴；但是收成都是自己劳动所得。有劳有得，多劳多得，不劳不得，所以不能"偷闲"，还不能等待，以免错了季节。

一年中有耕种季节，有收获季节，它们循环往复，周而复始。一生的耕种阶段应该是青少年青壮年，收获阶段应该是年老之后。但是青壮年和老年的界限没有明确规定，也没有任何暗示。哪敢擅做主张，自以为到丰收年关，就歇着不动，坐享其成。日勤劳作，夜得安眠。只要能够劳动一天，那一天就是耕种的季节，以后实在不能劳动了，享受一下"丰收年"的果实，大概会得到罗汉菩萨的慈悲和恩准吧。唐代的百丈禅师立誓："一日不劳动，一日不得食。"执念比我顽强得多。

走出归元禅寺，时间已是下午五点，斜阳在山，草树绿黄，僧俗都已闲静，期待月上中天。

（2019 年 12 月 7 日）

闲来大鹏听鸟鸣

几年前，我就写过银叶村有棵枇杷树，春始而华，夏初而熟，青黄有鸟窥守，黄透则群鸟毕至，叽叽喳喳，食声响亮。枇杷毕，群鸟去，没有一个留恋不离开的。那时候还不知道是什么鸟喜欢吃枇杷，就像古人写诗："沉香烟暖碧窗纱，绿柳荫分夏日斜。梦觉只闻铃索响，不知山鸟啄枇杷。"笼统地叫它"山鸟"。

后来受公园鸟鸣的吸引，开始留意小鸟立于枝上，伸着尖细锋利的嘴巴的俊俏形象；录取鸟类忽高忽低，或尖细锐利或圆润流畅的叫声；还从百度里搜集群鸟种族生息性情的资料。于是知道了吃枇杷的是"寿带鸟"。

寿带鸟羽冠直立，两侧自下颈达胸部各有一条黑色带纹，上体尾羽褐，下体白，尾下覆羽红色。硕大的枇杷叶和成熟的果实，在盛夏的阳光中金碧璀璨。小鸟娟秀的形，光洁的羽，炯炯警觉的眼，念念有声的啄食枇杷的情态，至今还印象深刻。

人们常常用披星戴月形容读书人凤兴夜寐的辛苦，其实有成就的人都是很勤奋的。北宋时庆历四年（1044 年）张载就在其书房撰联，"夜眠人静后，早起鸟啼先"，勉励自己勤奋向学。说起得早，要比鸟啼更前，至少要是早上四五点的样子。深圳的鸟啼叫最早的是夜莺。

夜莺，羽色并不绚丽，但其鸣唱非常出众，音域极广，夜色就是被莺引吭高歌劝退的。等到夜莺唱累了，东方的旭日就会在海平面冉冉升起。读书人再懒，起床也不会落到太阳升起后；而勤奋的读书人则在夜莺啼唱之前就晨读成诵了。

山海公园的树荫里经常有布谷鸟的歌唱。布谷鸟是大杜鹃，分为四声杜鹃、八声杜鹃。四声杜鹃的叫声耳熟能详，那就是"快快布谷""快快布谷"，悠远空旷，好像天国传来的美妙音乐。在农村是催促耕种的号角："已有布谷声声催，快快布谷紧跟随。风调雨顺今年又，勤劳收获仓满归。"在一线城市的海岸线上，没有田园可耕种，只有诵读该完成。

就在今年，大鹏城里出现了一种新的唱曲子的鸟，居民们都好奇，却始终解不开鸟名鸟声鸟意蕴这个谜。曲子分两节，音节不同，旋律也有变化。仔细辨别，就像是"哎哟哎哟，呦呦呦呦"，仿佛没有皱纹的奶奶赞赏儿孙聪明了得时发出的啧啧之声。安黎写过一篇文章，叫《贾平凹擀面》，贾平凹结婚二十年从不进厨房，为了安黎才破天荒，所以他妻子"往厨房里一瞥，忍不住地朗笑起来，惊讶连连，唏嘘不已，嘴里发出'咦——咦——'之声"。"咦——咦——之声"如鹔鹴啼鸣，激越清丽，喜悦形之于声。大鹏山海规划，人与环境，经济与生态两者兼顾，比翼齐飞，要建成宜业宜居宜游的圣地。难怪连鸟儿都要"哎哟哎哟，呦呦呦呦"，感叹之余带着称赏。

其实发出赞赏声音的鸟儿叫八声杜鹃。雄鸟头颈和上胸灰色，背至尾暗灰色，尾具白色端斑；雌鸟通体为灰黑色和栗色相间。叫声为八声一度。性较其他杜鹃活跃，常不断地在树枝间飞来飞去，繁殖期间喜欢鸣叫。春天的半岛特别热闹，知名的不知名的鸟都汇聚一起，不同音色，不同音部都有，仿佛要排练大合唱一样。

有些天的傍晚，还有一种鸟叫非常瘆人，凄凉悲情，"枯落""枯落"，前音轻而短，后音重而长，让我想起诸葛亮《诫子书》里边的句子："年与时驰，意与日去，遂成枯落。"少壮不努力，老大之后，事业无成，"悲守穷庐"，后悔哪里来得及！夕阳在山，鸟鸣于树，诸葛诫子言犹在耳。

李清照填过一首著名的词叫《声声慢》，有句"冷冷清清，凄凄惨惨戚戚"，抒发了诗人的凄苦心情；而鸟的哭音是一声比一声急，看样子鸟的遭际比李清照还惨。这种鸟叫噪鹃，杜鹃的一种，传说杜鹃昼夜悲鸣，啼至血出。

杜鹃啼血源自汉朝扬雄《蜀王本纪》：杜宇号望帝，自以德不如宰相，便以国禅之。他以为把国家交给更有能力的人打理，是万民之福。哪想到，那宰相登帝位之后，只图个人享受，不管百姓福祉，把国家搞得乱七八糟。于是后悔不已，郁郁而亡，魂魄化为杜鹃，日夜悲鸣，泣血也不停歇，告诫人们不要做让自己后悔的事情。

春天就去播种，秋天就去收获。以前"风之积也不厚"，沉心静气，修炼内功；当下粤港澳大湾区建设风云际会，美丽大鹏您今日"抟扶摇而上"，明朝必将翱翔九万里苍穹，届时"背负青天朝下看"，皆是普通的人间城郭！

（2019 年 4 月 24 日）

燕子归来寻旧垒

我不是斜雨微风中舞蹈的燕子，而是南来北往迁徙频繁的候鸟。二十几年前的某一天，我来到了永州一中校园的上空。

这里古木参天，绿树葱茏，仿佛是一张厚绿的绒被，人工湖碧波荡漾，是绒被上的一片暗花，静悄悄的；三幢红楼是万绿丛中脱颖而出的花蕾，分外耀眼。拣尽寒枝，哪是孤鸿最佳的栖息处？红楼太吵，湖上太静。盘旋几周，终于落脚在绒被上的气孔里——四合院。

永州一中的四合院一共三座，呈品字形分布，两座住学生，一座住教师。四合院碧墙黑瓦，没有斗拱，没有飞檐，天井中间全是空地，水泥地面，不种花草，朴素得简单。里面住着八户人家：田玉知离外家近，蔡旭阳跟家人距离太远（新疆伊犁），其他六家，家家带老带少带亲戚，人丁兴旺。每天晚饭前，大家都回来了，老的摘菜，大的做饭，少儿少女则集中一处踢球跳绳。玩得最有声色的要数三个小女孩了，蔡筱倩、曾宁花和刚上幼儿园的胡宁宁，将橡皮筋一头挂在方凳腿脚的腰间，另一头挂在小女孩岔开的双腿上，驾开绷紧，其余两人拍着手唱着儿歌，跳起皮筋舞，"小皮球，驾脚踢，马蓝花开二十一，二五六，二五七，二八二九三十一……"动作应和节奏，歌声混合笑声一起飞出四合院，飘散在永州一中的上空。自寻乐趣的田伟不甘寂寞，有时故意使坏，惹得争议四起。读初三的伍高高则安静地一边笑一边完成了作业。四合院的空地虽然不够宽大，却足以让这些快乐的"小雏鹰"滑翔起飞。（伍高高，毕业去深圳有了自己的事业；蔡筱倩，武大毕业在清远做了公务员；田伟，川大毕业在核电集团工作；胡宁宁，去美国攻读会计学硕士。）

六点多钟，家家开饭。饭菜样式花色可谓丰富多彩，我是宁远人，宁远血鸭香远溢清；田玉知的老婆是零陵街上人，永州喝螺辛辣可口；黄怀斌副校长的丈母娘是老东安的，她手下的东安鸡除了好吃还好看；老蔡用高压锅烤出黄金大饼；杜红梅的爱人老伍最勤快，一年四季青菜都是最当季最新鲜的，折断开可以滴下水来。不用邀请，不讲客气，你想吃谁家的，端只空碗去分半碗就是，家家都多做了，有充分准备的。如果哪家临时来几位尊贵的客人，不用上馆子，几家人的菜在一起凑凑，比现在的农家土菜馆丰盛得多。

我和老蔡教复读班，有晚自习，回四合院的时间一般较晚，但最晚的一定是黄凯军，他是转业军人，在学校负责安全保卫，小伙子阳光勤快责任心又强，常常是等学生们睡了，校园安静了，他才拿着长长的手电回来。虽然月上中天，院子里除小孩外，基本都没睡，家家凉床懒椅，横七竖八，或摇扇纳凉，或聊天议事，有时老杨小杜几位麻友好兴玩几圈，不赌钱，输的只拱桌子。如果有人连拱几盘，大家就哄哄笑一番，说他一定是情场太得意了，该受罚！

今年是我教高中毕业班的第二十周年，首届弟子相约聚会，大家回忆往事，说我跟他们有多亲近，绝无师长架子；说我对他们有多关心，简直称得上无微不至。我想，那都是因为我是班主任，应该的。到一中后，我确实没有像在五中那样全方位投入，以致没有可以跟学生共同回忆的亲密生活的经历，有的只是褪去了的用铁笔钢板刻蜡纸留下的旧指茧。此外，唯一还能记得起的是考前给学生的一则作文材料："猫头鹰与公鸡的对话"。猫头鹰说公鸡："你太可惜了，你见过月亮吗？"公鸡回敬到："你才可惜呢，连太阳都没见过。"当年高考作文的材料是"鸟的评说"，批评世人常常陷入非议他人怪圈的现象。教了三年复读班，弟子有七八百，能说出姓名的没有一两个，以致在广州深圳经常碰到尴尬局面。人说："老师，您忘了，我是您一中的学生呵，理 X 班的。"我只能"哦哦"应付。

南下十六年之后再回一中，一中已是百一老者，却仍旧童颜俊貌，犹如运动场中那华盖依旧的香樟，古老而常绿。

三五之夜，月明星稀，飞回的候鸟绕树三匝，想找到旧时的寒枝作为最佳的回忆。

（2013 年 8 月 15 日）

宁远水粉

每次回到宁远，都要陪老丈人到街上米粉店吃上一碗。不止是他爱好，我也确实喜欢。

宁远米粉按地域分，有代表的是北路的禾亭水粉，南路水市水粉；按主要配菜分，有代表的是三鲜粉、牛腩粉、鱼头粉等等。据史料记载："五胡乱华，华人南迁闽浙赣，乃以稻米榨条而食。"这就是今天的米粉。这个说法有道理，宁远人多来自江西，江西人多从中原南下的。中原人吃面食，南方产稻谷，先民为了缓解乡愁，变着花样吃米，于是就有了粉。

米粉是以大米为原料，经浸泡、蒸煮和压条等工序制成的条状、线状米制品。米粉质地柔韧，富有弹性，水煮不糊汤，干炒不易断，配以各种菜碟和汤料，爽滑入味，深受广大消费者（尤其南方消费者）的喜爱。宁远水粉的汤锅是很讲究的，一般是大骨汤。头一天，要先买回新鲜的猪大骨，如龙骨、胫骨、头骨等，折断加水，用炆火慢慢熬，汤味浓郁，鲜甜顺口，滋阴润燥，生津止渴。用大骨头熬汤来佐粉，不仅味美而且还有药效。汉代名医张仲景记载到："桂枝加龙骨牡蛎汤方：虚弱浮热汗出者，除桂，加白薇，二加龙骨汤。"其大意是说：有一种药方是专治虚弱浮热出汗的症状，其中就必须配备一道骨汤。大骨汤可以补钙。印象中吃过一回用老腊肉骨头熬汤煮出的米粉，味道那个好，几十年了都没有忘记。

在宁远吃水粉最妙的是还有小菜佐餐。小菜是头天腌第二天就吃，一般不超过十二小时，脆嫩爽口、气性纯正，冬吃萝卜夏吃姜，春秋瓜果霉豆香。宁远人好吃，附近有的一定会有弄到的理由。自古便有"把截萝卜、福洞姜""萝卜不空心、香姜没有筋"之美称。

萝卜最好是产于道县柑子园把截大洞的，把截大洞四面环山，气候独特，九嶷河从中穿过，所产萝卜皮红肉白，再大不空心，再老无骨筋，"一口脆两口甜，三口四口精气神"。宋代以来，把截萝卜专用于向朝廷进贡，1120 年，宋徽宗盛赞其为"岭南人参"，民间群众戏称为"巴结萝卜"。如果没有把截产品，就用九嶷河上游的水市萝卜替代，也还差强人意。

生姜最好是江永福洞的。江永产生姜有近千年历史，清光绪《永明县志》载有"筠篮处处卖红姜"的诗句。以福洞村出产的无渣生姜质量最好，民谣赞颂："福洞出生姜，盖过远近十八乡，脆如冬笋嫩如瓜，一家炒姜满村香。"生姜晶莹如玉，形似手掌，外表浅黄色，嫩芽和茎节部鳞片呈紫红色，有如玲珑雕塑，娇艳可爱。

宁远霉豆子，几乎家家户户都会做，名气大了去，是霉豆子行业的冠名代表。做法是：黄豆焖熟了以后，放置一周左右让它发霉、发酵，再与红辣椒调和，放入瓦坛中腌好，酸酸辣辣具有开胃、去火、调味的功能。用之于水粉佐料，再合适不过了。

"桂林米粉"的酸菜坛子气太重了，闻闻味道就皱眉头。重庆涪陵榨菜上股票市场了，名气大，如果是在宁远，与把截萝卜和福洞香姜放在一起，谁也不会瞧它一眼。

宁远水粉馆比米铺还多，平时也是生意兴隆。如果到了节假日，尤其是清明节、春节，家家店铺排起了长队，那个队伍，像极了经年的乡愁和海碗里的米线，圆圆弯弯，短短长长，曲而不断。

（2018 年 8 月 7 日）

宁远的中秋粽子

"当轩知槿茂，向水觉芦香。"临近端午，衣食不愁的人家开始准备包粽子了；多情的诗人，开始摇动生花的妙笔，鼓捣出平平仄仄的长句短句。"仓廪实而知礼节"，他们思念远古的文化符号了。我们的地方穷，此时正值青黄不接，一分钱要掰成两半花，一两米煮成稀饭可以吃三餐；对于任何的文化当然是无动于衷的。端午节，宁远人不包粽子。

但宁远人并没有泯灭自己的乐天禀赋，不会让年长的日复一日地叹息，更不会让年少的看不到生活的希望。清明时节就撒下秧谷，其中的糯稻就是中秋的快乐种子。糯稻的长势明显的要优于粳米，施与同样的肥料，灌溉同样的库水，沐浴同样的阳光，迎送同样的风雨，糯稻的禾秆就是要高出一头，禾叶的厚度就是要壮实半臂，甚至连禾田的颜色也要碧绿出一度两度。村里人的心眼对它的寄望要高出一筹半筹。

"双抢"过后，农人闲下来了，中秋也快到了。家家户户张罗着买粽叶，烧稻草，滤碱水，泡糯米，包粽子了。

粽叶必须是当年的，隔年的叶子泡法再好也不会有新叶油韵清芬。农村的碱水是有机的，用稻草灰围靠一个竹箩，用水反复地滤漏，增浓碱素的含量。碱水存够了，开始泡米，不只是把米泡发，还要泡黄，淡淡的金黄。接着是包粽子了，放入适量的盐，保证味道不寡淡，粽子可以包成各种样子，一般是粗壮的"枕头粽"，又叫"枕头粑粑"，两三斤米一根；再包一些"三角粽"，玲珑小巧，方便送给邻里过客；如果家里有小孩的，一定要包一些具体而微小的枕头粑粑，那是孩子一年最喜爱最期待的玩具。

家乡的粽子是用水熬出来的。家家都有大灶锅，深水覆盖，柴火慢燃，水沸滚滚，蒸汽腾腾，三两时辰，粽香氤氲，开始有邻居过客闻气味而称赞，竖拇指与夸炫。夜幕垂临，燃火橘红，孩子的眼随着天上的星，一眨一眨，就睡去了。粽子的生熟，只能靠经验，靠估摸。大约十来个小时吧，最大的枕头粑粑熟透了，锅里的水差不多熬干，把火灭了，把火灰撤了，一点火星都不留，让粽子自然冷却。

第二天早上，性急要赶路的人，就解开三角粽的草线，剥开颜色变浅了的粽叶，一个金黄的，尖角微微剔透，晶亮亮，仿如一个卸衣处子就汤池一样漂亮。舌尖轻尝，圆滑爽口，软糯绵香，韧劲十足。宋朝的欧阳修《渔家傲》里写道："五色新丝缠角粽。金盘送。生绡画扇盘双凤。正是浴兰时节动。菖蒲酒美清尊共。"那是官宦人家，钟鸣鼎食的排场。我们地方没有。大家围坐一桌，用麻线将枕头粑粑绞成一片片，直径四五寸，厚度一公分。粽子圆圆，筷子尖尖，颤巍巍，软而不断；清爽爽，黏而不腻。粽子的形状正是心眼的形状，心眼的形状也是粽子的形状。

中秋终于到了，晚上的月亮比粽子还圆，还亮。小朋友一人两根，用细竹棍挑着，都聚到晒谷坪来了，比试着谁家的秀气可爱，谁家的粗壮胖矮；谁家的里面放了板栗豌豆，谁家的放了肥肉瘦肉。可高兴了。月亮渐渐偏西，田野的蟋蟀唱声渐渐高亢，家长呼儿唤女，平日里早早瞌睡的，这个时候还兴高采烈。心情比月光还明亮。谁也不管粽子为什么是枕头形状的，什么味道的。"当年此会鱼三尺，不似今朝豆味香。"老舍此诗说应节粽子味道最好。

小时候当然觉得家里的粽子味道最好，如今尝遍天下粽子，发现竟然真的是家乡的粽子美。嘉兴的碱水粽，白寡寡的，没有一点人色；识饮识食的肇庆人的裹粽是蒸出来的，不可能达到晶亮晶亮的境界。别地方的就不用说了。

好几年前，带老人去九嶷山三峰石，在山脚下，有一个小摊点，卖三角粽子，十块钱三只，解开了草线，卸下了粽叶，粽肉金黄黄、亮晶晶地出现了，圆滑爽口，软糯绵香，草灰碱水，半天火候，全都有。孔子云："礼失，寻诸野。"在市场化、商业化、集群化还没到达的地方，才可以寻回少时的味道。

（2018 年 10 月 29 日）

国宴东安鸡

　　第一次品尝东安鸡是在永州五中教书的时候。由于年级组有个美食家李民卿老师，烹饪手艺高超，人又特别好客，经常做好吃的宴请同事。大家吃出了味道，就轮流坐庄。英语老师叫杜灵芝，东安人，她家的主打菜是东安鸡，麻辣酸香，十分开胃。后来她南下发展，我就再也没有吃过那么味美的鸡肉。

　　香港回归那年，我也南下谋生。也许是年纪渐长，喜欢怀旧；也许是背井离乡，越发思念故土的美食样式。每次进入湘菜馆，都要问问，尝尝东安鸡。基本上都是张冠李戴，冒名顶替。终于有机会去东安芦洪市，那里是东安鸡的发祥地。我们一行八人，点了四只鸡，片刻功夫，追加四只。连一向不喜欢吃鸡肉的女儿，都吃了大半只。不过芦洪市的东安鸡用的是红醋，带着很多的汤汁。不是传说中用陈醋、花椒炖煮至熟的。好奇心强的我，一直打听配方、火候、工艺，可惜因为"厨房重地，食客止步"，没能如愿。回到深圳，还是念念不忘，一有机会，一定过问东安鸡。遇到原籍东安的人，必然要打听东安鸡的工艺。

　　东安鸡，是我和东安人交往的重要指标。也有厨艺爱好者，跟我一样痴情，用种种办法尝试。甚至一月几次，反复试验，不断调整，次次都请美食爱好者品尝，征询关于菜式形色味韵的看法，作为下次改进定型定式的参考。东安鸡上国宴是因为抗日名将唐生智。1937 年 11 月上海沦陷，南京被围。中山陵寝，不能轻言放弃。但是各大军将都知道守不住，所以不肯临危受命，只有唐生智不惧生死，知其不可为而为之。当时蒋介石问："孟潇兄，你有把握吗？"唐生智说："我只能做到临危不乱，临难不苟，没有统帅命令决不撤退，誓与南京共存亡！"南京保卫战十分惨烈，军民抵抗的顽强前所未有，日本兵士死伤的代价也是远超预期。唐生智指挥了一场必败的战争，却赢得了世界战争史上的盛名。

　　抗战胜利后，在南京任职的唐生智犒赏同仁，在国宴厅的酒席上隆重推出这款东安土菜——醋鸡。食客们都觉得这种醋鸡好吃，于是过问这菜叫什么名字，唐生智没有脱口说出，经在旁的故乡人的提醒，换了表达说："家乡风味家乡菜，这是我们东安县的东安鸡。"

　　烹制东安鸡首先选用食材，最好的食材是没有生过蛋的雌仔鸡，重量不超过一斤半；一只鸡除了内脏，一共切十六块，摆在盘子里，正好是一只完全的鸡型。何处无仔鸡？何家不烹鸡？为何东安鸡能上国宴餐桌，备受欢迎？

　　深圳铁路的邓德平师傅说："东安鸡工艺的关键是两处，一是整鸡在开水中稍煮一下，最多两分钟，确保肉质滑嫩而无腥味；二是用半瓶米醋炆煮，翻炒均匀，只留下少量汤汁，让醋酸、姜辛、椒辣进入鸡块，做到入味。"邓师傅烹制的东安鸡造型美观，色泽鲜艳，肉质鲜嫩，酸辣爽口，肥而不腻，食多不厌，香、麻、酸、辣、嫩、脆六味俱全。

（2019 年 12 月 2 日）

后记

　　庚子年新春，武汉疫情爆发，全国各地响应政府号召，宅家禁足，免去了人情走动，腾出了足够完整的单位时间，年前计划正月末完稿，今天提前收笔了。让我又一回切身感受到塞翁失马的感受。

一、写作缘起

　　自从评上中学高级职称，基本上放下了手中写作的笔杆。开始迷恋旅行，于是，走出乡里，走出县邑，走出国门，欣赏名山大川，异域风光;集中精力去追逐新奇、险峻、刺激、流动、广阔、遥远的审美旅行。旅行社通过平面媒体或者视听工具宣传，哪里的风观景致有优美、壮美、新奇的美，我就跟随队伍奔向哪里。由于到底是读过几卷书的，又能写几段文的，看了美景就忍不住兴奋激动、思考比较、感悟发现。"阳春召我以烟霞，大块假我以文章"，就觉得头脑里丝丝缕缕，源源不断，波澜种种，不停不息，就想捉住了痕迹，不让消散。就觉得记录烟云的文章，虽未必成不朽之作，但因为是自己所想所感，在自己的生活史上就会有留念的价值。于是，又捡起放下有年的笔杆，忠实记录行程里的所见所闻所感所悟。

　　这时候张鹰博士编管"童星格美文"公众号，邀请我开设"胡老师看世界"的专栏，鼓励我持续写游记，2018年8月15日，刊出第一篇游记《贝加尔湖纪行》，有点长，是整个西伯利亚之行的游记汇编，张博士没有嫌弃，加了按语，做出鼓励："游记向来是散文中一个很重要的品种，不过，当代游记能给人留下深刻印象的并不多，这篇游记，应该算是我所读到的游记中印象比较深刻的一篇，平实素朴的语言，勾勒的是俄罗斯雄奇瑰丽的自然风物，呈现的是这片神奇的土地的粗犷与自然之美，对俄罗斯历史文化的思索融入其中，引发读者于对自然景物的欣赏中进行深层次的思考。"她说我的游记能写出自然风光的特点，能融入历史文化的思考，能够给读者留下比较深刻的印象；更重要的是说可算是当代游记中不很多的好作品之一。她是博士，读的书多，她的评价带有权威性。于是信心大增，兴趣大升，在之后的旅行里，一边看世界，一边写世界；甚至还通过回忆，把以前旅行旅居的印象写下来，交给她发表。这样就积累够了几十篇，这是我写这本书最雄厚的基础。

当学生时写一篇好作文被老师表扬，一辈子都不会忘记；张博士帮我一气发了四五十篇，我当然是八辈子都不能忘得了。在这里总说一句："衷心感谢！"

二、写作标准

游记不仅仅是旅行看景，停下写文这么简单，还涉及审美理论和哲学思考方面的知识，以使游记作品体现应有的高度和深度。受中山大学黄伟宗《文艺辩证法》的启发，对游记写作的关键节点都做辩证解读，所以拟定的提纲是：

一、观察：把握一瞬与一切

二、积累：兼顾务实与务虚

三、审美：把握主观与客观

四、构思：体现章法与变法

五、语言：传达态度与温度

六、实践：经验有尽与无尽

这是这本书的骨架，书的血肉则是在朱光潜的美学理论影响下丰满起来的。

朱先生自己也倾向于接受"印象主义的批评"。这一派的领袖是佛朗士，他说：

"依我看来，批评和哲学与历史一样，只是一种给深思好奇者看的小说；一切小说，精密地说起来，都是一种自传。凡是真批评家都只叙述他的灵魂在杰作中的冒险。"

印象派反对"法官"式普世的标准，主张各人以自己的嗜好为标准，我自己觉得一个作品好就说它好，否则即使是人人所公认为杰作，我也只把它当作普通的印刷品。印象派觉得自己不必像餐馆的服务员一样只捧菜给别人吃，应该亲自品尝菜肴的味道；尝到美味就要把获得的印象描述出来。

我在整理这本书的时候，觉得自己的游记作品数量、种类还行，理论阐述、作品分析显得特别的苍白，所以一边按提纲分类编写，一边恶补写作理论和美学理论，依据印象派批评的标准，自己尝菜的味道，自己描述尝到美味的印象。实在描述不出来，就引用、化用美学大师的观点，甚至段落，目的是使读者对旅行审美有更高更深的认识，对游记写作有更具体更通俗的了解，使游记写作的技巧方法变成可以言讲，可以习练，可以掌握的思维思路，而不再受人糊弄，迷信文章法度"只可意会不可言传"。

三、写作目的

在旅行的时候，对于风光景致、人文历史应该保持一种什么态度？"批评的态度"还是"欣赏的态度"？

首先搞清楚态度上的批评和欣赏有哪些区别。所谓持批评的态度，就是站在境界之外，冷静地，不杂感情地去判别，厘清真伪，区分美丑，认识优劣。欣赏的态度则把自己置身于过程当中，倾注情感和风光景致进行交流，分享它的生命，体会它的精彩。

保持欣赏的态度，不管是参与团队旅行，还是自己潜心写作，发展的结果是实干家。保持批评的态度，捧着几条法典，携带米尺杆秤，对风光景致、对游记文章，指指点点。实干家有做不完的事，批评家有讲不完的话。实干家值得尊敬，评论家值得尊重，而我愿意做"教育家"。

作为教育工作者，闻道在人之先，第一有引路职责，不论是旅游出行，还是读书作文，应该提供适当的方向方法。本书的内容最大的价值就在这里。其次，有授业解惑职责，不管是书卷上的行走，还是山水间的跋涉。清代文人张潮说："文章是案头之山水，山水是地上之文章。"读书是精神的旅行，而旅行又是身体的阅读。"善读书者,无之而非书:山水亦书也,棋酒亦书也,花月亦书也。善游山水者,无之而非山水。书史亦山水也,诗酒亦山水也,花月亦山水也。"因为"读书,是向内旅行,去往精神世界。旅行,是向外读书,探索天地苍穹"。人生一直都是在阅读,在旅行。

四、写在最后

"出版一本游记。"好多人都在劝我。也有好多人都有出版游记的成功经验。我征询解放军出版社张鹰博士的意见,她反问一句:"想出版一本自己看的游记,还是想对社会贡献一本有使用价值的作文理论?"

如果是一本纯粹的游记专辑,写一座城市的来历,一个国家的历史,一位人物的八卦,一种生活方式的变迁,除了自己做馈赠的礼品,没有什么社会价值,即使送给朋友,朋友出于礼貌当面翻翻,背后也是扔进垃圾废品桶的。各人的世界各人走,各人的好奇各人自己去发现,用不着我来代为庖厨。临近退休,总想显示自己仍然存在,总得为社会上的旅行爱好者,为校园里的写作爱好者做点贡献,于是转换角度,倾尽自己的经验、学养,写下这本《游记文讲》。在此要特别感谢支持鼓励我完成这项工作的所有朋友和领导!首先是湖南师范大学出版社廖小刚主任,为我这本书的架构做了调整,为每篇文章都提出完善意见,我是在他的指导下完成第二次创作的;他耐心细致的指导使我的写作理论和写作实践的质量都有很大程度的提升。其次是张鹰博士、深圳市高级中学卜新荣老师、湖南电视台刘铭导演以及在长沙发展的永州朋友朱国平,为我这本书的出版出心出力。第三是深圳市桂园中学邓登江校长和其他全体同事,他们的鼓励支持伴随了我写作的全过程,出版的全过程。再次表示衷心的感谢!

胡少明

2020 年 1 月 31 日

图书在版编目（CIP）数据

游记文讲/胡少明著. —长沙：湖南师范大学出版社，2020.8
ISBN 978-7-5648-3946-8

Ⅰ.①游… Ⅱ.①胡… Ⅲ.①游记－文学创作 ②游记－作品集—中国—当代 Ⅳ.①I056 ②I267.4

中国版本图书馆CIP数据核字（2020）第164263号

YOUJI WENJIANG

游记文讲

胡少明 著

责任编辑｜周基东　刘秋雨
责任校对｜彭　慧　吕超颖

出版发行｜湖南师范大学出版社
　　　　　地址：长沙市岳麓山　邮编：410081
　　　　　电话：0731-88853867　88872751
　　　　　传真：0731-88872636
　　　　　网址：http://press.hunnu.edu.cn/
经　　销｜湖南省新华书店
印　　刷｜天津画中画印刷有限公司

开　　本｜787 mm×1092 mm　1/16
印　　张｜12
字　　数｜200千字
版　　次｜2020年8月第1版
印　　次｜2024年8月第3次印刷
书　　号｜ISBN 978-7-5648-3946-8

定　　价｜42.00元